九萬兆／劉兆玄武俠精神文人風骨

幫古龍代筆是金庸上賓

政治中心／綜合報導

準總統馬英九上任後，將要擔任第一任行政院長的劉兆玄，其實政治資歷相當豐富，當過行政院副院長、國科會主委、交通部長，在教育界資歷則當過清華大學和目前擔任的東
別的身分

上官鼎與武俠小說

在台灣武俠小說發展史上，「上官鼎」是一個很特殊的名字。「上官」複姓，在百家姓中居於「司馬」和「歐陽」之間，並不
見的姓氏，但卻是武俠小說世界中顯赫的世家，饒具古典、俠義
的 武俠而以上官爲姓，是非常符合武俠小說情味的。

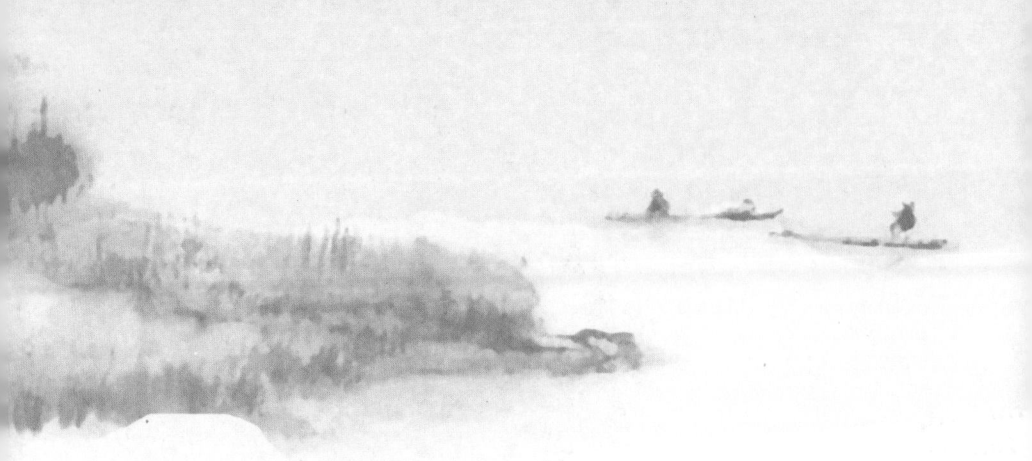

新內閣報到「武林高手」登閣揆

如同武俠小說過關斬將，將扛下行政院長的劉兆玄面前，橫擺著重重關卡，大陸開放的尺度拿捏、國家財政的破碎、國庫嚴重的虧損……，一身傲骨的他將祭出什麼蓋世絕招，改變台灣？

三十幾年前拿到博士後回清華大學教書，在保守的校園裡，他是第一個教授穿著喇叭褲站上講台，學生稱他「喇叭褲」教授；進交通部，他堅持電信自由化，打破中華電信壟斷；接任華人科技界組成的玉山科技協會，他第一個率團訪問中國大陸；進入外雙溪東吳大學，他不從流俗，把東吳定位為「教學性」大學，而不是熱門的「研究型」大學……。

五二〇後接任行政院長，大陸諸多政策開放多少？產業政策如何？政府管多管少？不得而知，但從劉兆玄過去經歷看來，可以知道劉兆玄會創意不斷，帶出嶄新局面。不管你同不同意他。

有人批評這次內閣年齡過大，老面孔過多。但六十五歲的他，健康佳。而有豐富部會首長經驗，熟悉行政程序，對開創新局，應該是正，而非負。劉兆玄在交通部長任內，規劃亞太營運中心，主導中正機場第二航廈興建。愛台十二項建設，他也參與甚深。在野期間，劉兆玄更與華人科技界建立深厚關係，除了開放與中國經貿、政治關係，很多人期盼他能以台灣高科技和基礎建設，為台灣未來展開新局。

劉兆玄和大多數的武俠作家一樣，
他喜愛武俠文學，
也投入武俠創作的行列，
或者，他只是將武俠視為他的「少年英雄夢」，
而成長之後，還有更重要的夢想該去達成。
上官鼎的「鼎」，另有一個「調和鼎鼐」的功能，
這與他目前所擔任的「行政院長」職位，
或可密合無間了。

林保淳

FICTION SHANGGUAN V. 4
Shangguan, Ding.
Chang gan xing

上官鼎 精品集

長干行

(四) 曠古絕今 完

長干行(四)

曠古絕今

目錄

卅六　捨生就死

溫暖的太陽高掛在天空，萬里無雲，柔風習習。

這是個嚴冬酷寒季節中難逢的好天氣，大約近午時候，遠處揚起一片蹄聲，順著官道，馳來兩騎健馬。

馬上騎士，一個年在三旬以上，神目灼灼，氣宇軒昂，肩後斜背著一柄古劍。

另一個僅只二十歲光景的少年，粗衣短裝，卻生得劍眉星目，和那中年劍士一般神俊英颯。

兩騎馬緩緩地奔著，從蹄上塵土厚積的情形看起來，他們已經跋涉過極遠的路程，也許正趕往一處渺不可期的終點。

他們默默地趕著路，各自沉思著心事，四道劍眉糾成兩個難解的死結，沉甸甸地壓在他們英俊的面龐上，一路上，誰也沒有開口。

蹄聲得得，不一會，兩騎馬已來到「山海關」下。

那中年劍士勒住馬韁，回頭對那少年道：「昨夜趕了一夜，你傷勢初癒，不覺得勞累麼？」

那少年展顏一笑，露出一口雪白整齊的牙齒，道：「不礙事的，辛叔叔，你把戰兒看得那麼不中用？」

中年劍士也不禁莞爾而笑，慈祥地道：「咱們也餓了，打個尖再走吧！」

兩騎將馬一圈，緩轡進入街心，那中年劍士抬頭看看鎭外聳立的「天下第一關」的影子，感嘆一聲，道：「唉！我奔走一生，足跡踏遍大江南北，唯一的憾事，便是沒有出過關，想不到爲了恩師的事，今天倒遂了平生心願，只是壯士一去，不知還能回來不能？」

少年忙道：「辛叔叔，你怎會生出這種頹廢的念頭呢？關外沃野千頃，遍地高粱，雖然風物有些不同於中原，還不一樣炎黃子孫，你瞧戰兒不是生長關外，卻到中原來了嗎？」

中年劍士笑道：「常言道『一出山海關，行人淚漣漣』，多少人少小出關，老大不回，終身做了異城之鬼，叔叔老了，怎比得你們年輕人？」

少年亢聲道：「不！叔叔今年才三十多歲，正當壯年，怎說得上『老』字呢？」

中年劍士嘆道：「世道坎坷，英雄遲暮，戰兒，這些事，你目下自然還體會不出，就拿你梅公公來說吧，當年七妙神君威絕人寰，名揚宇內，誰又料得他老人家會……」說到這裡，那中年劍士忍不住喟嘆一聲，眼中已熱淚盈眶。

少年忙道：「梅公公雖然不幸歸天，已算得天年長壽，辛叔叔，你也別太爲了這件事難過才好。」

中年劍士苦笑一聲，瞥了那少年一眼，道：「叔叔仗劍江湖，鋤惡行道，但連授藝恩師尚且無法保全，自覺對江湖上的恩恩怨怨，已有厭倦之心，只等這次復仇之事一了，尋到平兒，便決心和你嬸嬸歸隱田園，將來武林正義，就全在你們年輕人肩上……」

說著，已到一家酒樓門前，兩人各自落馬，隨意選了一張桌子坐下。

那少年總覺心中似有許多未盡之言，幾次要想開口，但見了辛叔叔滿臉凝重之色，低頭喝著悶酒，便感到一種說不出的不祥之感。

他們跋涉千里，尋枯木、黃木報仇，理應壯懷激烈、豪氣干雲的去才對，如今怎會這般暮氣消沉起來。

這時候，酒客不多，靠左臨窗一張桌上，坐著一個三旬左右的壯漢，忽然用拳擊桌，高聲吟道：「風蕭蕭兮易水寒，壯士一去兮，不復還！夥計，再來三斤酒，反正是不復還了，乾脆一醉吧！」

那少年和中年劍士矍然一驚，端詳那人，見他風衣裘帽，滿面風霜，竟似從關外來的模樣，少年忍不住，向那人拱手問道：「見兄台豪飲悲歌，必有傷心之事，倘不嫌冒昧，何不請來同席一敘？」

那人睜目打量了少年一眼，冷冷道：「你是誰？難道你還能助我一臂之力嗎？」

少年笑道：「在下高戰，亦是關外生長，彼此既屬鄉親，兄台有甚疑難之事，在下倒願略盡棉力。」

那人爽然笑道：「這麼說，不是外人，正該親近！」提著酒壺走了過來。

高戰讓坐問道：「看兄台也是武林中人，敢問貴姓？」

那人道：「在下姓林，草字繼皋。」

高戰道：「林兄爲了何事入關？怎的又這般痛飲悲歌，頹喪如此。」

林繼皋長嘆一聲，道：「兄弟你有所不知，在下此次進關，乃爲了一件大事，明知九死一生，但礙在父仇師命，只好勉力以赴，唉！一進山海關，叫人淚不乾，關內人把出關當作苦事，咱們關外之人，又何嘗不視入關爲畏途，高老弟，你說這話可對？」

高戰見林繼皋言談豪爽，不禁好奇之念頓起，忙問：「林兄如不以我等初交，不知能不能將那疑難的事，說出來讓咱們聽聽？」

林繼皋喝了一大口酒，抹抹嘴，道：「不瞞二位說，在下此次奉命入關，乃是要向一位鼎鼎有名的人尋仇！」

中年劍士和高戰齊都一驚，不約而同問道：「林兄那仇家是誰？」

林繼皐一掌拍在桌子上，桌面登時留下一個半寸光景的手印，含憤道：「說起此人，天下無人不知，他便是當今揚名天下，被武林中人尊為泰山北斗的梅香神劍辛捷！」

那中年劍士一聽這話，臉色立時大變，聳然動容問道：「據聞辛捷足跡從未出關，不知林兄怎會和他結仇？」

林繼皐輕嘆一聲道：「這話說來甚長，二位如不嫌嘮叨，在下就詳細奉告吧！」說著，一仰脖子，將手中一壺酒喝了個涓滴不剩。

那中年劍士和高戰互望一眼，彼此都面帶驚詫，靜聽那林繼皐如何說法。

林繼皐長長吐了一口氣，說道：「二位要問此事，你們可曾聽說過昔年武林之中有句諺語，說是『關中霸九豪，河洛唯一劍，海內尊七妙，世外有三仙』這句詞兒？」

中年劍士連連點頭，道：「這話早有耳聞，但九豪已滅，河洛一劍也含冤墜死天紳瀑下，近日七妙神君也已仙逝，但不知這些詞句又與林兄和辛捷成仇有什麼關連？」

林繼皐切齒作聲，眼中熱淚滾滾，恨恨說道：「二位這就不知道了，在下先父，便是當年關中九豪之一，集慶城外一戰，先父命喪辛捷那廝之手，那時在下年歲尚幼，武學未成，父仇雖痛，卻無力報復，幸得一位父執將我攜走關外，苦學十年，自要尋那辛捷了結當年血債。」

中年劍士聽到這兒，臉上一陣抽動，默然垂首不語，高戰卻冷冷說道：「林兄令尊，敢情便是九家中的神劍金鍾林少皐麼？」

林繼皋爽然道：「正是，先父去世之後，在下承長天一碧白老爺子攜出關外，傾囊授以武學，並改名繼皋，正是要承繼先父遺志，替九豪復仇雪恨之意。」

高戰臉色已漸漸沉了下來，冷聲道：「依在下看來，林兄這仇，只怕永無報復的日子了？」

林繼皋驚道：「爲什麼？難道那辛捷已經死了嗎？」

高戰冷笑一聲，道：「辛大俠豈能便死，在下是擔心林兄微薄之藝，如與辛大俠相較，何異螢光皓月，你不去還罷，若是一定要去，那才是準死無疑。」

林繼皋卻是個粗心人，到這時候竟未聽出高戰語氣不對，兀自輕嘆一聲，道：「這一點麼，我亦有自知之明，但父仇不共戴天，師命又不可違，便是明知一死，也要尋那辛捷較量較量。」

那中年劍士忽然展顏笑道：「林兄氣節可嘉，令人敬佩，徒從師命，子報父仇，這是天經地義的事，來來來！在下先敬一杯，遙祝林兄一舉成功。」

林繼皋朗笑兩聲，仰頭乾了一杯酒，含恨又道：「聞得那辛捷武功卓絕，終年浪跡江湖，小弟正愁無處尋他，二位適從關內來，可曾聽說那辛捷現在何處嗎？」

中年劍士笑道：「林兄大可不必遠途跋涉，在下準知那辛捷在十日之內，必到山海關前，林兄要想尋他，何不以逸待勞，便在此地守候幾日。」

林繼皐大喜，道：「這話果真麼？」

中年劍士笑道：「你我初交，如此投機，怎會騙你？」

林繼皐長噓一聲，好像胸中悶氣洩去多半，掌勢在空中猛揮兩揮，生像是辛捷已在面前引頭受戮，顯得欣喜非常。

但他忽然濃眉一皺，道：「只是我從未見過辛捷是什麼模樣，就算當面相遇，認他不出，豈不錯過？」

中年劍士拍拍他肩頭，道：「這有什麼要緊，那辛捷慣穿藍色長襟，平時不帶兵刃，常在頸間圍一條白色絲巾，一眼便能認出。」

林繼皐更是欣喜，道：「今天幸得遇二位，省卻我許多氣力，來！咱也奉敬二位一杯，聊表些微謝意。」

高戰望望那中年劍士，中年劍士豪不猶豫，舉杯一飲而盡，又道：「今日不過初三，十五月圓之夜，林兄準備妥當，到關右空曠之處守候，定能一舉報卻父仇。」

林繼皐笑道：「二位真似諸葛再生，竟對那辛捷行蹤瞭如指掌，在下無意得與二位敘談，何嘗不是先父陰靈佑護，但不知二位出關何事？可也有用得著在下之處？」

高戰冷笑道：「咱們為點小事，出關探望一位朋友，不勞林兄關懷。」

林繼皐大笑道：「二位早去早回，在下倘得不死，咱們倒該多多盤桓暢敘幾日。」

三人用罷酒飯，高戰等告辭出店，那林繼皋搶著會了賬，依依不捨直將二人送出關外，方才欣然揮手而別。

他自然萬料不到，眼前的中年劍士，便是心目中不共戴天的仇人——梅香神劍辛捷。

高戰憋了一肚子氣，奔馳半晌，不見辛捷開口，忍不住問道：「辛叔叔，你果真要在月圓之夜，赴那林繼皋的約會麼？」

辛捷長嘆一聲，反問道：「戰兒，依你看，那林繼皋是怎樣一個人呢？」

高戰道：「此人不辨是非，愚忠可憐，是個粗豪爽直的傢伙。」

辛捷道：「正因如此，我覺得他傻得可憐，當然不忍欺騙於他。」

高戰驚道：「這麼說，你願意……？」

辛捷點點頭，毅然道：「我決定獨自赴約，並且不攜帶兵刃，了結當年這段血仇，神劍金錘林少皋的確是死在我的劍下，雖然那時我不得不殺他，但是……」

他黯然長嘆一聲，竟沒有再說下去。

高戰又道：「黃豐九豪作惡多端，百死不赦，難道鋤惡也該報償不成？」

辛捷臉色一沉，道：「九豪雖惡，他們的後人不一定儘是惡人，戰兒，你忘了辛叔叔的爹和媽，當年也是黃豐九豪中人了……」

往事，像一枚銳利的針，重重刺傷了他的心，兒時的恨事，不期然又浮上他的心頭，關外

朔風撲面，呼號著從他們身邊掠過。

辛捷淚眼朦朧，仰面長嘆，那風聲，那寒意……都像透過肌膚，深深浸透了他心靈深處，他彷彿又聽到母親屈辱時的呼叫……十餘年了，那聲音竟是多麼清晰而逼近啊！

血仇！血仇！血仇！他不由自主舉起自己的雙手，好像看見那些滴滴的鮮血！

高戰在他身邊並騎而行，低聲說道：「辛叔叔，讓戰兒去會他吧！戰兒自信也能替你了結當年那件仇恨的……」

辛捷沒有回答這句話，猛力一抖馬韁，催馬疾馳前奔。

朔風拂過，隱隱似聽見風中傳來辛捷的聲音，竟也是吟道：「風蕭蕭兮易水寒，壯士一去兮，不復還……」

高戰臉上濕漉漉流了一臉淚水，不知爲什麼，竟覺有些悲不自禁，他憤然引頸長嘯，抖韁催馬緊追了上去……

黃昏，關外朔風正烈，漫天鵝毛大雪，厚厚鋪在路上、林梢、溪面、嶺頭。

天地都是一片銀白色的世界，新月雖被濃雲掩得密密的，但大地上仍映著一片銀光，竟比月色皓潔的夜晚，視野更要清晰。

辛捷和高戰雙騎並立在一叢漆黑的密林之前，神情凝重而嚴肅，在他們身後，拖著明顯的兩行蹄印，但一陣朔風掠過，那圓圓的痕印又淺了幾許。

他們四目交注著面前的林子，彼此的手心，都暗暗溢著一把冷汗。

好半晌，他們沒有說一句話，心中的沉重，是不難想見的。

這密林中盡是巨松，每一株都是兩人以上環抱般粗巨，積雪蓋著樹梢，像是在林子上加了一層白色毛氈，更使那樹下成了漆黑深淵似的陰沉。

林中死一般寂靜，除了偶爾寒風鑽過，發出簌簌枝幹相碰的低響，連蟲鳴鳥啼的聲音，也沒有一絲一毫。

這真是個恐怖的林子，怪不得使他們不敢冒然踏入一步。

過了許久，辛捷才低低地問：「戰兒，你記得清楚，不會錯嗎？」

高戰肯定地答道：「決不會錯，正是這兒。」

話雖是那麼簡短，但卻字字有力，竟似鏗然有聲。

「好！」辛捷抬起手來，摸了摸肩後長劍，一挺腰下了馬，臉上一片木然，但眼中卻灼灼射著十分堅毅的光芒。

高戰忙也翻鞍落馬，低叫道：「辛叔叔……」

「什麼？」辛捷急劇地旋過頭來，似乎有些詫異。

高戰伸手摸了摸身後短戟，激動地道：「辛叔叔，能讓戰兒先出手嗎？」

辛捷那木然的臉上忽然綻出一絲笑容，緩緩道：「你是怕辛叔叔不是枯木、黃木的對手

……？」

高戰急道：「不！不！戰兒是擔心……擔心……」

「擔心什麼？擔心辛叔叔技不如人，今夜會送命在這黑松林中？」

辛捷說到這兒，豪念頓熾，揚聲哈哈大笑起來，那笑聲宛若金玉相撞，震得林梢上積雪紛紛墜落。

笑聲一住，傲然又道：「戰兒，你說過辛叔叔還沒有老，區區勾漏二怪，尚不在叔叔眼中，你只管放心掠陣，看今夜辛叔叔要親手替你梅公公報仇。」

他陡然語聲一斂，旋身大呼道：「姓翁的聽著，辛捷候教！」

這一聲大呼，直如悶雷轟頂，林中頓時回音震盪、積雪崩落，響起一連串沉重的巨響，但片刻之後，一切復歸乎靜，竟未見任何回覆。

林子裡仍然是那麼寂靜死沉，只有曠野遠山隨風送回來一串輕呼，發著遙遠而模糊的「候教！候教！」餘音。

高戰手心緊捏著兩把冷汗，眼睛不停地掃視著密林，他知道這林中古怪極多，而且從前的黃木、翠木，如今已練成枯木、黃木，功力大進，如果突起發難，卻是不妙。

辛捷又厲聲高呼：「枯木、黃木聽著，在下辛捷候教！」

連叫數聲，那林中依然毫無反應，辛捷冷哼一聲，「嗆」地撤出肩後長劍，道：「什麼神

木陣勢，竟想難得住辛某！」銀虹一閃，當前一棵巨樹已被攔腰斬斷。

那巨樹「蓬」然倒地，濺得雪花四散飛舞，辛捷左腳跨前一步，神劍一振，便要對第二棵松樹幹上砍去……

驀地，高戰突然失聲驚呼：「辛叔叔，當心左面！」

辛捷聞聲一驚，長劍挫腕反掃，疾彈而出，恰與身後飛撞過來的一股暗勁碰個正著，平空暴響聲起，當場拿樁不穩，身形向前衝去！

但此時的辛捷無論功力、閱歷、臨敵經驗均非當年可比，倉促間雖然被那撞來的暗勁衝動腳步，竟然上身一俯，左足猛抬，人若陀螺「呼」地轉了個圈兒，扭身回頭，那右腳居然半分未曾移動。

林間傳來一聲輕讚：「好身法！」

緊跟著，微風激盪，面前已赫然並肩站著兩人。

這兩人膚色各異，一枯一黃，精目閃閃，臉上同樣木然平靜，不問便知定是那枯木老人和黃木老人了。

辛捷心中暗驚，肘間一轉，抱劍而立，朗聲道：「二位千里迢迢赴沙龍坪相邀，辛捷特來候教。」

枯木老人兩眼凝視辛捷動也不動，緩緩說道：「姓辛的果是信人，現在你是名成利就了，

可還記得當年神霆塔的故人麼？」

辛捷厲聲道：「冤有頭，債有主，我知道二位功參造化，必已是頂天立地的大英雄，但想不到竟會卑鄙地向一個毫無武功的人下手，這件事傳揚江湖，只怕天下英雄都要為之齒冷吧。」

黃木老人叱道：「梅老兒自尋死路，豈能怪得咱們？」

枯木老人冷哼道：「現在不是鬥口爭論的時候，姓辛的既然找上門來，黃木，你就領教一番！」

黃木老人應聲上前，兩隻大袖交相一拂，地上積雪頓地四起，露出丈許左右一片泥地，整整成個圓形，竟比人工掃除還要工整。

黃木笑道：「鶴某人不才，願在這泥圈之中，計教辛大俠幾招。」這無異是說，無論兵刃掌功，彼此均限於這一丈大的圓圈裡較量，誰要是出了圓圈，便算輸了。

原來枯木、黃木也素知梅山民的「暗影浮香」輕身功夫了得，早想出這個方法，限地交手，目的便是使一切輕功都無用武之地。

辛捷只冷冷望了那地上圓圈一眼，正要舉步，突然人影疾閃，高戰已經搶立在圓圈之內，朗聲道：「高戰願先承教。」

辛捷悵然輕嘆一聲，飄身後退，他深深知道高戰的心意，但他既然已經搶先討戰，自是不

便攔阻。

黃木老人卻沉聲說道：「高戰，咱們本是朋友，你何苦要替辛捷出頭呢？」

高戰凜然道：「當年高戰為你們取書，你們曾面允不以此功誤傷他人，你們既食言傷了梅老前輩，高戰只知替梅老前輩復仇，是敵是友，早已不在意中。」

這番話答得大義凜然，連辛捷也不禁暗中點頭讚嘆，黃木老人沉吟片刻，忽道：「那梅老兒自尋死路，根本不是傷在神功之下，但念在你取書之情，老夫認輸，你還是讓辛捷上來吧！」

高戰不料他竟會說出這句話，一時怔在那兒，幾乎無言答對。

辛捷道：「戰兒，你退下來，辛叔叔自能應付！」

高戰突然有了主意，「呼」地撤出短戟，一招「舉火燎原」，點向黃木老人前胸。

黃木胸腹一吸，腳下斜跨半步，輕易地將這招無奇的「舉火燎原」閃過，方要發話，高戰已振臂一揮，那短朝「噗」地一聲，插在地上。

高戰笑道：「承讓一招，取書之情從此抵過，高戰要在掌上領教幾招絕學。」

黃木老人只得點頭道：「既然這樣，老夫索性成全你到底了！」

高戰更不開口，蹲襠提氣，將「先天氣功」提聚到十二成以上，兩掌挫掌而待，緩緩沿著泥圈，向右遊走。

黃木老人也凝聚「枯木功」順右移步，兩人面對面遊走了半個圈子，泥地已清晰地留下二十幾個寸許深的腳印，恰好圍著泥地繞成一匝。

枯木老人冷眼旁觀，估不到高戰年紀輕輕竟有如此功力，掩口輕輕咳了一聲。

這一聲輕咳，正是告訴黃木，要他放手施爲，勿留餘地。

黃木老人陡然一聲暴喝，左掌虛揚，迅捷地推出一掌。

他心中也暗駭高戰內力竟會這般深厚，是以左掌僅用了五成真力，原擬當作虛招，覷高戰趨避的方向顯露之後，右掌才遽出殺著。

要知高手過招，往往蓄力而發，旨在試探對方真正功力，保全實力方作那最後致命的一擊，黃木老人如此設想，隱隱中已將高戰視作了一流高手。

但誰知這個主意，他卻打錯了。

高戰體內先天氣功練成之後，第一次被困黑松林時，曾經硬接了當時的黃木老人（**現在的枯木老人**）一掌，那時黃木幾乎是全力施爲，並未傷得高戰，所以他現在和黃木交手較量，心中已暗有信心，況且「先天氣功」早已蓄勢待發，一見黃木揚掌出手，當時也未想，右掌當胸疾吐，竟是全力硬接。

及待黃木發覺這年輕娃兒居然不知死活揮掌硬接，一驚之下，挫腕加力，畢竟遲了一步，「枯木功」才發出七成，兩掌已遙遙相觸。

空中暴響一聲，高戰肩頭連晃幾晃，黃木老人卻不由倒退一步，右腳恰恰踏在泥圈邊沿，只差沒有被震出圈外。

辛捷忍不住由衷地喝聲彩：「戰兒，真有你的！」

黃木老人臉上一陣熱，大喝一聲，聳肩而上，掌指兼施，快逾閃電般放出四招，泥圈內登時黃霧濛濛，似覺四周全是黃木的人影。

高戰分毫不慌，也是掌打指戳，硬拆硬拚，四招過去，黃木老人沒佔到絲毫便宜，只得又退了回去。

黃木才退，高戰清叱一聲，立還顏色，只見他雙手左右虛畫了半個圈，猛然一合，平推而出，頓時場中勁風疾捲，暗勁橫流，辛捷望見脫口驚呼道：「開山破玉拳！」

果然這一招正是太極鎮門之寶「開山三式破玉拳」中的「愚公移山」，高戰初逢吳凌風時，便學到了這三招絕世之學，後來經他苦心鑽營，竟將本門「百步神拳」揉合在「開山三式」中，所以遽然出手，威力更還在吳凌風之上。

黃木老人自是識貨的行家，並不硬接，騰身拔步，繞圈疾走，高戰拳風過處，「蓬」然聲響，竟將黃木身後擊成了一個尺餘深的雪坑。

枯木老人咋舌不已，忖道：「這小子多日不見，眼看功力只在黃木之上，偏是向著辛捷，我再不出手，只怕黃木便要丟人現眼！」念頭至此，連忙喝道：「黃木退下，讓爲兄來打發

他！」

然而，黃木老人連番受挫，心裡卻大是不服，分明聽見枯木呼喊，竟僞作不知，一橫心，搶中宮，踏洪門，欺身上步，左手「仙猿取栗」暴點高戰右面眼珠，右手卻疾使一招「鬼手揮弦」暗蓄「龍爪功」力，劃向他脈門要害。

高戰勃然大怒，不退反進，腳下巧踩「迷蹤」，右掌斜拍，封住黃木左指，肩頭一塌，和黃木老人錯身而過，左手順勢一轉，駢起中食二指，閃電般點在黃木右腕「陽溪」穴上。

黃木老人的「枯木功」雖然練到第二層，普通掌力已不能傷他，但高戰這一招快逾石火電光，竟使出「天煞星君」的獨門「透骨打穴手法」，黃木老人腕上一麻，自覺整條右臂已無法運轉，這一驚，真是非同小可。

他駭然失措，足尖點地，掠身閃出圈外，一時羞愧難當，半晌說不出一句話來。

枯木老人急問道：「師弟，怎麼樣？」

黃木痛苦地搖搖頭，道：「這小子武功極雜，竟似宇文彤一路，小弟一時失察，上了當了。」

枯木老人憤然作色，轉身向泥圈中走去。

辛捷縱身疾掠，橫劍擋住去路，叱道：「不要走，沙龍坪血債，辛某自和你了斷。」

枯木老人冷冷一笑，道：「說得是，盡指使不相干的人出來，縱得小勝，也不足爲武。」

辛捷也不多話，曲指輕彈劍身，那劍尖一陣抖動，劃出七朵梅花，冷冷叱道：「血債血了，咱們可不作興點到為止，亮兵刃吧！」

枯木老人仰天笑道：「老夫自從歸隱此地，早已不用兵刃，你若願意，老夫就空手接接你那梅老兒親授的虬枝劍法如何？」

辛捷被他一激，反手「嗆」地一聲，將「梅香劍」插回鞘內，傲然道：「你就欺辛某不能徒手斃了你麼？」

高戰見辛捷棄劍不用，急忙叫道：「辛叔叔，別上他的當，他的枯木功已練到第三層，任何掌力，都難傷得了他。」

辛捷回頭笑道：「放心，辛叔叔早在十年之前，便領教過勾漏一怪的精奧掌法了。」

枯木老人突然記起十年前在神霆塔頂，自己與辛捷拚掌不敵，羞怒之下撤出長劍，結果仍然敗在辛捷劍下這段往事，當時翁正苦心演練「令夷劍法」幾達三十年，辛捷不過才二十來歲的小伙子，激戰之下，竟硬用內力震斷了自己的長劍，若非那一戰，他又怎會埋首黑松林中苦練「枯木功」呢？

那一段傷心恨事，使他惱恨忍辱十年，前後苦修四十年，為的就是出這口悶氣，人生能有幾個四十年？如今辛捷就在眼前，他要是再不能一戰將辛捷擊敗，從此也就羞談武學了。

枯木老人惱恨交集，曲臂連伸，渾身骨節都「格格」作響，剎時間，狀如死屍，實際已將

「枯木神功」提到十成以上。

辛捷也不怠懈，矮身挫掌待敵，兩人對望互瞪，各人都恨不得生吞了對方才對心思。

濃重的夜色已籠罩著大地，雪雖然停了，寒意卻越見凜冽，但枯木老人和辛捷四目凝注，宛若黑夜中四盞小燈，鬚髮之間，竟蒸蒸冒著熱氣。

高戰知道他們一旦出手，必是全力致命一擊，連忙拔出地上短戟，橫胸而待。

然而，辛捷和枯木互相瞬也不瞬地瞪望了足有盞茶之久，竟然都沒有搶先出手，寒風吹在他們身上，兩人衣襟連擺也沒有擺動一下。

僵持片刻，辛捷終於忍耐不住，「嘿」地吐氣開聲，右拳猛擊而出。

枯木存心要鎮懾辛捷威勢，不避不讓，胸膛一挺，竟硬生生挨了一拳。

這一拳打個正著，只聽「蓬」然暴響，枯木老人肩頭微微一晃，分毫未傷，反倒吃吃笑道：「姓辛的，你何不再加幾分力量？」

辛捷不禁駭然，暗忖：「我這一拳少說也是千斤之力，縱然傷不了他，怎的連他腳下也未打動半步？這樣看來，今夜之戰當真是凶多吉少？」

他心頭微感一涼，奮力一聲清叱，雙拳連環發出，眨眼間，擊出一十二拳。

這一輪猛攻，雖不是高戰所用的「開山破玉三式」和「百步神拳」，但每一拳皆是辛捷畢生功力所聚，辛捷得平凡上人「醍醐灌頂」授以一甲子以上內功，如今全力施展，威勢自是非

比等閒，只聽「砰砰蓬蓬」一陣陣連珠聲響，枯木老人嘿然一聲，腳下終於倒退了一步。

辛捷一著得手，毫不放鬆，頓足一掠，搶到近前，剎那間掌影紛飛，展開平凡上人親授七十二式「空空掌法」，猛力狂攻不歇。

但如此一來，表面上似乎被辛捷搶盡上風，實際卻上了枯木老人的大當。

「枯木神功」練到第三層，天下已沒有任何掌力能夠傷他，辛捷若是保全真力，以靜制動，或者亮劍出手，仗著梅香神劍利器，也許一舉能將枯木老人擊敗，但他傲骨天生，棄劍不用，已經捨長取短，現在又拚力搶攻出手，「空空掌法」雖然神妙，卻傷不了枯木老人分毫，這一陣猛攻，反倒耗去了不少真力。

高戰旁觀看得明白，奈何已無法阻止，眼睜睜看著辛捷搶攻五十招以後，內力不繼，招式漸漸緩慢下來，心裡急得如熱鍋上的螞蟻，卻想不出援手的方法。

枯木老人怪笑連聲，怪招迭現，不但扳回下風，而且攻多於守，辛捷顯然已退處劣境。

高戰急得大聲叫道：「辛叔叔，用劍！」

辛捷雖然聽見，但豈肯臨危拔劍自毀聲望，悶聲不響，兀自徒手力搏。

兩人倏起倏落，又力戰了百招左右，辛捷額上已微微見汗，氣喘也加劇起來。

高戰猛然想起辛捷在出關之際，曾黯然吟過的詩句來：「風蕭蕭兮易水寒，壯士一去兮，不復還……」

這是多麼淒涼和不祥的句子啊！難道辛叔叔早知不能生還，寧作異地孤魂了麼？

高戰想到這兒，不期然機伶伶打了個寒噤，忖道：「不能！不能！我不能讓辛叔叔死在關外，辛嬸嬸還那麼年輕，平弟還那麼幼小，何況天下武林正義，還仰仗他去維護呢，寧可我代他死去，也不能任他毀在枯木手中。」

他主意一定，豪氣衝霄，大喝一聲：「辛叔叔且請暫歇，戰兒來替你了！」短戟一揮，搶撲了過去。

但他身形才起，黃木老人卻橫身攔在面前，叱道：「高戰，你想幹什麼？」

高戰喝道：「匹夫，閃開！」戟尖一橫，猛掃過去。

黃木老人吸腰凹胸讓開鋒刃，左臂疾揮，逕來扣拿高戰的手肘。

高戰此時情急如狂，不由自主抖戟回圈，使出了「大衍十式」的起首招「方生不息」。

黃木閃身稍慢，登時被戟尖掃過前襟，「嘶」地劃裂三寸長一道裂口，心頭一凜，急忙後退，高戰人戟合一，已向枯木老人飛撲過去！

驀然間，一陣朗朗吟聲，隨風傳來，吟的是「大千世界，虛虛幻幻，真既是僞，僞即是真，佛門廣大，普渡眾生。」

高戰短戟已經即將出手，聽了這陣吟聲，心頭一震，沉氣落地，扭頭卻見曠野中歪歪倒倒奔來一個人影。

那人腳下竟十分迅速，不一會已經來到林邊，只見他一襲僧衣，足登芒鞋，頭上光禿禿剃得精光，竟是個老年和尚。

和尚似被辛捷和枯木老人激烈的拚鬥所吸引，遠遠駐足望了一會，忽然笑道：「辛捷啊！高戰！又是你們這兩個惹事生非的俠客，終日刀劍拚鬥，難道沒個完的時候嗎？」

高戰吃了一驚，細看那和尚似有幾分面熟，只因站得太遠，竟想不起曾在那兒見過。

那和尚又指著勾漏二怪笑道：「枯木啊！黃木！又是你們這兩個孽障，你們只知爭強鬥勝，難道忘了破書本上，在下給你們留下的禮物？」

黃木老人和枯木老人聞言神色大變，枯木老人虛晃一掌，抽身躍出戰圈，急聲喝道：「下毒的就是他，黃木，千萬別讓他再逃了！」

二怪旋風一般向和尚撲去，那和尚轉身便走，一邊高聲作歌道：「忘了憂，忘了愁，海闊天空任遨遊，得放手，且收手，豈有美滿明月永當頭？說什麼英雄豪傑天生就，道什麼富貴榮華前世修，悠悠歲月催人老，黃土一坏掩風流……」歌聲漸遠，片刻便消失在夜色之中。

高戰聽這歌聲，猛的記起一人，喃喃自語道：「啊！是他！是他！但他幾時又當了和尚呢？」

這時，辛捷喘息方定，如夢初醒，忍不住詫問道：「戰兒，你認出那僧人是誰嗎？」

高戰道：「他必是毒君金一鵬。」

辛捷一驚，道：「怎會是他？分明是個和尚！」

高戰道：「我記得勾漏二怪取得枯木神功秘笈的時候，曾擔心二怪神功練就，會亂殺無辜，金前輩當時誇口說過不妨。方才二怪一聽和尚提到書本，便口口聲聲叫那和尚是下毒的人，至今想起來，莫非金前輩早在枯木神功上下了暗毒，二怪事後發覺，才會恨他入骨。」

辛捷聽他說得有理，不禁也嘆道：「可惜毒君一世英雄，晚年之際，竟會出家當了和尚。」

高戰道：「他人本有些瘋癲，對世情恨多於愛，方才他來時吟的詞句，記得從前對我提過，唉！方才怎會一時記不起來。」

辛捷輕嘆一聲，默默向馬兒行去．神色一片黯然。

高戰低問道：「辛叔叔，咱們去大戢島嗎？」

辛捷搖搖頭，道：「不！先去山海關，叔叔還有約會未了呢。」

言下神情，竟比出關時還要淒惶了許多……

兩騎馬緩緩踏過曠野，雪地上又添了兩行蹄印，雖是來時的舊路，但誰知坎坷途中何處才是終點……？

風雪都停了，城樓上響起了三更！

一片烏雲馳過，雲層下閃露出一輪皓潔的明月。

皓月是聖潔的象徵，因爲它柔合而均勻，光而不耀，盈而不溢，永遠那麼公平無偏的照著大廈高樓，也照著簡陋的茅屋。

但天下的事，卻永遠不是十全十美的，皓月的光輝雖沒有偏袒，但歡樂的人見它欣慶，憂愁的人見它，卻憑添幾許感傷。

今夜——

山海關上皓月當空，映著地上積雪，大自然將這醜惡的世界，裝扮得粉搓錦團，一片潔白無瑕。

三更剛過，城頭上陡然出現一條人影。

這人穿著一件黑色夜行衣靠，紮束得十分俐落，腰間圍著一條閃閃發亮的軟劍，輕登巧縱，越出了城樓。

他身輕似燕從城上飄下來，迅速地繞著城邊，伏腰飛馳。

今夜的月色好像跟他過不去，黑衣映著白色，反倒十二分顯目，因此他不得不緊貼牆角，盡量讓城牆的陰影，掩蔽他暴露的身形。

不片刻，到了一片曠野。

夜行人攏目張望一陣，臉上現出失望的神色，低聲自語道：「咦！怎麼還沒有來？今兒不

正是十五月圓之夜嗎？」

他不禁仰頭再看看那掛在天空的月亮，一些也不錯，月兒圓得像一隻大磁盤，可不正是十五！

夜行人輕吐了一口氣，屈一腿跪在地上，喃喃祝禱道：「爹！你老人家在天之靈，保佑孩兒今夜果能殺了辛捷，替你老人家報仇雪恨。」

說也奇怪，他這裡祝禱才畢，耳中忽聽得一陣得得蹄聲，遙遙而來。

夜行人急忙旋身貼著城壁，縱目望去，果見一騎健馬，順著城垣緩緩行來，馬上坐著一個人，面孔雖然背著月光看不清晰，但那人穿一件藍色長襟，頸上正圍著一條白色絲帶，遠遠望去，十二分醒目。

夜行人的一顆心，緊張得險些要從口腔裡迸出來，雙手忍不住微微發抖，他私心忖道：「辛捷是成名大俠，武功自是十分了得，除了暗襲之外，我怎是他的敵手呢？爹！你一定要保佑孩兒一舉得手，將這仇人斃在劍下！」

那騎馬行得極緩，竟似深夜中散步按轡而行，慢慢地，從十餘丈外行過來，九丈，八丈，六丈……逐漸到了近處，馬上騎士，湊巧扭頭左望，兩眼凝注著曠野，竟將側背向著城垣。

夜行人心裡暗喜，這真是天賜的下手良機，再不下手，遲了就來不及了。

他探手一按腰際，「鏗」然輕響，軟劍已到了手中。這一聲輕響，居然未將那馬上騎士驚

覺，只見他仍然注目眺望左方，竟似悠然自得……

那夜行人手上滿是冷汗，輕輕一抖軟劍，「嗡」地一聲，抖得筆直——

這時候馬兒已到了四五丈左右，夜行人只怕劍上光芒被他發覺，一手執劍隱在身後，背心緊緊貼著城牆，張大了嘴，默默地算計著……

三丈，兩丈，一丈……

驀然間，他腰間一挺，頓腳騰身拔起，人在空中，一翻肘腕，劍影陡然映現，同時厲聲大喝道：「姓辛的，還我爹爹的命來……」

他喝聲才出，不待那馬上騎士回頭，長劍疾閃，電掣般向那人後背心刺了過去……

那夜行人覷得清切，突起發難，飛騰躍撲而上，長劍疾閃，對準辛捷背心便刺。

劍尖堪堪已到辛捷背心，陡地，城牆上突然響起一聲暴喝：「住手！使不得！」

卅七　虎兕出柙

夜行人心頭一震，手上略一窒緩，準頭頓失，這一劍，竟刺在辛捷肩頭上，連衣帶皮肉挑破一大塊，刹時鮮血急湧而出。

辛捷痛哼一聲，扭回頭來，卻對那夜行人笑道：「林兄下手怎的這般軟弱？」

那夜行人趁著月色一見辛捷面龐，登時駭然大驚，手一鬆，軟劍「噹」地墜落地上，口裡失聲叫道：「呀！怎會是你……」

辛捷嘆道：「不錯，你殺得一些也不錯，我便是辛捷，是你欲得之甘心的大仇人，你若是願意，儘可殺了我吧！唉！血債血還，我能向人家尋仇，你怎不能向我尋仇呢？林兄，你只管放手幹吧！」

夜行人如癡如呆，怔愣片刻，忽然用手蒙著臉，發狂般飛奔而去，一面奔，一面淒聲大叫：「啊！不！這不是真的！這不是真的……」呼聲中包含了多少驚恐，顫抖，羞愧，憤恨的滋味。

人間可嘆的事跡。

這當兒，皎潔的月色陡地一暗，不知何時馳來一片烏雲，皓月蒙羞，竟似掩面不忍目睹這

血，汩汩的流著，染紅了頸上白色絲巾，也染紅了肩上半幅碎裳，但辛捷木然坐在馬上，動也不動，就像一尊木雕的假人。

他感到肩頭上的肌肉在陣陣抽縮，創口上，有一種灼熱的刺痛，顯然那一劍刺得極深，然而，他並沒有舉手撫一撫傷口，也沒有扭頭看一看那椎心的創痕。

他好像是故意讓那鮮血流盡，流乾，流得涓滴也不存，讓它來沖洗掉心靈上沉重的負荷，死！這時對他已失去威脅。

城牆上飛掠下一條人影，輕輕落在辛捷馬前，這人滿臉都掛著晶瑩的淚痕，正是高戰。

高戰默默含淚望著辛捷，臉上肌肉抽搐，顯得十分激動，但他哽咽了好一會，才盡力迸出了一句話：「辛叔叔，你這是何苦呢！」

辛捷慘然笑道：「唉！戰兒，你不應該出聲呼叫的，假如你不出聲，他決不會劍尖略偏，也許現在他會好過一些……」

高戰道：「辛叔叔，你不該這樣作賤自己，用你一命抵償那林少皋一命，你值得嗎？」

辛捷仍是微笑道：「人命都是一般，這不是值得不值得的問題，當年雖是在迫不得已之下殺了林少皋，但心靈上未嘗不覺虧負，林少皋與我無仇，我憑什麼應該殺了他呢？這正跟勾漏

二怪不該害死梅叔叔一樣，唉！總是我虧欠了林家，林家並沒有虧欠我什麼！」

高戰道：「但林少皋投身黃豐九豪，作惡多端，人人都可得而誅之！」

辛捷道：「不！林少皋雖是壞人，但他的兒子卻是個好人，兒子替父親報仇，難道不應該麼？」

高戰尚欲爭辯，但辛捷搖搖手不讓他再說下去，只是輕輕嘆息一聲，道：「戰兒，假如你不認識辛叔叔，卻認識林繼皋，這時你又會怎樣想法呢？」

這句話，果然問得高戰啞口無言，怔然無語。他只覺這些事恩怨糾纏，永無了期，愈想下去，連自己也弄糊塗起來。

他忽又記起辛捷重傷的時候，在密林中被黑道高手圍攻血戰的往事，假如辛捷不是樹仇太多，又怎會在負傷消息傳出的刹那，便引來了那許多欲殺之才甘心的仇人？想到這裡他已無可爭辯，只得黯然垂下頭來，心裡卻一陣迷惘。

高戰耳邊又響起老父臨終時告誡他的幾句遺言，他記得那是：「待人厚，克己薄，心存忠厚，為善最樂。」

那蒼邁衰弱的聲音雖然已經久遠，但每當他在夜深人靜之時憶起，卻總是那麼清晰而沉重，令他心顫意慄，深自警惕。

自從爹去世，他無時無刻不提醒自己牢記這幾句高家傳家名言，自問從未稍稍違背過，可

是，今天他目睹辛捷這種推己及人的度量，以命償命的氣魄，以及萬里關山，視死如歸的勇氣和決心，他才覺得自己和辛叔叔比起來，真是太渺小太不足道了，辛叔叔這種丈夫氣概，才是爹爹遺言的最好註解。

月影移上中天，朔風突烈，刮得地上雪花飛捲狂舞，但高戰竟無一絲寒意，他只覺得心裡熱血澎湃，像燒著一爐熊熊的火焰似的。

他暗暗自語：「不要忘了爹爹的遺囑，仇虎的事了後，應該早些投身軍旅，替國家好好幹一番事業才對。」

夜色深沉中，他們又進了「山海關」，雖然無恙而返，但神情卻那麼頹喪而淒楚的，默默許久，辛捷才低聲對高戰說道：「戰兒，你的武功只在我之上，大戢島之行，偏勞你獨個兒去一趟吧！我……」

高戰問：「辛叔叔，你要到哪兒呢？」

辛捷黯然道：「平兒離家太久，我該去尋尋他了。」

那聲音低得有如夢囈，高戰心裡一陣酸，陡憶起辛捷當年仗劍江湖，力拚南荒三魔……哪一次不是驚心動魄的生死血戰？但那時辛捷豪氣干雲，略無畏色，現在卻怎的這般氣餒呢？

難道這就是「英雄遲暮」的解釋？可是辛叔叔卻並不老呀……

他悵望著辛捷離去的背影，不禁更加迷惘了——

暮色蒼茫中，高戰單獨馳進濟南城門。

他記得習武初成的時候，和師兄李鵬兒聯袂進關，也是在濟南分手的，那時李鵬兒爲了丐幫大位，獨自趕往江南，高戰卻挾著震駭天下的「先天氣功」和一腔凌雲豪念在江湖中嶄露頭角，如今想來，不過才短短一二年。

現在，「定天一戟」的名聲已經傳揚天下，高戰也已擠身武林第一流高手之林，但心裡卻反而感到無比空虛。雖是成名了，但江湖風雨也消磨了他許多壯志和雄心，譬如風柏楊的遇害，姬蕾的夭亡，梅山民的遭害，以及辛捷這次黯然出關……等等灰色而懊傷的恨事，使他表面上縱然仍是那麼年輕和英俊，心靈卻彷彿蒼老了十年。

濟南，仍是那樣繁華和囂雜，天才亮，市上已人群接踵，熱鬧非常。

高戰按轡緩行，不期然又想起當年濟南大豪的生日盛會，以後途中邂逅林玉和辛平那些往事……

「唉！」往事如煙，他不禁輕輕吁嘆了一聲。

馬兒沒精打采而行，彷彿牠也感染了主人的憂鬱心境！

轉過一處鬧市，驀地前面人聲紛擾，有人大喊道：「快閃開，蠻子過來啦！」

高戰聞聲抬起頭來，果見人群紛紛閃避，街心大步來了一個奇形怪人。

那人生得極為奇異，腮尖似猴，耳削如鼠，頭顱竟比平常人小了一半，雙睛赤紅，灼灼射著懾人心魄的光芒，卻將一柄短劍倒掛在胸前，劍柄向下，劍尖朝天。

這形如鼠猴的怪人雖然身形不大，但兩手左右輕撥，人群當之披靡，竟顯得力大無窮，人莫敢當。

高戰正在暗詫，不防那人已到面前，兩個趨避不及，那怪人翻掌一撥高戰的馬頭，沉聲道：「哈拉莫士，啊霍衣！」

這一撥，馬兒四蹄交滑，竟被他格退了六七尺遠，高戰不禁怒道：「你待怎地？」

那人細目一瞪，也大聲喝道：「格爾答西尼，馬古生！」

高戰聽不懂他說些什麼，肚裡反倒覺得好笑，忖道：「此人想必是異國來的，可惜平凡上人不在，否則，他老人家胸羅萬機，也許能聽得懂此人的蠻語。」

他心裡正當愁思紛擾之際，自覺沒有興趣跟這種蠻夷之人爭論，何況此時路人已聚集了許多，有人大聲叫道：「小英雄，揍那蠻子一頓，叫他知道中原人物的厲害！」

又有人叫道：「那蠻子在濟南城橫行了好幾天啦，不知多少人吃了他的虧，難道咱們中原人竟無人制得了他麼？」

眾人呼叫之中，高戰卻淡淡一笑，向那怪人道：「我不想跟你們蠻夷之人一般見識，你走吧……」話已說完，他才想起那人大約也聽不懂自己的話，一笑住口，帶馬欲行。

不料那怪人突然探手一把扣住高戰的轡頭，大叫道：「金巴！金巴！呵答西魯，莫柯里拉！」一面用手猛拍自己胸口，拍得震天地響。

高戰忖道：「金巴？金巴是什麼？會不會是一個人的名字？」他見那怪人神情並無敵意，於是問道：「金巴？誰是金巴？你……」

那怪人臉上突然現出欣喜之色，棄了轡頭，便要來抱高戰，一面口裡大呼：「金巴！哈拉莫！有喜！」

高戰身負武學，反應迅捷無比，本能地一翻肘腕，將他格開，沉聲道：「有什麼話，你可以慢慢比給我看，但不許跟我動手。」

奇怪的那人不會說漢語，竟似聽得懂高戰話中之意，退後一步，用手比一比頭髮，雙劃了劃彎彎雙眉，又學著女人走路姿態，扭扭怩怩行了幾步。

四周閒人都鬨然大笑起來，道：「他媽的，這蠻子還會演戲？」

另有人卻叱道：「快揍他，這小子看不起咱們中原武士，分明有意折辱……」

但高戰見他誠懇的比手劃腳，面上一片焦急，忽然心中一動，向他點點手，道：「此地人多，你若有事，可跟我到僻靜的地方去講。」

說完，當先撥馬出了人叢，扭頭看時，那怪人果然亦步亦趨跟了過來。

高戰兩膝一磕馬腹，催馬急行，轉了三個彎，已是一條小街，四周行人甚少，高戰騰身落

馬，那怪人半步不離，也已立在面前。

高戰道：「你有什麼事嗎？」

那人急忙說道：「金巴柯里莫，那得尼西摩拉，易柯柯南答庫西，尼阿多辛巴……」

高戰笑道：「你且慢一些，這樣說，我也聽不懂，我問你，誰是金巴？是你的名字不成？」那人連連搖頭，又欲用手比劃頭髮和眉毛……

高戰忙搖手止住，問道：「那麼，金巴是另外一個人的名字？」

那人點頭不止，連道：「有喜！有喜！」

高戰笑笑，道：「是那一位金巴叫你到中原來的麼？有什麼要緊的事呢？」

那人又點頭道：「有喜！金巴庫塔，莫柯尼翁，金魯厄巴格尼沙，柯柯南塔……」

高戰雖不懂蠻語，但聽他話中竟有「金魯厄」三個字，頓時一驚！

他曾在沙漠中見過金魯厄一面，那時金魯厄正和三個師兄圍攻金伯勝佛，被高戰力戰擊退，最近聽平凡上人從天竺返來談起，「恆河三佛」均已脫困出了「風火洞」，金魯厄已經作孽自斃，死在金伯勝佛掌下，這蠻子卻怎會提到金魯厄的名字呢？

高戰心念一陣疾轉，忙問道：「你認識金魯厄嗎？」

那人急急點頭道：「有喜！金魯厄柯柯向塔，金巴！」

高戰不禁著急起來，因爲當他知道此人並非無爲而來，又知道金魯厄與此事有關，便難免

想起天竺的金英，陡然心中猛震，忙問：「你知不知道金英？是個天竺的姑娘……」

那人不待他說完，高興得跳了起來，叫道：「金巴！有喜！金巴庫塔，那答兒高戰，高戰柯里莫……」

高戰見他更叫出自己名字，越加駭然大驚，急道：「你是尋高戰不是？我就是高戰，你快把事情告訴我。」

但那人嘰哩咕嚕說了一大堆，高戰卻一句也不懂，只有「金巴」，「有喜」，這幾個字句，在他話中反覆用著，而且他說話神情更是十分激動，頻頻揮拳振臂，顯然怒不可遏。

高戰從他片語之中，只能大略瞭解一個概念，那就是此人特地從異域趕來，也許正爲了尋找自己，要告訴自己一件重大之事，那件大事，或者又與金英有關係。

但是，他雖然心急如焚，怎奈言語不通，卻始終問不清楚事件內情，更弄不懂何以其中又牽連上死了的金魯厄？

所謂事不關己，關心則亂。高戰這時心情正是愈急愈亂，簡直快要急得發瘋，他費力跟那人追問半晌，問不出一個所以然，忖道：「反正我現在要趕往大戢島去，何不帶了他同往大戢島，見了平凡上人，自然就知道他此來的目的了。」

主意一定，便領了那人匆匆上街，替他選購了一匹健馬，說道：「你且跟我一塊兒去個地方，便有人能懂你的話了。」

那人眨眨小眼，想了片刻，終是點頭同意，隨著高戰上馬啓程。

一路上，高戰多方設法向他探詢，但翻來覆去只聽他是那幾句話，除了知道怪人名叫西魯之外，總是問不出詳情，這一天，兩人行到一處曠野山腳下，高戰正和西魯指手劃腳交談，驀然蹄聲雷動，官道上迎面飛來一騎。

那騎馬馳到近處，馬上坐著一個儒衫文士，像貌十分英爽，低頭催馬急急趕路。

三人相對而行，霎眼間彼此錯身而過，那文士抬起頭來，掃了高戰和西魯一眼，高戰遽見那人目光竟然甚是陰鷙，心中一動，忍不住回頭多望了一眼，不想那文士也正回頭張望，兩人目光一觸，那文士冷冷「哼」了一聲。

高戰性本溫和，雖然分明聽得那一聲充滿不屑之意的冷哼，但也僅淡然一笑置之，誰知行不片刻，卻聽後蹄聲急遽，剎那時，那中年文士竟圈馬回頭，反追了上來。

高戰見他去而復返，心知他未懷好意，連忙駐騎而待，西魯眨眨小眼，似乎不解地望著他，低問道：「高戰柯里莫，西魯亞多西，沙那？」

語聲才落，高戰尚未回答，那中年文士已停馬在丈許處，沉聲問道：「喂！那後生，你叫什麼名字？」

高戰聽他語氣狂傲，心中不悅，冷冷道：「你憑什麼問我？」

中年文士仰天笑道：「你便不說，我也不難從你那桿破戟上看出來，敢情你便是高戰

吧？」

高戰昂然道：「是便如何？」

那文士臉色一沉，翻身下馬，冷笑著道：「姓高的，你可識得天稽秀士余妙方麼？」

高戰微微一楞，心裡立生驚覺，他從沒與余妙方正式照過面，但久聞他那柄「桃花扇」上特經迷藥餵製，武功極爲歹毒。當下一擰身形，也從馬上飄身而下。

但他腳才落地，驀聞一聲大喝，黑影閃處，怪人西魯竟已搶到前面，厲聲道：「亞多喜，柯柯南答！」

余妙方倒是暗吃一驚，冷笑道：「聞得姓高的號稱定天一戟，不想竟跟這種蠻夷之人同行，顯見也不過一丘之貉，不是什麼了不得的東西。」

西魯回頭望了高戰一眼，手握胸前劍柄，「嗆」地一聲，撤劍出鞘，怒聲道：「南塔，尼翁沙鹿！」

那柄短劍一出鞘外，頓時毫光閃閃，燦爛奪目，竟非凡品，余妙方瞇目笑道：「好一柄利劍，可惜落在蠢物手中。」

話落時，西魯突然暴叱一聲，身形微閃，已掠了過去，短劍一揮，逕刺余妙方肩胛。

他出手一招，招式極端詭辣，出劍時似覺緩慢，但劍勢出手不到一半，突地速度暴增，劍尖彈動，閃電般便遞到身邊。同時乍看似取肩胛，劍到時又突然改刺「將台」大穴，登時將余

妙方弄了個手忙腳亂。

余妙方輕敵太甚，一著失措，差一些被劍尖點破胸襟，百忙中仰身後倒，足跟一用力，施展「鐵板橋」功夫向後倒射一丈三四，方才脫出危地，挺腰立起，臉上已氣得發白。

高戰忍不住笑道：「余妙方，久聞你武功不俗，怎的今日這等膿包，連個蠻夷之人也打不過嗎？」

余妙方臉上紅一陣白一陣，牙根挫得格格直響，翻腕一探，手中已多了一柄描金桃花折扇，指著西魯道：「蠢物！姓余的今天不能把你廢在此地，從此也不在江湖中混了。」

西魯笑道：「柯柯南塔，馬格康拉！」

余妙方聽不懂他說些什麼，但不用猜準知是瞧不起自己之意，「刷」地抖開桃花扇，腰間微擰，欺身而上……

高戰沉聲喝道：「西魯！當心他扇上有迷藥！」

但是西魯彷彿未把余妙方放在眼中，怪笑一聲，短劍平舉，業已飛快地迎了上去。

那余妙方素來心機陰詐，因見高戰在側虎視眈眈，心知無法立即對西魯下手，摺扇連轉，突然「刷」地收了扇面，反捏扇柄，疾點西魯「玄機」要穴。

兩人乍合又分，快速絕倫互換了三招，但聽「叮叮」數響，西魯的短劍擊在余妙方的扇梗之上，竟然發出金鐵交鳴之聲，敢情余妙方的桃花扇竟是精鋼打造，並非普通尋常骨柄。

余妙方總算扳回先機，低嘯一聲，手上一緊，桃花扇挾著勁風，連敲帶打，招招不離二十四處死穴，而且也搶招快攻，激起密密層層無數扇影！

西魯居然不懼，短劍閃耀，消招還招，一樣攻守俱備，兩下連折了十餘招，仍是半斤八兩，誰也佔不到半點便宜。

高戰大大放了心，暗想，看不出這蠻子一身武功竟然相當硬扎，余妙方若不是用扇中迷藥，千招之內，定然無法勝得了他！

余妙方愈戰愈驚，心裡何嘗不明白，但他也有他的打算，暫時竟未使用迷藥，轉眼將近百招，余妙方突然假作失手，扇柄斜揚，露出左脅下破綻。

西魯果然沉聲大喝，挺劍疾刺，余妙方腰際突擺，腳下閃電般換步，右手拇指疾旋，悄沒聲息扭開了桃花扇，驀地沉臂飛劃，一招「飄萍戲水」，那鋒利無比的扇面，眨眼便到了西魯耳際。

高戰駭然一驚，這一招竟大大出乎他的意料，眼看西魯除了使用「老驥伏櫪」伏地閃躲之外，再沒其他妙著趨避，而且，他便是用了「老驥伏櫪」這一招，也從此落於被動，勢必要一連再遇上無數險招！

但是，西魯不但未用「老驥伏櫪」，相反地卻回劍疾抽，似乎還未發覺自己已先臨危境，高戰大驚，搶跨一步，「先天氣功」已運集右掌，準備出手搶救。

那知怪事便在這剎那之間發生。

余妙方扇面堪堪劃到西魯耳邊，但聞「呼嚕」一聲輕響，那西魯一顆頭顱，竟然向下一縮，登時縮進頸腔之中。

余妙方扇面走空，正不知原因何在，眨眼間，「呼嚕」輕響，西魯的頭顱又從頸腔中伸了出來。

這種玄之又玄的事，使余妙方簡直不敢相信自己的眼睛，他大喝一聲，反臂回掃，又向西魯的頭上劃去……

果然！這分明不是假的！

西魯不慌不忙，直待扇面將要劃到，略一吸氣，那頭顱又縮進頸腔中不見，扇面走空之後，一挺腰，頭顱又伸了出來。

這一來，不但余妙方大驚失色，便是高戰，也瞧得目瞪口呆，不知置身何處？

他們雖然都是中原武林一等高手，卻從未見過這種駭人聽聞的怪誕武功縮頭之法，余妙方如見鬼魅，連馬也顧不得騎，轉身如飛奔逃而去……

高戰也心驚肉跳，咋舌不已，他不由駭然忖道：「難道西魯身負絕學，竟練成了駭人聽聞的『印度瑜伽』奇術。」

他曾聽人說過這種怪誕的瑜伽術，不單能縮骨縮頭，更能五臟移位，穴脈移轉，只是這些

話雖然在武林中流傳，卻從無人親眼目睹過有人施爲。

西魯見余妙方去遠，嘿嘿笑著去把那棄下的坐馬牽了過來，打開馬鞘後的包裹，銀兩都塞進自己懷裡，另有幾個藥瓶，便遞給了高戰，同時笑道：「柯柯南塔，幸多尼亞，約西阿得。」

高戰迷惘地接過藥瓶，低頭見瓶上標著「解藥」兩字，心中卻始終在懷疑：「西魯果真練就了瑜伽奇術，將來到大戢島時倒是個難得的好幫手，但不知他從何處學得這種駭人聽聞的絕學？」

這時候，西魯已經將余妙方的東西處理完畢，含笑上了馬，招呼高戰道：「高戰柯里莫，所柯亞！」

高戰暗道：「這件事，我必要請教平凡上人，他老人家一定能瞭解，這到底是甚麼怪異的功夫？」

兩天以後，他們到了海邊。

酉魯一見那浩翰無垠，波濤洶湧的大海，又驚又喜，伏在地上連連叩頭，口裡喃喃不休。

高戰僱來一條海船，西魯卻不肯上船，指著船隻叫道：「摩達羅森！摩達羅森！」似乎對船隻極爲畏怯！

高戰安慰他道：「不要害怕，我帶你去一個地方，你就能把心裡的事告訴我了，西魯柯里莫，沙那？」

他數日來和西魯相處，已能意會他口中幾句常用話語，知道「柯里莫」一定是對人的尊稱，而「沙那」便是「好不好？」的意思。

西魯聽了這兩句生硬的蠻語，大感欣喜，鼓掌笑道：「高戰柯里莫，很……很好！」他心中一喜，也脫口衝出一句漢話，虔誠向海船又拜了兩拜，終於棄馬跨上船來。

揚帆出海，風浪逐漸加大，船身也顛簸得厲害，西魯坐在艙中，臉色蒼白，喃喃念道：「摩達羅森，摩達羅森……」

風逆浪大，船行得極慢，整整一夜，到第二天清晨，才遠遠望見大戢島。

高戰立在船頭，心裡漸覺緊張，自從上次護送辛捷離開大戢島，數月來，他好像在心理上已經變了一個人，人世崎嶇，他固然經歷艱苦，但似乎都不及這幾次的重大，短短數月，他好像覺得自已老了十年。

而武學愈精，也愈加令人覺得天地之大，宇宙之博，人生在世霎眼數十年光陰，的確是太渺小，太短促了，少年氣盛，爭強鬥勝之心，相形之下，便消滅不少。

但他不能不關心這一次「海外三仙」對南荒第一高人仇虎之戰，仇虎功參造化，當年便獨

敗少林三大高僧，此次重入中土，自是不可小覷，不知自己趕往大戢島，能對海外三仙有所俾益嗎？以他平生所學，對人稱武學超凡的海外三仙又能有什麼幫助呢？

他忽又想到辛捷慷慨赴死的昂藏氣節來，心忖道：「我若能像辛叔叔一樣，以我這平凡的生命去替代任何人，那就好了。」

可是，當他看看西魯忽又聯想到金英，這份慷慨之氣，不禁又受到些微挫折，使他又覺得自己不能無掛無牽去昂然赴死，因爲他負欠人家太多，若未一一報償，怎能安心去就義呢？

正因如此，他才覺得自己永遠不如辛叔叔，辛叔叔有妻有子，但他在山海關上捨生就死，那氣節又是何等難得，何等感人！

胡思之下，船已抵達大戢島的沙灘旁。

高戰才和西魯下船，沙灘上飛一般奔來一個矮小的人影，揚手高叫：「高大哥，你來得正好，快些！快些！」

高戰詫然望去，那人竟是辛平，不禁驚道：「咦！你怎會在這兒？」

辛平氣急敗壞地道：「現在一時說不清楚，高大哥，你快跟我來，他們已經在拚命了。」

高戰更驚，道：「誰？誰跟誰在拚命？你倒是慢慢說個明白……」

辛平急道：「還用問麼，自然是海外三仙和師父他老人家。」

高戰更加被他弄糊塗了，詫問：「師父？你的師父是誰……」

辛平一把拉住他的手，道：「說也說不清，你快跟我來，我帶你去一看便明白！」

說著，拖了高戰，急急向島中奔去……

大戢島上並無高嶺峻峰，只有遍地果樹，生得異常茂盛。

高戰睹物思人，不覺又憶起姬蕾來，那樹上小屋依然尚在，許多果樹，都曾經姬蕾親手栽種整理，如今物在人亡，姬蕾已永遠看不見這些自己心血灌溉的果實了。

他悵然癡想，不禁呆了，直到辛平駐足連聲催促，才匆匆跟著他穿林而過。

過了果林，眼前出現一大片空地，此時空地正中插著一支竹桿，桿頂高懸著一面金鍊虎頭小牌，隨著海風，微微擺動。

竹桿下，面對面坐著四個人，左面一列正是「海外三仙」，右面卻是個面如嬰兒，容貌和辛平生得極像的矮小老人。

高戰不問已知那矮老人必是威震南荒幾垂百年的「邪王」仇虎。

這時候，雪地上平凡上人盤膝而坐，遙舉左掌和三尺外的仇虎右掌虛空相抵，顯然正在拚比內力。

他們這樣虛抵掌心，內力發於無形，乍看起來，直如兩尊泥塑的人像，但高戰一眼看出平凡上人和仇虎彼此頭上都冒著熱氣，就如兩支煙筒一般，便知勝負已到最後關頭。

他深知這時候千萬不能出聲打擾，否則，一個偶然的失疏，便足以招致悔怨終生的挫敗，

是以不敢開口，駐足凝神觀看。

無根生和慧大師坐在平凡上人身後，俱神情凝重，四目灼灼注視著平凡上人和仇虎座下的積雪。

無根生聽得足音，緩緩抬起頭來，向高戰微微點頭淡然一笑，又全神注意比鬥的二人去了。

高戰心中一連轉了幾個念頭，忖道：「我該不該出手幫助平凡上人呢？要是任他硬拚下去，一旦上人落敗，三仙聲名，便算毀了……」

辛平雙手連搓，惶然地低聲喃喃說道：「高大哥，你看怎麼辦呢？」

高戰低聲問道：「你說……那仇老前輩是你的師父——」

辛平點點頭，滿臉焦急之色道：「這話說來話長，他老人家對我說，上一輩子，他是我的徒弟，我卻是他的師父，這輩子輪到他做師父，我做徒弟了，這是師徒門鐵定不移的門規……反正我也弄不清楚，只好答應做他的徒弟……」

高戰聽了一楞，隨又低聲問道：「這麼說，他便不該再跟平凡上人作對！」

辛平壓低嗓門答道：「他們本沒有動手，只是爲了那面虎頭銀牌，三句話不投機，就打賭起來……」

高戰忙問：「你們來了多久啦？」

辛平道：「已經兩天三夜，他們一直坐著拚鬥內功，到現在還分不出勝負。」

高戰大吃一驚，沉聲道：「呀！已經拚了兩天三夜？再不阻止，他們勢必力盡虛脫，落個兩敗俱傷……」

可是，他雖然心急，卻想不出一個可行的方法，足以阻止這兩位世上頂尖高手的生死賭鬥。

怪人西魯瞪著一雙細眼，緊張迷惘地望海外三仙和仇虎，突然高聲叫道：「高戰柯里莫！尼翁沙多西庫？」

他的意思是問高戰，拚鬥的兩人誰敵誰友？準備出手幫助，那知這一聲呼叫，卻將全神貫注的平凡上人驚動。

平凡上人正當緊要關頭，突聽有人用天竺語喝問敵友，心中一震，不由自主睜開眼來，一見竟是高戰，心神又是一鬆！

就在這心情一緊一鬆，稍涉旁騖之際，頓覺一股巨大的無形勁力，當胸直壓過來，慌忙攝神運功反拒，不想座下雪地，已被體下散發的熱力溶化了少許！

慧大師看得眉頭一皺，朗聲道：「老和尚，你輸了。」

平凡上人長嘆一聲，收掌躍起身來，低頭看看自己坐過的雪地，果然有一些水漬，後襟之上，也沾濕了一片，頓時臉現懊傷之色，向仇虎拱手道：「仇施主功力精進，已臻化境，老衲

敗得口服心服。」

仇虎哈哈大笑，站起身來，道：「靈空，你也不是當年的少林禿頭了，老夫佩服得很。」說著，便想伸手取那竹桿頂端的虎頭銀牌。

無恨生突然閃身上前，拱手道：「且慢，張某不才，還想拜領仇兄絕技！」

仇虎凝目看了無恨生半晌，微笑道：「閣下是仗恃玉玄歸真的內家修爲，要跟老夫較量？」

無恨生道：「不敢，正要討教南荒第一奇人的絕世武學。」

仇虎臉上隱現不豫之色，冷哼一聲，道：「那麼，就請張兄劃出道來。」

無恨生傲然跨近一步，朗聲說道：「在下不敢，只得依樣葫蘆，也學上人一般，領教仇兄的深厚內家功力。」

這話一出，不但仇虎暗覺一震，便連慧大師和高戰都齊吃一驚。

因爲他們都深深明白，「海外三仙」之中，若論內功修爲，實以平凡上人最爲深厚，無恨生雖得奇遇，練成了「玉玄歸真」的內功化境，得以駐顏不老，排名三仙中第二位，但和平凡上人相較起來，終嫌稚弱，如今連平凡上人都已敗在仇虎手中，無恨生竟然指名以內功拚鬥，這不是以己之短，鬥敵人之長嗎？

高戰心念疾轉，真想挺身而出，代替無恨生向仇虎領教一番，但他自問沒有勝得了仇虎的

把握，同時，要是他這時候橫身其間，勢必要惹起無恨生的不快。

這些都是曠世奇人，個個傲骨天生，當面激怒了他，會比殺了他還要令他難堪的，高戰想到這裡，只得默然緘口。

邪王仇虎略作沉吟，便爽然點頭道：「也好，老夫焉能厚彼薄此，便試閣下的精純內家絕學吧！」

無恨生雙肩微微一晃，搶到場中，兩掌互搭，隱捏太極印，含笑道：「在下斗膽，想硬接仇兄三掌，看看南荒奇人，究有何雄厚的掌力？」

平凡上人駭然一驚，忙道：「張施主，你……」

無恨生傲然笑道：「上人敢情斷定張某不是仇兄的對手麼？」

平凡上人啞然一怔，點頭笑道：「老衲不是這個意思，只盼張兄留神一二，仇兄掌力是老衲一甲子之前便領教過的，端的令人心折。」

無恨生敞聲笑道：「張某雖然修爲尙淺但這等生死交關之事，也有自知之明，咱們只對三掌，還望仇兄暫時勿用那驚世駭俗的移花接木手法才好。」

仇虎臉上不覺一陣熱，怒道：「便是硬接實拚，老夫也不懼。」

無恨生笑道：「那麼張某就要放肆了。」

那「了」字方才出口，驀地雙掌向外一翻，掌心外露，竟然色作晶瑩，恍如美玉，頓時一

股狂飆，挾著風雷之聲，猛地襲向仇虎胸口。

仇虎人本矮小，無恨生身材修長，居高臨下，有如泰山壓頂，將仇虎上半身全都籠罩在一片勁風之下。

邪王仇虎冷屑地哂笑一聲，左掌一揚，果然硬接一掌。

兩股掌力遙遙一觸，平空暴起悶雷般一聲巨響，疾風橫捲，勁力四射，無恨生雙肩微微一晃，當場後退了一步。

那仇虎倉促之間還手，又以單掌迎敵，忍不住上身一陣劇搖，左腳倒踏了一大步，雪地上留下淺淺一隻腳印。

無恨生仰天大笑，狀極冷傲，似乎一掌之下，已不把仇虎放在眼中。

仇虎吃了暗虧，心中也暗感駭異，忖道：「看不出這書生外貌文弱，掌力卻如此強猛，不愧擠身『海外三仙』之中。」

他畢竟是久經大敵的人物，一掌之後，反把輕敵驕態化去不少，含笑說道：「張兄不愧是中原異人，還有兩掌，老夫也要放肆了。」

無恨生笑聲一沉，左足橫跨半步，那仇虎突地一揚右掌，也是猛力一掌直劈了過來。

無恨生嘿地吐氣開聲，翻掌又是一招硬接，「蓬」地一聲，掌力交實，忽然胸中一陣血氣翻湧，竟差一些按捺不住，身不由己，又倒退了一步，雪地上留下的腳印，足有寸許深淺。

他急忙深納了一口氣，再看仇虎，卻立在原地半步也沒有移過，目光灼灼注視著自己微笑。

一股羞惱之念，陡從無恨生心底冒了起來，他一生孤傲不群，除了「海外三仙」，平生僅僅佩服過兩個人，一個是「七妙神君」梅山民，另一個便是高戰的授藝恩師「邊塞大俠」風柏楊，這兩個人之中，梅山民胸羅萬機，無恨生與他煮酒論劍，心中暗爲折服，而風柏楊在無極島上和他力拚之下，戰成平手，也算得他平生僅遇的勁敵，仇虎雖然成名甚久，但甚少在中原揚名立萬，無恨生雖然聽過許多關於他的絕世功力的傳言，心裡卻始終不大相信。

這次仇虎遠來大戢島，若依慧大師主意，原想把「虎頭銀牌」交還了他，本不至彼此以武相見的，平凡上人早已拜領仇虎精奧武學，也無意再行動手，只有無恨生不服，一力慫恿二人跟仇虎一較高下，這才使平凡上人和仇虎力拚兩天三夜，終於在精神微分之際，不幸落敗。

無恨生從旁冷眼看出仇虎功力，也只與平凡上人在伯仲之間，傲念一生，又挺身索鬥，第一掌略佔了一些便宜，當時趾高氣揚，不想第二掌一招硬接，竟險些吃了大虧。

他一陣惱羞成怒，心裡已暗暗動了殺機，雙臂伸縮，渾身骨骼不住「格格」作響，已將畢生功力，盡都運集在雙臂之上。

高戰旁觀者清，明知無恨生這一次出手，也許便是兩人生死立判的一擊，不禁心頭狂跳，暗暗替無恨生捏著一把冷汗。

海上凜冽的寒風，一陣陣卷掠而過，果林搖曳，發出「沙沙」低響，突然天空又飄起雪花來。

海風吹刮著高戰的衣襟，不住「拍拍」作聲，場邊眾人，都全神貫注著仇虎和無恨生二人，只見他們彼此注目而視，身上衣衫在強勁海風之下，紋絲也不動，雪花飄到近身三尺左右，竟都斜飛開去。

顯然，他們已各自運集了全身功力，準備作那勝負高低的拚力一搏。

飛雪中，無恨生緩緩舉起右掌……

眾人見他掌心此時已全成了一片白玉之色，映著漫天白雪，毫不遜色。

仇虎也慢慢抬起右掌，豎掌如刀，掌沿斜露，凝神待敵！

高戰突地心念一動，縱身疾掠，陡向場中撲了過去……

這剎那間，無恨生掌勢忽落，吐氣開聲，沉聲喝道：「接掌！」

一股狂風，捲飛了漫天雪花，猛地向仇虎撞去，堪堪將要襲到近身，無恨生突然欺身又跨近一大步，挫腕之間，頓時掌力又加了二成！

仇虎也是一聲大喝，翻掌吐勁，力揮而出……

但他們發出的掌力尚未相交，驀然一條人影落在場中，那人雙臂分揮振起，居然左右同時硬接了兩人一掌！

卅八　天竺驚雷

「蓬蓬」兩聲，無恨生和仇虎都覺得自己的掌力好像忽然撞在一堵堅厚的牆上，不但無法衝過，那強猛的回震之力，竟使他們各自晃了幾晃，耳中聽得微哼之聲，凝目看時，才看出那人竟是高戰。

高戰交換著用手揉搓自己的雙腕，似是被兩方強猛的掌力震酸了手臂，皺眉說道：「二位老前輩，彼此並無仇隙，何苦這般全力硬拚，要是有個失手，豈不折損了武林中一根擎天支柱，高戰雖是晚輩，也覺得爲二位不值！」

無恨生大感愕異，他自問這一掌乃平生功力所聚，世上能接得住的人，屈指可數，高戰年紀這樣輕，就算他奇遇再多，也承受不住自己這全力的一掌，難道說他還強過他的師父「邊塞大俠」風柏楊麼？

那邊仇虎也同樣駭然失驚，他更是百年中從未逢過敵手的狂人，萬萬也想不到中原之地，竟會有這麼一個年輕娃娃，居然同時硬接了自己和無恨生內家至剛掌力，這簡直是他一生中最

奇異的遭遇了。
場中頓時沉靜得沒有一絲聲音，這兒雖然只有四五個人，但人人都是當今天下一等一的絕頂高手，可是，他們心中，卻深深被高戰的駭異功力所震動。
他們自然不會知道，高戰自從幼食千年參王，得天獨厚，竟將關外「天池門」鎮幫之寶「先天氣功」練到十二層，這等功力，休說「天池門」中乃開天闢地第一人，便與在場任何一位相較，高戰也毫不遜色，以他現在的功力來說，實已在他師父「邊塞大俠」風柏楊之上了。
辛平忽然奔上前去，張臂抱住高戰，喜極叫道：「高大哥，真虧了你……」
平凡上人也搖搖頭笑道：「這娃兒，唉！少年人一個賽似一個，咱們自然該老了。」
仇虎正色道：「老夫有幸迭遇中原高人，衷心至感欽佩，咱們師徒們自信也非泛泛之輩，且等三年之後，老夫自當囑我這徒兒再入中原，那時還當向中原各位高人領教。」
說著，又向無恨生含笑拱手，道：「島主掌力渾厚，實乃老夫平生僅見，他日有緣，還當再領教益。」
無恨生冷哼一聲，答道：「張某隨時候教就是。」
仇虎也不再多說，凝目望了高戰半晌，逕自取下竹竿上的「虎頭銀牌」，掛在頸上，攜了辛平，轉身大步向海邊步去。
辛平扭回頭來向無恨生叫道：「外公，我跟師父去了，爹爹那兒，煩高大哥替我轉達一

聲，三年之後，我一定會回來的……」

最後幾句話，人已去遠，竟有些聽不清切了。

無恨生重重地一頓足，道：「這不爭氣的孩子，中原武學哪一些比不上南荒蠻人，偏偏願意跟了他去！」袍袖一拂，也轉身離去。

平凡上人望著無恨生遠去的背影，良久才黯然嘆了一聲，輕輕道：「唉！這位老弟樣樣都好，就是性情太傲了一些，久後必受傲性之累……」

慧大師一直沒有開過口，這時突然向高戰道：「你去沙龍坪時，順便告訴辛捷，就說林玉那孩子已在老尼門下，叫他們不必尋她。」

高戰一怔，驚問道：「真的？玉妹妹竟會拜在老前輩門下？」

慧大師冷冷道：「一些不錯，但你可要記住，小戢島不是男人們亂撞的地方，你別來找她才好。」

高戰臉上一紅，尚欲多問幾句林玉的近況，那慧大師已飄然去得遠了。

平凡上人笑道：「這尼婆，故作冷傲，心理比誰都愛熱鬧，這些人個個裝腔作勢，我老人家真是不懂有什麼好處。」言下之意，似根本未將自己敗在仇虎手中這回事放在心上。

高戰回頭見西魯還怔怔立在身後，突然記起帶他來的目的，忙將遇見西魯的經過向平凡上人詳述了一遍。

但平凡上人不待他說完，便揮手攔住他的話頭，道：「這件事你先等一等，我正有件事要告訴你，現在你來得正好。」

他從懷裡取出一本精緻的小冊子，遞給高戰，笑道：「這是那一本『風火凝氣功』的漢語譯本，我費了三天三夜，才替你譯成漢文，不過說實在話，我老人家可沒有從中偷學一句半句！」

高戰素知平凡上人言語風趣，也不介意，笑了笑，稱謝去接，但平凡上人突然一縮手，正色說道：「且慢，我老人家替你花費心神，這等苦差，總不能白幹，你也得答應替我去辦一件事，當作交換，你願意嗎？」

高戰笑道：「你老人家便沒有替我譯這冊子，但有吩咐，高戰也定當盡力以赴。」

平凡上人神色凝重地道：「不！我和尚向來不白佔晚輩便宜，同時我要你去辦的這件事，或許十分艱難，必須要你心甘情願的去才行。」

高戰見他說得慎重，詫道：「你老人家究竟有什麼重大的事，要我去辦呢？」

平凡上人道：「你先答應一定要去，我再說出來，否則，咱們這場交易，大可不談。」

高戰爽然應道：「上人差遣，雖赴湯蹈火，高戰也不推辭。」

平凡上人哈哈笑著，拍拍高戰的肩頭，道：「好個爽快孩子，咱們的交易成了，你跟我到這邊來。」

他突然扭頭向西魯說道：「尼翁西庫，阿多約，沙那！」
西魯駭然一驚，怔怔望著高戰。
平凡上人向高戰笑道：「我告訴他，要他等在這兒，別跟咱們一起，你再告訴他一遍。」
高戰便對西魯道：「西魯，你就在島上隨意玩玩，只別走得太遠，我等一會再找你。」
西魯一彎腰，恭敬地道：「有喜！高戰柯里莫！」
平凡上人笑道：「這傢伙倒好玩，對你竟這般敬重，『柯里莫』乃是對長者的尊稱，除了僕奴對主人，普通是很少用的呢！」
平凡上人領著高戰直到他的茅屋，相對坐下，這才正色說道：「我要托你去替我尋一個人，你只要找到他的安身之處，回來告訴我就好了，便算大功告成，這事聽來簡單，但第一，你不能讓那人發現，因為那人一見生人，必定搬遷，再找他就難了，第二，那人現在的可能去處，連我也不知道，也許天涯海角，永難覓得，第三，那人功力十分高強，性情又剛烈得緊，你若被他發覺，或許遭遇橫禍，我想了許久，必得找個武功很說得過去的人才行，方才見你獨擋仇虎和無極島主夾襲掌力，所以認定你是最恰當的人選了，高戰，你願意去替我辦這件大事麼？」
高戰從未見過平凡上人這等慎重付托一件事情，頓感責任重大，忙道：「你老人家究竟要尋誰啊？」

平凡上人眼中忽然隱隱現出兩滴淚水，但他渾身微微一震，又極力將淒苦之情忍了回去，笑道：「在沙龍坪，你聽到無極島主說的故事嗎？」

高戰心頭一震，脫口道：「你要我去尋靈雲大師！」

平凡上人緩緩頷首，再也忍耐不住，熱淚竟奪眶而出……

高戰激動得拉著他的手，感動地道：「上人！我一定要替你老人家尋到他，那怕是踏破關山，上窮碧落，下盡黃泉……」說到這裡，也哽咽不成聲。

他從平凡上人那含淚的眼神中，看得出他雖然偌大年紀，卻對那多年分離的師兄，懷著無可比擬的思念，那一顆傷感而赤誠的心，正如一個萬里他鄉的遊子，渴望著再晤見親人一般，這種感人的眼神，高戰曾在自己爹爹臨死之際看到過一次，不久之前，與辛捷分手時看到第二次，現在是第三次見到，竟使他熱血沸騰，雙手都微微發抖，險些不能自已。

平凡上人含淚而笑，一面輕撫著高戰的手背，像一個慈祥的母親，一面喃喃說道：「八十年了，整整八十年，我和二師兄，無時無刻不在懷念著他，只因他素性剛烈，當年嵩山一戰落敗，我們三人含恨出走，他就曾誓言，練不成絕世武功，勝不了邪王仇虎，他永遠也不再跟咱們見面，這些年來，從未得他半點音訊，我和二師兄還當他已經圓寂了呢……」

他不覺又長嘆一聲，道：「現在冤仇也該解了，仇虎並非惡人，大家全為了一個『名』字堪不破，落得含恨了七八十年，細想起來，真是太不值得。」

高戰一直沒有再開口，只是凝神傾聽平凡上人喃喃而語，好像靜聽著一個歷盡滄桑的老人，在向他述說人世的荒謬和悲涼。

他雖然沒有見到當年嵩山絕頂那場驚天動地的大戰，但他不難想像，那激烈和沉痛的程度，只怕不是自己所知的任何血戰所能比擬，否則，也不會使這三位有道高僧，羞憤之下，隱居埋名了數十年光陰。

他好像已經看見那激戰之後的嵩山絕頂，三個高僧相抱痛哭，為他們衷心愛戴的少林派蒙受的羞恥而悲哀。

不期然的，他又憶起當自己得悉恩師蒙難，死在關外群醜歹毒的暗算之下時，那種悲憤激昂，椎心泣血的往事。

但是八十年後的平凡上人，不幸再度敗在強敵手中，他不但不再引為終生奇恥大辱，卻反而推許了敵人，這份難得的慈悲，使高戰越發為他的思念師兄之情，激起無限同情，無限欽佩……

不知過了多久，高戰才記起問道：「上人，無極島主不是不肯說出在哪裡見到靈雲大師嗎？咱們要找他，應該先從何處找起呢？」

平凡上人道：「他初時不肯說，這幾日經我多方設法打聽，已經知道大師兄原來隱居在晉西呂梁山附近，我想晉中深山甚多，師兄縱或遷移，也必在左近，你可以先到晉西，再相機而

行。」

高戰點頭道：「我立即便動身，能不能如願尋到，自會隨時告訴你老人家。」

平凡上人道：「那倒不必急在一時，我先寫一封信，你攜往普陀我二師兄處，求借他那通靈巨鶴，乘了再往晉西，對尋人之事，也許有些裨益。」

說罷，果然立刻提筆作書，瞬間寫畢，連同那本「風火凝氣功」的譯本，一併給了高戰。

高戰收妥信函，起身告辭，便要啓程。平凡上人卻道：「現在我的事講完了，你不是也有事找我嗎？快去把那蠻子找來吧！」

高戰這才想起西魯，匆匆出屋將他尋到，引到平凡上人面前，道：「這人在濟南與我不期而遇，竟能直呼我的姓名，又提到金魯厄和一個叫做金巴的人，我聽不懂他的話。才把他帶到大戢島來。」

平凡上人微感一驚，詫道：「金巴？金巴的意思，便是漢語中的金姑娘，你認識什麼叫做金姑娘的女娃娃麼？」

高戰聞言駭然一跳，忙道：「是嗎？難道他說的真是金英？」

西魯在旁聽見，臉上頓現喜色接口道：「有喜！金巴柯里莫。」

高戰急道：「上人，求你快問問他，究竟他肚裡裝的什麼事呢？」

平凡上人點點頭，使用梵語和西魯交談，直談了將近半個時辰，竟是滔滔不絕，尚未談

完。

高戰又聽不懂，只怔怔望著他們嘰嘰咕咕談得極快，那西魯連說帶比，說得口沫橫飛，平凡上人漸漸臉色凝重，偶爾反問一句，顯得事態極爲嚴重。

好不容易把話談完，平凡上人默然沉思，似乎心中有件重大之事，一時甚難決斷，半晌沒有言語。

高戰聽得西魯頻頻提到「金巴」和「金魯厄柯柯南塔」這兩句，心知事情不妙，一顆心砰砰直跳，忍不住問道：「上人，他說了些什麼？」

平凡上人突然伸出手來，慎重的道：「你把那封信還給我吧！這件事非你立刻趕去不行，普陀之行，只好暫緩了。」

高戰駭然道：「是什麼事情這樣嚴重？」

平凡上人長嘆一聲，緩緩說道：「這人名叫西魯，是金英父親昔年一位親信家人，後來離開金家，潛心學習印度瑜伽術，不料學成回去，金家卻正逢大難……」

高戰「霍」地從椅上跳了起來，失聲道：「什麼大難？難道這事和金魯厄有關麼？」

平凡上人點點頭，道：「正是，那金魯厄叛離恆河三佛，在風火洞前被金伯勝佛打了一掌，竟然並未死去，潛伏林中，偷聽得老衲和三佛談話，知道金英家中有一種蘭九果，乃是療傷聖品，他那時挨了一掌，內傷已極重，便偷偷潛往金家，竊食了蘭九果，更將金英的父親打

成重傷……」

西魯在旁邊連連點頭，表示平凡上人說得極對，高戰卻心急如焚，插口又道：「那麼，這事怎又牽連了金英呢？」

平凡上人道：「金魯厄在金家肆虐，正值金英從中原返家，被金魯厄劫擄而去，目下恆河三佛搜遍天竺，也尋不到他的匿身之處，所以金英的父親才令他遠來中原，一面將這件事告訴你，一面也是要你領他在中原搜尋金魯厄下落，據他說，那金英的父親精通命理，曾暗占一課，說那金魯厄擄了他女兒，已經避入中原來了。」

高戰聽了這番話，宛如一盆冷水，從頭上直淋到腳跟，登時臉色大變，怔立當場，說不出一句話來。

平凡上人嘆道：「娃兒，這是你一段情緣，自該由你去了結，老衲的事，急也不在一時，你就先設法追查金魯厄和金英下落要緊，那金魯厄爲人機詐百出，武功又高，得恆河三佛精髓，便是沒有劫擄金英，他一到中原，也將爲中原武林帶來駭然風波的……」

高戰突然堅毅地道：「不！我既然答應上人去尋靈雲大師下落，自然以這件事爲主，何況尋找金魯厄，也不是一蹴可成，兩事並不衝突，我這就趕往普陀借取通靈巨鶴，煩上人令西魯回天竺去吧！要他轉致金英之父，只要我能找到金魯厄蹤跡，必然設法救回金姑娘，親送她回天竺去！」

話一說完，拔步離了茅屋，飛一般逕向海邊奔去。

平凡上人輕嘆一聲，頷首道：「難得！難得！這娃兒豪氣干雲，一諾千金，兒女情意雖重，卻處理有條不紊，冷靜精明，他日成就，只在辛捷之上，唉！武林中若非這幾位天縱奇才，更不知魔孽要囂張到什麼程度哩！」

說到這裡，又是一聲浩嘆，那陰沉的臉上，似乎已綻現出一絲開朗的曙光……

浙東玉盤洋中，島嶼星羅棋布，礁石處處，無風三尺浪，端的是個險惡的所在。

浪頭洶湧，孤帆一點。一艘滿張風帆的快船，乘風破浪，向南馳去！

船首上立著一個少年英傑，愁容滿臉，劍眉緊緊糾結在一起，負著手，癡癡望著海天相接之處那單調而無聊的水平線，不時從他口中，長長噓出一口幽幽悶氣。

他──便是那滿懷愁思，趕往南海普陀途中的高戰。

海上風力雖大，卻吹不散他滿腔愁雲，吹不去他濃重的憂愁，他硬著心腸跨上南行的海船，一腔情思，早已飄飄蕩蕩向西掠過沙漠，飛落在那宏偉錦繡的莊園中了。

金家那燦爛奪目的瓊樓玉宇，彷彿又展現在他的眼前，他怎能忘記金英那銀鈴般的笑聲？那四名美婢俏皮的嘻鬧？更清楚地記得那大王石墓，海市蜃樓，以及高大健壯的駱駝，還有半遮半掩的天竺公主……

他有些奇怪，爲什麼當時見到那些、聽到那些，並不覺得深刻，此時回憶起來，卻令他心弦爲之頻頻震動，好像那些沙漠中的奇景，一一就在眼前，竟比初見時還要親切十分。

船在搖，就像是坐在駱駝高高的肉峰上，只是，海天茫茫，見不到沙漠中海市蜃樓的奇異幻境。

他又想到金魯厄，那看來眉目清秀的書生，他連授藝恩師尚且起心謀害，爲人奸險狠毒，已經可想而知，金英落在他手中，不知將會遭遇多麼悲慘的命運！

金英爲了援助自己脫身，不惜甘冒白婆婆的盛怒，那一次，她的苦頭一定也吃夠了，不想返回家中，又碰上金魯厄那人面獸心的東西……

許多往事在高戰心中翻騰，他心潮起伏，不亞於洶湧的海浪，想到憤怨之處，忍不住放聲長嘯，用力的揮舞著拳頭，恨恨道：「金魯厄！金魯厄！只要對英妹妹稍有一點冒犯，有一天落在高戰手中，必將你碎屍萬段，難洩此恨！」

嘯音四散在遼闊的海洋上，遠遠地播散開去，高戰心中氣悶，好像舒暢了許多，他反手又拔出身上短戟，兩手一合，「咔」地接上長桿，迎風抖起一團戟花，然後輕輕撫摸著那烏亮的戟身，一剎那，父親慈祥的聲音，又在耳邊蕩漾起來：「……戰兒啊！我死了之後，你把一切都賣了，回到老家去，如果能再碰到那位傳你內功的奇人，就跟他去學功夫，將來好爲國家做一番大事……」

那聲音縈繞在高戰腦際耳邊，永遠是那麼深沉而清晰，他撫弄著長戟，心中卻生出無限愧恨！

是的，他已經從那位奇人處學得了驚世駭俗的武功，但這些日子來，他何曾替國家做過什麼事呢？清兵虎視關外，朝中昏庸頹敗，而他，除了在江湖恩怨中打滾，實在有愧這一身武功，愧對高家歷代英雄祖先。

這桿長戟在高家祖先手中，不知多少次挽救國家於危亡，在戰場上光耀過多少輝煌的功蹟，他怎能使它長此埋沒在江湖仇怨之中？

驀地，他又想到辛叔叔最近所說的幾句話：「世道坎坷，英雄遲暮，叔叔老了……」是啊！等到歲月逝去，鬢上添了白髮，時日蹉跎過，當他也興起「英雄遲暮」之感時，他將再無面目，去到九泉會見高家的列祖列宗！

他用力一頓長戟，喟然嘆息一聲，展目望處，一列海島已呈現在眼前，心裡不禁暗暗自語道：「只等這兩件大事一了，便是高戰投身軍旅，執戈衛國的時候。」

一陣海風吹過，高戰豪性大發，情不自禁低聲吟道：「昂藏赴一死，馬革裹屍還……是啊！大丈夫馬革裹屍，才是男兒最佳葬身處……」

沉吟中，船身一頓，後梢的船老大叫道：「這位少爺，普陀到了。」

高戰聞聲一震，舉目打量前面這座高山，但見叢林密茂，氣派萬千，點點屋瓦，從綠叢中

飛出一角，船隻停泊處不遠岸上，有一艘石刻的畫舫，海邊一塊巨石，石上留著個巨大的赤腳深印。

相傳那石舫便是眾仙同遊南海時的遺跡，而那大腳印，便是觀音大士踏上普陀時留下來的。

這南海佛門聖地，端的巍峨肅穆，使人一臨其間，不期然會生出無限虔誠的敬意來。

高戰隨手擲給船老大一錠銀子，收了長戟，躍身上岸。

他取出平凡上人交付給他的書信，只見信封上端端正正寫著「普陀禪林上院」幾個字，當下毫不遲延，邁步向山上而行。

離岸不遠，有一條簡單的街道，石板鋪的道路，一直延伸向山腰，街上也有幾家貨店酒館，是專爲遊客而設的。

高戰才進街內，早有小販上前兜生意，叫道：「少施主，買一串菩提子嗎？」

高戰見那人手上掛著一隻竹籃，籃中盛著一串串佛珠，每粒佛珠，約有小指頭大小，那小販教他舉起佛珠，從孔中迎亮看去，孔中竟有一尊趺坐的佛像。

高戰大感驚奇，心想：「這東西倒是精緻少見，天竺人崇佛，我若買些將來送給英妹妹，她必是喜歡。」於是爽然購了一串。

問明禪林上院所在，高戰大步穿過市街，拾級登山，漸行林木漸深，人聲沉寂，偶聞鳥鳴

蟲聲，磐聲梵唱，陣陣傳來，令人頓覺塵念盡滌，心地空明。

正行著，突然近面從山上並肩走來兩名僧人，二人都在三十左右，舉步輕盈，一晃眼已到高戰前面，石道狹窄，高戰連忙停步讓在道旁，拱手道：「二位師父先請！」

那兩名僧人展顏一笑，緩緩行了過來，和高戰擦肩而過，其中一個含笑稽首道：「少施主是上山隨喜的嗎？」

高戰道：「小弟正欲登山拜見一位老菩薩。」

那僧人掃目望了高戰身後的戟尖一眼，臉色突然一沉，道：「啊！敢問少施主欲尋哪座寺院，哪位師父？」

高戰平生從不說謊，便道：「小弟欲往禪林上院，求見一位有道高僧，他便是……」

他忽然住了口，原來這是陡地想起，那騎鶴的枯瘦高僧從前在少林寺的法號叫做「靈鏡大師」，但他乃逃禪離寺隱居之人，這時一定已經改換了名稱了，可惜自己竟未想到這一點，當時忘了問明平凡上人，如今被那僧人一問，才頓時想起，竟答不上話來。

那僧人也沒追問，僅只冷冷一笑，道：「少施主身攜兵刃，必是江湖武林中人，若無重大之事，還是不要在普陀清靜佛地生出是非來才好，這是貧僧肺腑之言，少施主不要見怪。」

高戰知他已起了誤會，連忙笑道：「大師父過慮了，小弟乃奉一位前輩差遣，持書趕來普陀，欲向一位老前輩借用一件東西……」

另一個僧人冷冷打斷他的話頭，道：「既是這樣，少施主怎會不知那人的姓氏？」

高戰吶吶無話可答，皆因「少林三僧」自從離開嵩山隱居，必不再提及從前往事，他怎可隨口便把這段隱事抖露出來，吞吞吐吐半晌，才尬尷地笑道：「這個……小弟一時忘了那位前輩的稱謂法號，等一會想想也許便能記起來。」

那兩個僧人臉上笑容盡斂，隱約已有些不豫之色，冷哼一聲，道：「但願少施主能想起來才好！」說罷，昂然舉步，依舊向山下飄然而去。

高戰怔怔地直到他們去得遠了，不禁輕嘆一聲，暗罵自己當真糊塗，匆匆趕到普陀來，怎會連人家法號都說不出來，難怪人家要誤會自己是特來挾械尋仇的了。

他急急又掏出平凡上人的書信，翻覆細看，信封上果然只有「普陀禪林上院」六個字，並無收信人的姓氏名字。

信封已經貼口，高戰又不便拆開查看內容，一時間，急得搔頭抓腦，沒有了主意。

假如他就這樣尋到禪林上院去，別人問起來，勢必無言回答，假如再趕回大戢島去問個清楚，事實上一往一返，費時誤事，更為不妙，可是，他如果不能見到靈鏡大師借得通靈巨鶴，又怎能去尋靈雲大師和金英呢？

躊躇半晌，忽然想到一個主意：「普陀乃是遊人信士眾多的地方，我何不假扮遊人入寺隨喜，暗暗設法找到靈鏡大師，再拿出平凡上人的書信，豈不就成了！」

他輕輕點了點頭，揣回書信，急急又邁步上山。

轉過一叢密林，迎面現出重簷疊角一棟大廟，廟前兩列青松夾道，左右塑著兩頭石獅，門上橫匾果是「禪林上院」四個斗大金字。

這時候，廟門大開，可以望見門裡還有個寬大的院落，清掃得十分清潔，再後方是正殿廟房，已遙遙看不甚清晰，奇怪的是，雖在白晝，卻不見院中有僧人行動。

高戰整頓衣衫，將戟尖藏在衣下，以防再引起誤會，然後裝著遊山玩水客人，緩步跨進大門……

院中冷冷清清，生像個無人居住的空寺，高戰滿懷詫異，穿過院子，踱到正殿門外，舉目張望，殿上也是一片幽寂，竟看不見一個和尚蹤影。

他心裡大感奇怪，故意咳嗽一聲，朗聲道：「裡面有人嗎？在下是特來參佛隨喜的。」

話聲才落，左側一陣輕微腳步聲響，剎時轉出一個年約五旬的黃衣僧人。

那僧人一雙眼神分外銳利，上上下下將高戰打量了一遍，合十道：「施主有何事見教？」

高戰見他兩側太陽穴賁起甚高，顯然是位內功極高的好手，忙拱手道：「在下久慕普陀聖地，今日特來一遊，欲要攪擾貴寺幾天，自當厚奉香油之資。」

黃衣僧人臉上忽然現出不耐的神色，冷冷道：「小寺向來不留宿外客，施主如欲隨喜遊玩，普陀寺廟甚多，何不另投他處？」

高戰聽他語氣竟十分冷漠，心裡雖有些不快，但也不便強人所難，想了想，便笑道：「既是這樣，大師父可肯容在下就在貴寺隨處觀賞一會？」

黃衣僧人搖搖頭，道：「敝院今日正當有事，只怕無人導引施主遊玩……」

高戰笑道：「這個不妨，在下意在瞻仰貴寺的宏偉建築，便獨自遊賞一遍，也不要緊。」

那黃衣僧人凝神又看了高戰片刻，嘴角掀起一抹冷冷的笑意，頷首說道：「那麼，施主就請隨意吧，只是後院乃僧眾住所，尚請施主不要亂撞才好，早早離寺，以免錯過他寺宿處！」

高戰笑道：「在下領會得……」但他話還沒說完，那黃衣僧人竟已轉身疾步而去，隱進左側一扇圓門中。

高戰看那僧人步履之間，十分矯健，落地無聲，恍如飛絮，心裡暗暗納悶，按說禪林上院既是靈鏡大師隱跡之所，寺中僧人各負武功倒不稀奇，只是，偌大一座禪寺，不見僧人影蹤，好不容易叫出一個人，又率直拒留遊客留宿，言語之中，竟然十分冷淡，這卻使人猜解不透了。

難道說寺中真的發生了什麼重大之事？抑是自己來得不是時候？

他直覺這座禪林上院透著十二分古怪，滿心狐疑，假作在殿中觀賞佛像，暗暗卻傾神澄志，注意著四周情況。

看過了正殿的釋迦和十八羅漢，高戰負手漫步，轉過後殿。

但他剛到轉角處，卻陡見一條人影，在後殿門外一閃而沒。

高戰此時一身功力已臻化境，耳目何等敏捷，但竟未能事先發覺殿後有人隱伏窺探，而且僅看見人影一閃而逝，居然連那人的衣著也沒有看清，這真使他駭然不已。

他僅只微微一怔，便假作沒有看見，反背著雙手，仰頭一一細看那些木雕泥塑的神像，口裡不住低吟，顯得讚賞不已，興味正濃。

這禪林上院規模甚大，前後三進神殿，左右又有偏殿，每一尊神像莫不金壁輝煌，燦爛奪目，高戰獨自瀏覽，足有兩三個時辰，方把三進正殿看完，其中並未遇見第二個寺中僧人。

那暗中窺察的人，也沒有再出現，高戰倒有些失了主意了。

日影西墜，天色暗暗下來。

高戰迫不得已，正想退出寺外去，驀地，忽聽殿外傳來一陣沉重的腳步聲響。

那腳步聲參差不齊，至少有兩人以上同行，但並不是向殿裡進來，卻是沿著殿外一條通道向後院行去。

高戰久未發現人聲，這良機自然不肯白白放過，當下深深吸了一口真氣，肩頭輕晃，已掠到殿門陰影中，從門側鏤花窗格中偷偷望出去，望見竟是登山時途中所遇的兩名中年和尚，正急急向後面趕去。

從他們臉上看來，似乎有什麼極重要的大事，四道濃眉緊緊皺著，氣噓噓直奔向通往後院

的大門。

才到門邊，突見人影疾閃，從門後躍出另一個魁梧的紅衣和尚，低聲喝問道：「法明、法慧，可曾聽到消息麼？」

二僧連忙停步，合十答道：「弟子們已聽到確切訊息，煩請師叔轉報方丈。」

紅衣僧人道：「方丈正候你們消息，快進去當面回報吧！」

二僧應聲隨著紅衣僧人匆匆進入後院，過不了片刻，院門口腳步聲又起，霎眼又有兩名僧人如飛而至。

那紅衣僧人倏忽再現，神情緊張地道：「法靜、法海，可曾見到無為上人？」

法靜、法海躬身合十道：「承上人金諾，今夜四更，定然趕到。」

紅衣僧人長長噓了一口氣，道：「有他老人家來，萬事無礙，好吧！你們且去休息，我自會代你們回報方丈……」

高戰正聽得出神，突聽身後「沙」地一聲輕響，緊接著一個冷冷的聲音說道：「施主，這裡可聽得清楚嗎？」

高戰身形疾旋，回目望去，原來那接引自己的黃衣和尚，已赫然立在殿外。

高戰大覺尬尷，笑道：「在下不知，原來貴寺果然正值有事，打擾甚久，這就告辭。」說著舉步欲行。

那黃衣僧人迅若飄風橫身攔住去路，冷笑道：「施主說得好輕鬆，禪林上院雖然不中用，也不是施主說來便來，說去便去的地方。」

高戰知他誤會已生，仍然笑道：「在下原屬無心，大師父要怎樣才肯放在下出寺呢？」

黃衣僧人冷叱道：「施主既是有目的而來，說不得，只好委屈施主留下了。」

高戰忙道：「大師千萬不要誤會……」

但那黃衣僧人不待他把話說完，太袖猛地一揮，厲聲喝道：「既是奸細，還不與我拿下！」

殿外應聲躍進四名高大的僧人，霍然一分，鐵拳齊揚，登時激起四道勁風，猛向高戰遙擊過來。

高戰心念疾轉，暗想：「我不可跟他們傷了和氣，暫且離寺，今夜四更再來不遲。」主意一定，並不還手，腰間微扭，宛若一條游魚般從四股拳風中閃身出來，急急向殿外搶去！

那黃衣僧人大聲喝道：「那裡走！」一頓雙足，掠到門前，兩袖陡地交拂，竟用的「小天星」內家手法，倏忽間拍出三掌，將大殿正門封住。

這三掌出手，快得好像同時遞出，疾風橫掃，帶得高戰衣角飄起一尺多高！

高戰心知這和尚必不是易與之輩，只好翻腕發出五成「先天氣功」，硬接了一掌。

暴響聲中，高戰紋風未動，黃衣和尚卻被震得一連晃了三晃，終於拿樁不穩，倒退兩步，

高戰意在脫困，騰身拔起，已藉這石火電光的刹那搶出殿外——

但是，當他脫身出殿，揚目一瞥，卻不由大大吃了一驚！

原來就在這短短一刹那間，那空蕩蕩的院子裡，早已密密麻麻站滿了許多和尚，人人懷抱著一柄明晃晃的戒刀，七人一組，遍佈在院中每一個角落。

院中群僧，少說也有百餘人，但卻個個凝神待敵，竟沒有一點聲息。

這顯然是佈成一種陣法，而且百餘僧眾秩序井然，絲毫不亂，單憑這一點，足見這陣法必是久經訓練的合擊之術。

高戰倒不是擔心衝不出去，但他原不是尋事而來，假如仗恃武功硬撞出寺，勢難免失手傷人，這場誤會，豈不是更無法解釋了嗎？

他略一沉吟，殿裡黃衣僧人已領著四名和尚緊追出來。

眾僧同聲大喝，陣勢業已迅速地發動，最近的一組七個和尚「霍」地一合，搶佔了左方天干方位，幾乎在同一瞬間，另一組七名僧人戒刀斜舉，又攔在右方地支位上，那黃衣僧人厲叱一聲，滿場僧眾盡都挺刀而進，彼此穿梭互換，但見整個院子裡全是一片寒森森的刀光，映著一張張木然的面龐，你進我退，交叉遊走，生像是一叢刀輪，開始轉動著向高戰直逼過來。

高戰長嘆一口氣，探臂一揮，「咔」一聲輕響，長戟已合在手中。

他這裡兵刃才到手，驀聞暴喝聲起，左右前後十餘柄戒刀已經一齊捲上來。

高戰長嘯一聲，長戟一抖，劃起一道燦爛的銀弧，「叮叮」連聲，四周刀鋒頓時直盪開去，但一波才退，第二層十餘柄戒刀又從四面猛捲而來。

高戰豪念大發，抖擻精神，從第一招「金戈耀日」開始，展開高家傳家之寶四十九式「無敵戟法」，長戟劃空，振起「呼呼」風聲，四周刀光登時一斂。

黃衣僧人見高戰這般驍勇，陡又發出一聲大喝，陣勢忽地一變，百餘僧眾突然加快步子，飛快地環繞著高戰旋轉起來，戒刀此起彼落，恍如洶湧的浪頭，一波未退，一波又到，翻翻滾滾，無止無休。

高戰漸漸感覺四周壓力愈來愈重，「無敵戟法」竟有些施展不開了，雄心立生，引吭又是一聲厲嘯，手上招式一變，竟用了「恆河三佛」所授的「天竺杖法」。

這一來，長戟威勢陡增，高戰邊戰邊移，不多久，已經到寺門前，陣中僧人閃避不及的，一連負傷了七八名。

高戰不覺有些懊悔，大喝一聲，長戟連演絕學，盪開四周刀影，一擰身，掠上寺門瓦頂高聲說道：「在下無意與貴寺爲敵，失手之罪，容後自當補償！」

說完，轉身如飛隱入夜色之中。

黃衣僧人看得目瞪口呆，自知縱追下去，也無法攔得住高戰，怔了許久，才揮揮手道：「撤陣，擊鼓請方丈臨殿議事……」

蒼茫夜色中，高戰疾馳一程，便放緩了腳步，在他身後遠遠傳來一聲聲沉悶的「咚咚」鼓音，歷久未輟！

他尋了一處隱蔽的大樹，躍上樹枝，廢然坐下，暗忖道：「這場架真是打得太不應該了，明明是去尋人的，不想卻結了冤家。」

從跡象推斷，今夜四更，禪林上院必定有大事發生，寺中僧人均已久經訓練，合擊的陣式，已不在少林「羅漢陣」之下，他們這般戒備森嚴，難道有什麼厲害的對頭要尋上門來麼？

可是，這個推想又有些不像，試想靈鏡大師功力何等了得，有他在禪林上院，論理便有厲害的仇家尋上門去，也不至於急急分派門人到什麼無爲上人處去求援，這樣看來，靈鏡大師必定不在禪林上院了。

但他身上那封平凡上人的書信，又分明寫的是「禪林上院」，這又是什麼緣故呢？

高戰百思不得其解，決心今夜四更，再赴禪林上院去探個究竟，他想：如果真有什麼大膽強徒敢到這裡侵擾，自己正好挺身而去，以贖適才撞陣時失手的罪衍。

月兒悄悄爬上了樹梢，遠處海面波光粼粼，景色幽寂，普陀山好像已經沉沉入睡了似的。

高戰一日未進飲食，肚裡不覺有些飢餓，忙在樹上躍坐行功調息，直到體內真氣運行兩個周天完畢，睜開眼來，又已精神奕奕，饑意全消了。

他看看天色，這時才三更不到，但反正已別無他事，便縱下大樹，覓路重回「禪林上院」而來。

遠遠地，高戰已經望見寺外大門早已關閉，院內漆黑森森，不聞人聲，不覺又奇道：「看這模樣，似乎又不像有事的光景？」

既已來了，索性探個明白，高戰展開輕身之術，掩掩遮遮躡足來到寺外，尋了一棵巨樹，身形一縱拔起，輕飄飄隱在樹上。

三更過後約有個把時辰，陡聽遠處順風傳來一聲震耳的怪笑之聲！

那怪笑聲亢長激厲，劃過夜空，分外懾人心魄，而且來勢十二分迅速，正是遙遙撲向「禪林上院」來的……

高戰精神一震，縱目向笑聲來處望去，夜色依舊深沉，竟未發現有何異狀？

笑聲才落，「禪林上院」中忽然「咚咚咚」擊了三聲鼓，頓時一聲梵唱，全院燈火突明，寺門開處，緩步行出兩列灰衣僧人。

這些身著灰色僧衣的和尚手執火炬，神情凝重地緩步而出，沿著那兩排夾道巨松，每隔三五步，便留下兩名僧人執炬對看而立，一直延伸到二十丈外，列成這一整齊無比的火巷。

院中空地上，早已黑壓壓站滿了百餘名僧人，人人右手抱著戒刀，左手豎掌問訊，但從寺門通往正殿之間，僧人分列為二，讓開五尺寬一條空地通道。

高戰好奇地順著寺門望進去，只見正殿前雁字排開一十八名紅衣僧人，暗合十八羅漢之數，另有四名黃衣和尚，簇擁一張巨大的藤床，床上閉目合十，趺坐著一個身披金色袈裟，光面無鬚的老年和尚。

高戰居高臨下，一瞧那藤床上的和尚，心裡登時一陣涼！

敢情那和尚僅餘大半個身子，兩腿自膝蓋以下一齊折斷，用兩幅白布包裹著，而且特意掀開架裟，將一雙斷腿全展露在外面。

老和尚肅容而坐，臉上神情木然，沒有一絲表情，雙手之間，卻垂著一串閃閃發光的念珠，倒是他左右四名黃衣僧人，個個都顯露出憤怒的神色。

高戰認得其中一個黃衣僧人，便是白天在大殿上想攔阻自己的人，此刻不禁暗暗對他生出幾分歉意和同情之意來。

他私心猜測：「全寺和尚，只怕全在此地了，其中不知誰是靈鏡大師？莫非是那斷腿的方丈不成？」

高戰久已聽辛捷和張菁講敘過靈鏡大師武功超凡入聖，常騎一隻巨鶴遨遊四處，容貌枯瘦，大約已有二百歲高齡，但他自己卻沒有機會親眼見過靈鏡大師的慈容，如今仔細在暗中端詳那藤床上的斷腿和尚，覺得他那枯瘦模樣似乎有幾分像，但靈鏡大師怎會斷腿呢？何況也不見那頭通靈巨鶴。

他一面儘在猜疑，一面有些著急，因為他要是無法找到靈鏡大師，今後的事，便全都難以進行了，天下那麼大，他又怎能在短短幾十年生命中，踏遍每一個深山大澤，尋覓靈雲大師或是金英的下落！

正在胡思亂想，倏忽間，先前那怪笑之聲又起——

這一次笑聲彷彿就在近處，而且僅只短暫的一瞬，笑聲已在林邊消失。

殿前四名黃衣僧人和十八名紅衣僧人盡都神色微變，同時高喧一聲佛號：「阿彌陀佛！」

高戰駭然大驚，皆因這聲佛號之中，竟隱夾著佛門至剛降魔大法「獅子吼」內家功力，他確知那僧和自己對過一掌的黃衣和尚絕無此種高深的功力，那麼，這一十二名僧人之中，一定另有內功深厚的高手在內了！

佛號中，藤床上的斷腿僧人突然抬頭睜目，眼中暴射出兩道寒森森的攝人目光！

驀地笑聲又起，其尖銳聲韻，竟似穿裂過那渾厚無比的「獅子吼」內力，直刺進在場每一個人的耳膜，高戰連忙鎮攝心神，注目望去——

笑聲斂處，二十丈外的樹林盡頭，已施施然踱出一個人來。

卅九 西來眞經

那人方一現身，眾僧不禁微微起了一陣騷動，偌大一座禪林上院剎那間又恢復了一片死寂，數百僧人個個神情激動，但聽不到一絲聲息！

只有那些火炬上的火焰，被夜風吹得「獵獵」作聲，彷彿爲這一觸即發的危機，預先奏起了死亡之歌。

高戰隱在樹上，極力運目向那樹林盡頭望去，唯見那人中等身材，穿一件鮮色儒衣，昂首闊步，緩緩向寺門行來。

只是，他從兩眼以下用一條黑色絲巾掩裹住，僅露出兩隻灼灼發光的眼睛，竟是無法看見他是什麼容貌。

高戰暗忖道：「這人功力超凡，才現身便鎭懾住寺中數百僧人，威勢可說至極了，但爲什麼用黑布蒙著臉，不肯以真面目示人？難道他有什麼難以見人的隱衷？」

他決心要把這事情弄個水落石出，若是靈鏡不在禪林上院，自己必要仗義出手，鬥鬥這難

纏的蒙面怪人。
心念及此，那蒙面文士已經緩步踱到火巷盡頭第一對手執火炬的僧人之前，火光照射之下，但見他兀自雙手反負，神態從容的停住腳步，用那一雙精光奕奕的眸子，向群僧冷冷掃了一眼，忽又陰沉沉笑了起來，冷聲說道：「老禿驢，你擺下這等陣勢，難道是欺我不敢下手嗎？」
他這一出聲說話，高戰猛地裡心頭一動，敢情那蒙面文士的語氣聲音，對高戰頗有幾分熟悉之感，竟似在那裡聽見過。
高戰忙扭頭看那藤床上的斷腿老僧，卻見他依舊木然端坐，默默無言！
蒙面文士陡地目射凶光，暴聲喝道：「時限已到，老禿驢，你到底肯不肯把東西交出來？」
這一聲斷喝，恍若平地一聲悶雷，距他略近些的和尚盡都身軀一震，不由自主地露出驚恐之色。
藤床上的老僧緩緩抬起頭來，木然答道：「施主約會四更，現今三鼓才過，何必急躁，只要到了四更，老衲自當給施主一個滿意的答覆。」
蒙面文士仰天大笑道：「看這光景，莫非你已邀約了什麼厲害的幫手麼？」
這時，四名黃衣僧人中有人應聲道：「對付你這等殘暴陰險的人物，便是邀約了幫手，也

不是什麼可恥之事。」

蒙面文士哂然道：「這麼說，我若現在動手，反顯我畏怯你們的幫手厲害，好吧！我就在這兒等他到四更！」

說罷，便盤膝席地而坐，雙目低垂，不再言語。

場中頓時又死寂一片，數百僧人虎視眈眈，鴉雀無聲，那文士獨自盤膝坐在夾道巨松之間，左右不足三尺，便是執著火炬的灰衣和尚，但他竟端然正坐，毫無半點戒懼之意。

高戰看得暗感訝異，心想：「這蒙面文士也真是夠狂的了，非但不把數百僧人放在眼裡，更坐候別人幫手趕來，難道他仗恃著什麼？竟敢把這禪林上院看若無人之境，可以任意宰割？」

想到這裡，不禁有些忿然起來，一探手，從樹上輕輕折下一段枯枝，屈指扣在掌心，暗罵道：「狂妄的傢伙，我且試試你究竟有多大能耐！」揚手輕彈，那枯枝悄沒聲息逕奔蒙面文士射去！

他暗中已將真力貫注在樹枝之上，是以那枯枝出手，驀地掠過松林，繞了一個弧形，飛到距離蒙面文士三尺之處，突然「波」地一聲輕響，遽然爆烈開來。

那蒙面文士耳目竟然十分敏捷，就在枯枝爆裂之際，陡見他猛地雙睛怒睜，身軀輕微的一抖，竟然運起一層無形真氣護住全身，枯枝碎片射到一尺以內，盡都紛紛自動墜地，蒙面文士

仰天冷冷一笑，道：「老禿驢，敢情你請來的得力幫手已經到了，只是……」他冷哼一聲，又道：「只是，也不過是個見不得人的偷襲之徒而已！」

藤床上的斷腿老僧矍然一動，情不自禁掃目向四周張望一眼，神色顯得甚是激動，但當他並沒發現什麼，顯得又不禁有些失望似的。

許久，他才冷漠地答道：「施主狂妄自大，少頃必將自食惡果。」

蒙面文士「霍」地從地面一躍而起，厲聲道：「在下不想久耗時光，你若執意不肯交出那件東西，不論你那幫手來與不來，在下便要覆踐諾言了。」

這話一出，死寂的場中，突然響起一片低沉急迫的喘息之聲，院中佈陣的百餘灰衣僧人，微微起了一陣騷動。

那斷腿老僧輕嘆了一聲，朗聲說道：「伽藍玉勒真經乃本寺鎮寺重寶，施主便是殺盡全寺僧人，老衲也無法送與施主。」

高戰恍然悟道：原來這人是來強索一部經書，只不知那伽藍玉勒真經究竟有什麼好處，竟使他們爲了那本書，寧可拿全寺數百僧人的性命去交換？

他方才想到這裡，忽聽那蒙面文士仰天放聲大笑，道：「老禿驢，我若要殺盡你全寺僧人，不過舉手投足之間，那時你縱然留得真經，又有何用？難道半月斷腿之苦，你還沒有受夠嗎？」

斷腿老僧毅然答道：「老衲頭尚可斷，何況一雙腿……」

蒙面文士陰沉地點了點頭，道：「好！我今日就將你全寺僧人盡都斷去雙腿，倒要看看你留著真經，有何益處。」

話聲才落，身形陡地一矮，兩袖貼地一揮，一蓬銳利無匹的暗勁，猛向左右執著火炬的僧人腳部掃去！

他這般突起發難，而且以近身手執火炬的和尚作爲對象，自然令人防避不及，勁風過處，只聽兩聲慘哼，左右兩名僧人雙雙仰面栽倒，痛苦的掙動著身子，竟再也站立不起來。

顯然，他們的雙腿，已被那蒙面文士用掌力震斷。

那蒙面文士狂笑一聲，向前跨進三四步，又立在第二對高擎火炬的灰衣僧人之間。

但奇怪的是，這兩名僧人明知災禍將臨，卻仍舊紋風不動，一手高擎著火炬，一手豎掌當胸，垂目不作一聲。

蒙面文士笑道：「老禿驢，你再不答應，在下又要下手了？」

高戰看得體內熱血沸騰，然而那藤床上的斷腿老僧卻僅是雙手合十，閉目不語，好像對方才的慘事，一些兒也沒有反應。

蒙面文士見他不應，輕哼一聲，雙掌一分，「蓬」然兩響，兩名和尚又被震斷雙腿，連人帶火炬一起摔倒地上。

這時，寺前那四名黃衣僧人和左右十八名紅衣和尚個個面容激動，院中佈陣的灰衫弟子，有的已經熱淚盈眶，但是，他們除了眼睜睜看著自己的同伴被人慘下毒手震成殘廢之外，竟沒有一人動一動，或者發出一絲聲音！

高戰大惑不解之際，那蒙面文士竟又行到第三對和尚之間站住。

一股激烈的怒火，從高戰心頭狂升起來，他一拉短戟，便欲挺身而出——

驀地，寺中陡傳來一聲沉重的鈸聲：「嗆！」

鈸聲一起，忽見一名身形粗矮的黃衣僧人越眾而出，揚聲叫道：「迎賓弟子撤回！」

這矮僧出聲洪亮，竟似有極深內家修爲，高戰微感一驚，忙壓制住內心的激動，凝目望去，卻聽那藤床上的斷腿老僧沉聲說道：「大慈，祖師法規，焉能輕廢？」

矮僧朗聲道：「對這種凶殘狠毒之人，方丈何必拘於禮數？弟子願領受重責，以保全寺中門人性命。」

斷腿老僧黯然一嘆道：「話雖如此，但他既持有天竺佛牒，總是當年信物之一，我們不可違了祖師遺規……」

高戰聽了這些話，駭然詫道：「原來是他？」

他初聞那蒙面文士發話之時，已經暗起疑心，這時又聽說他持有「天竺佛牒」，這才恍然而悟，敢情那蒙面文士的語氣聲音，竟極似自己正要天涯追尋的金魯厄。

這一剎那，高戰內心彷彿澎湃翻騰的浪潮，激盪得微微顫抖，正所謂「踏破鐵鞋無覓處，得來全不費功夫」，他正愁無處尋到金魯厄，萬萬想不到才到普陀，竟會無意間在這「禪林上院」撞見！一知蒙面文士竟是金魯厄，使他不禁又聯想到金英，心靈深處，忍不住越加顫抖得厲害。

金英被他擄劫萬里，必然也到了中原，她現在會落在什麼地方？可曾被他傷害或欺凌了嗎？

高戰握著短戟的手，不住地劇烈抖動著，眼中怒火外噴，咬得口中鋼牙格格輕響，他彷彿從金魯厄的蒙面黑巾之中，已看到金英那哀怨如訴的面龐，以及金魯厄得意奸詐的獰笑……

他與金魯厄本沒有仇恨，以往僅是對金魯厄叛師欺祖的可鄙行徑頗為輕視而已，但如今目睹金魯厄出手毒辣，再加上金英的被擄，使他不由升起滿腔仇恨之火。

可是，令他不解的是，金魯厄怎會獨自來到普陀？他欲強索那部「伽藍玉勒真經」有什麼用處？同時，他為什麼要用黑巾蒙面？禪林上院那斷腿方丈為什麼仍要對他以禮相待呢？

這許多解不透的迷團，好似一個接一個的鎖環，緊緊束縛著他的心！

突然，寺中又揚起「嗆嗆」兩聲鈸響，寺門外那兩行手持火炬的灰衣和尚迅捷地轉身向寺內奔回，火光一暗，山門外已不見一個僧人。

金魯厄放聲大笑道：「禿驢們，劫運當頭，你們還想逃生不成！」話落時，人已閃身立在

寺門之前。

那黃衣矮僧大袖一抖，身形凌空而起，掠過院落，飄落在金魯厄面前一丈以內，錯掌喝道：「貧僧大慈，欲領教施主的天竺絕學。」

金魯厄不屑的冷笑數聲，道：「大師父只怕不是此院弟子吧？半月之前，在下似乎並未見到過你？」

大慈恨恨道：「貧僧適巧遊方在外，否則，絕難容得施主在禪林上院放肆行兇！」

金魯厄笑道：「好說，好說，在下遠從天竺來此，旨在索回咱們大竺至寶伽藍玉勒真經，不得不休，大師父若是知事的，就該轉請你們那老禿驢乖乖獻出來才對！」

大慈和尚忍無可忍，大喝一聲：「狂徒住口，你且先試試貧僧無上降魔大法，再提真經也不遲。」

叱喝聲中，左掌一揚，出手竟用了西藏密宗門的「大手印」心法，閃電般向金魯厄小腹按了過去！

這大慈和尚人雖粗矮，卻顯然是位內家名手，出手不但快得出奇，而且掌力收發由心，足見是個曾經高人陶冶的高手。

金魯厄見他出手一招竟然不凡，眼中微露詫異之色，擰身向左一旋，儒衫震起一股護體罡風，同時穿掌遞出，竟是一招硬接。

兩人掌力一觸，平空爆起一記悶響，金魯厄雙肩微晃，那大慈和尚卻猛地退後一步，臉上微微變色。

金魯厄揚聲笑道：「大師父功力超卓，比你們那位方丈強多了！」狂笑中，身形一擰，雙手伸縮，眨眼間竟一連拍出五掌。

那大慈和尚怒叱一聲，雙掌互揑斜舉，突然吐氣開聲力砍而下，狂飆橫掃，登時將金魯厄的掌式一齊封住，金魯厄略才一緩，大慈和尚忽然左腳欺近一大步，又是一聲大喝，居然使出北派正宗的「大摔碑手法」，閃電般回攻一招。

金魯厄輕「咦」一聲，掌上遽然變剛為柔，五指疾翻，反扣和尚脈門，敢情他也看出這和尚所學極雜，而且處處使用剛猛之勁，好像存心要跟自己拚個兩敗俱傷似的。

大慈和尚一連變換三種掌法，見仍然勝不得金魯厄，陡地又發出一聲暴喝，身形遽爾飄退，兩手握拳一陣遙擊，空中不住「波波」連聲，竟改用「形意門」無形神拳掩住門戶，探臂反抽，忽地銀光燦爛，手上已多了一面閃閃發光的鋼鈸，大喝道：「狂徒，亮兵器咱們再拚幾招！」

金魯厄笑道：「你認為憑你這身武功，便值得在下亮兵器嗎？」

大慈和尚怒極反笑，也不再多話，鋼鈸迎面一圈，陡地一招「力士排山」攔腰掃了過來。

金魯厄好似有意炫耀武學，驀地一聲清嘯，身形凌空而起，懸空突然翻了個筋斗，頭下腳

上，雙掌化作「蒼鷹搏兔」，逕扣和尚肩井穴。

大慈和尚左腿一弓，鋼鈸斜舉上封，乘勢吐氣開聲，又搗出一記「百步神拳」。

如此一上一下，金魯厄無處著力，原是最不適硬接硬折的，但金魯厄不愧身負「恆河三佛」驚世駭俗的絕頂武功，但見他掌勢疾變，竟與大慈和尚一招硬接！

勁力一交，大慈和尚向下一沉，金魯厄借勢騰身又起，人在空中仰面翻滾，宛若一頭大鵬，瞬息間又電掣般閃樸而下。

那金魯厄不愧是個絕頂聰明的人物，這一招，正是當年「恆河三佛」在小戢島上初逢「海外三仙」時，慧大師在石筍尖端施展過的「蒼鷲七式」絕妙身法，那時金魯厄和辛捷都在島上觀戰，被他牢記了去，幾經演練，竟化成了一招「海鷗掠波」。

當年「海外三仙」大戰「恆河三佛」，高戰並未在場，是以他一眼看出金魯厄這一招詭異多變，令人莫測高深，登時心頭駭然，料定那大慈和尚必難擋得住，連忙厲叱一聲：「金魯厄！住手！」

喝聲才出，人已離樹飛起，搶撲過去——

然而，他卻終於遲了半步。

那大慈和尚不明這一招詭變百出，而且在一個內功修爲有根基的人施展出來，威力更甚，仗著自己手上多了一面鋼鈸，竟不閃不避，鋼鈸一翻，硬用一招「雲鎖五嶽」封住頭頂！

就在高戰出聲叱喝的刹那，金魯厄辣手已出，雙掌一合一翻，那綿綿無上的內家至高勁力猛擊在鋼鈸之上。

只聽「噹」地一聲脆響，金魯厄業已飄身落在一丈以外，那大慈和尚右臂奇痛莫名，心神一陣震盪，兩腿登時酸軟，撲地跪倒，按捺不住「哇」地張口噴出一大口血，神志頹喪地垂下頭來。

高戰縱身躍到，大慈和尚業已負了極重的內傷，連站起來的力氣也沒有了。

群僧一陣騷動，那藤床上的斷腿老僧合十垂目，滴下兩滴晶瑩淚珠，黯然宣道：「阿彌陀佛，祖師慈悲。」

另三名黃衣僧人一齊搶出寺院來，院中佈陣的灰衣弟子也緊跟著向前迫近一大步，戒刀閃耀，似欲出手——

高戰向群僧微一擺手，低喝道：「且慢，在下自能打發這人。」

他緩緩轉過臉來，眼中激射著懾人的光芒，向金魯厄冷冷叱道：「把你那勞什子的布巾取下來吧！」

金魯厄想不到高戰會在此地出現，肚裡自也心驚，但仍強顏鎮靜的笑道：「呀！原來禿驢的靠山竟是你啊？」

高戰怒目一瞪，厲叱道：「叫你把臉上的布巾取下來，你聽見了沒有？」

這一聲大喝，恍如平地春雷，在場群僧盡都一震，金魯厄情不自禁地伸手摸了摸臉上布巾，訕訕笑道：「我若不願取下來，你便怎地？」

高戰此時急怒已達極點，冷笑道：「你要是再不識趣，別怪我……別怪我……」

他本是個忠厚之人，原意要罵幾句惡毒的話，但一時又不知罵什麼才好，是以反倒有些結結巴巴，說不出口。

金魯厄格格笑道：「高戰，你真是個愛管閒事的傢伙，在沙漠中，你破壞了姓金的大事，難道今天又要替這些禿驢出頭不成？」

高戰想了半晌，才突然記起，厲聲喝問道：「金英呢？你把她怎樣了？」

金魯厄神色一震笑道：「她麼……？我自然會好好照顧她，不勞你關心！」

高戰又怒又急，咬咬牙，道：「你快說，你把她怎樣了？」

金魯厄聳聳肩，哂笑道：「我憑什麼應該告訴你？難道你是她的什麼人？」

高戰氣得渾身顫抖，切齒說道：「金魯厄，你若敢傷她一毫一髮，高戰誓不與你甘休！」

金魯厄格格狂笑起來，道：「實對你說，她現在已是金某的女人，我幹嘛要傷害她啊？一個做丈夫的，為什麼要傷害自己的妻子？」

高戰聽得渾身一震，剎時忍耐不住，未等金魯厄把話說完，驀地肩頭一晃，人如飄風般欺身而上，鐵掌連揚，「拍拍」兩聲，結結實實已打了金魯厄兩記耳光！

他真是氣極了，出手之後，才用力吐出一句話：「你胡說！」

金魯厄猝不及防，不想高戰出手如此迅速，簡直令人無從閃避，挨了兩記耳光，臉上蒙面黑巾也險些被打落下來，驚惶萬狀地疾退數步，舉手撫摸著火辣辣的面頰，不禁又羞又怒，怔忡良久，才怨毒地冷笑道：「高戰，你吃醋嗎？金英已是我金魯厄的妻子，你趁早死了這條心，不必癩蛤蟆想吃天鵝肉了！」

高戰原本不善言辭，一急之下，更不知該如何分辯，用手指著金魯厄，好一會，才忽然記起身後還有數百名和尚，自己原是仗義出手的，現在怎的儘跟他扯著金英呢？只要擒住金魯厄，不但替「禪林上院」解脫災禍，自然也能追問出金英的下落。

想到這裡，自忖不必再跟他多費口舌，錯掌搶了上去，一口氣便搶先攻出四掌。

高戰的功力，自又遠非大慈和尚可比，這四掌一氣呵成，連綿出手，宛如同時攻到，但只見漫天俱是掌影，竟分不出哪一掌在先？哪一掌在後？

金魯厄明知高戰是個勁敵，不肯硬接，腳下連踩七星，繞身飛退。

高戰怒叱道：「金魯厄，有本事就不要走！」登時也展開關外「平沙落雁」輕身功夫，如影隨形，躡蹤追上。

兩人一面喝罵，一面出招，一面躡空進退，霎眼間便已快速絕倫的換了十餘招，只看得「禪林上院」的和尚們目瞪口呆，連大氣也不敢喘一口。

若論高戰此時功力，自不在金魯厄之下，但他一心要生擒活捉金魯厄，以便追查金英下落，出手難免顧忌，是以纏鬥了將近百招，兀自無法分出勝敗來。

金魯厄盡出所學，招式詭變莫測，怪招迭現，令人難以捉摸，天竺武學本不在中原之下，而金魯厄天資聰慧，當年極得「恆河三佛」鍾愛，早已集三佛絕學於一身，高戰要想在短時間內勝他，自然亦是不易。

人影飄忽，詭招連現，這中原和天竺兩位年輕高手又拚了三百餘招，高戰急欲成功，已經險招連綿，一會兒使出平凡上人的「空空拳法」，一會兒又換用師門「百步神拳」，甚至「開山三式破玉拳」，天煞星君的「透骨打穴」手法……幾乎將關外和中原各門各派的拳掌絕學全都搬出了籠，搶盡上風，將金魯厄打得節節後退。

他若想將金魯厄傷在掌下，只怕早已達到目的，無奈他存心不願傷他，只想生擒，一時間自難得手。

金魯厄素性狂傲，這時候也愈戰愈驚，力拚數百招，對高戰所學之博，功力之純，漸漸感到難以應付，何況禪林上院中還有數百雙虎視眈眈的眸子，皆欲得之甘心？

他打定盡早脫身的主意，掌上陡地又加了幾分內力，一連奮力拍出三掌，抽身又欲飄退。

高戰早看出他有逃走的念頭，心中一動，忖道：「我若硬將他截住，即使傷了他，他必不肯說出金英的下落，何不放他脫身，跟蹤掩去，查出他落腳之地，便不難查出英妹的下落

了。」

主意一定，腳下向左微滑，故意讓出右側空隙，那金魯厄心中一喜，錯身搶了出去，高戰驀然沉聲大喝，左臂疾吐，駢起二指，猛向金魯厄雙目點去。

金魯厄側頸微傾，閃過高戰的指尖，剛剛踏出圈外，不防高戰指尖忽然向下沉，竟抓住了他覆面的黑巾。

高戰沉臂用力一扯，叱道：「金魯厄，還躲躲藏藏作甚？」

那覆面黑巾被高戰一扯而落，金魯厄失聲驚呼，連忙用手掩面，騰身躍入松林，幾個起落，便消失在夜色之中。

但那聲淒涼的驚呼聲，卻使高戰大大一驚，原來當他扯落金魯厄的覆面黑巾時，目光過處，已瞥見金魯厄那原本白淨英俊的面龐上，竟映現出縱橫交叉十餘道鮮紅的痕印，變得十分猙獰醜惡。

他不禁有一股莫名的悵惘，心道：「英妹如果真的成了金魯厄的妻子，將來她必定會遺恨終生的。」

驚愕之際，高戰呆了一呆，等他突然記起要躡蹤追趕金魯厄時，金魯厄早已遠遁，再也找不到去向了。

他迅捷地展開絕頂輕功在松林中搜了一遍，見不到金魯厄的蹤影，正感氣餒懊悔，驀聞一

聲鶴唳長鳴，劃破夜空！

那鶴鳴之聲再熟悉也沒有了，高戰心中一動，恍然大悟道：「是了！他們所說的無為上人，必定便是昔年少林三老之一的靈鏡大師。唉！我真笨。」

他慌忙飛奔回到寺前，遙遙望見寺前陣勢已撤，全寺僧人都俯伏在院落中，向殿裡頂禮膜拜。

大殿側邊，昂然立著一頭巨大的白鶴，單足獨立，英姿不群。

高戰奔到殿前，屈膝跪下，大聲道：「晚輩高戰，參見無為老前輩。」

這時，寺中僧人俱對高戰銘感難忘，頓時從殿裡快步走了一名黃衣僧人，合十躬身道：「高施主快請入殿，上人和敝寺方丈正在恭候。」

高戰隨著那黃衣僧人步入大殿，經過那巨鶴之側，高戰不禁注目多看了那神駿異禽一眼，巨鶴低鳴一聲，似頗友善。

殿內正中蒲團上，端坐著一個形容枯槁的老年僧人，在他身邊，便是那斷腿方丈，再後方是十八名紅衣高僧和三名黃衣護法。

高戰緊行兩步，屈膝跪倒，虔誠地道：「晚輩高戰，奉大戢島主差遣，特來晉謁老前輩。」

那枯僧閃動著一雙精芒畢露的眸子，含笑點頭道：「孩子，難得你仗義援手，救了全寺弟

子性命，若非是你，老衲一步來遲，真要遺恨終生了，快起來！快起來！」

高戰又向那斷腿老僧拱手爲禮，那老僧滿臉愧色道：「敝寺僧眾無知，失儀之處，萬祈施主見諒。」

高戰爽然道：「老方丈說哪裡話？在下出手略遲，致令貴寺弟子多人負傷，心中殊感愧疚。」

枯槁老僧輕嘆道：「那蠻子一身武功不俗，可惜秉性狂烈，出手狠毒，今夜若非你來得湊巧，寺中不知更要傷亡多少弟子呢！」

高戰便把金魯厄來歷大略述了一遍，道：「他不久前在天竺犯事，擄帶一位姑娘避來中原，不知爲何與貴寺成仇？」

斷腿老僧長嘆一聲，道：「那金魯厄半月前手持天竺佛牒來到普陀，指名索取本寺鎮寺之寶伽藍玉勒真經，老衲不允，他便逞兇連傷寺中十餘名弟子，更將老衲雙腿砍斷，勒令半月之內交出真經，否則今夜四更，必要殺盡全寺弟子洩憤，老衲自知不是他的敵手，一面飛報大師求援，一面謝絕隨喜遊客，以致對施主諸多失禮開罪……」

高戰問道：「他要那伽藍玉勒真經，不知有何用處？而且，他又怎知你們有這部真經呢？」

斷腿老僧道：「說起這件事，難免話長，那伽藍玉勒真經原本是西天竺一派練功秘笈，所

載儘是天下至柔之學，專可克制剛猛的北天竺一派。當年北天竺和西天竺本是一脈所傳，後來互爭霸權，遂分爲二，北天竺以恆河三佛爲首，武功專走剛猛之途，而西天竺就另成一派，武功專走至陰至柔的路子，所憑恃的，便是這部伽藍玉勒真經……」

他略爲一頓，又道：「五十年前，本寺靈寶大法師偶至西天竺，無意間結識西天竺高手茲里哈格，二人論武三晝夜，茲里哈格與靈寶大法師傾心結交，自謂西天竺武功未成，累受北天竺恆河三佛欺凌，爲了擔心這部伽藍玉勒真經會落在北天竺手中，便密托靈寶大法師將真經攜來中原，當時言明如果茲里哈格無法前來親取，必令人攜帶天竺佛牒和本寺靈寶大法師所留的一粒琥珀念珠，到普陀來取書，二物不全，則萬不能將書交付。」

高戰「啊」了一聲，插口道：「那金魯厄竟弄到了信物？」

斷腿老僧搖搖頭道：「他若是備有信物，也不會發生這件事了，那廝不知從哪裡打聽出這件隱事，又弄到天竺佛牒，便來此地冒領經書，當時老衲盤問他另一粒琥珀念珠，他拿不出來，才翻臉將老衲雙腿砍斷……」

高戰駭然道：「方丈幸好未將經書交給他，金魯厄功夫已經不凡，若被他合練成北天竺和西天竺兩種絕學，天下只怕無人再能制服他了。」

說到這裡，忽然想起身邊書信，慌忙從懷裡取了出來，雙手遞給無爲上人，恭敬地道：

「大戢島主有親筆書信，命晚輩面呈上人。」

無爲上人接過信來，拆開封口，靜靜看著。

只見他臉色愈來愈凝重，神色深沉，眼中孕含著兩眶晶瑩的淚水，顯得極爲淒涼。

信看完了，無爲上人浩嘆一聲，頷首道：「這些年來，難爲他一片至誠，終究皇天不負苦心人，竟被他打聽出師兄生死下落，但是，孩子，這件事恐怕很難辦到……」

高戰奮然說道：「晚輩也知群山亂嶺之中，欲尋大師蹤影，無異大海撈針，但天下事均在人爲，晚輩自當克盡全力，務要探出他老人家駐錫之處。」

無爲上人點頭道：「話雖如此，但大師兄秉性剛烈，縱算能找到他落腳之處，他是否肯聽我們的懇勸重蒞江湖，殊令人難以逆料，你既有心，不妨且去試試，但千萬記住只是無心相遇，別讓他知道你是專程去尋他的，這一點很重要，否則，或許對你十分不利。」

高戰躬身道：「晚輩自能領會得。」

無爲上人領著高戰步出大殿，拍拍那巨鶴的背，含笑道：「鶴兒，鶴兒，現在有件要緊事，要你隨這位高少俠前往呂梁辛苦一趟，途中你要好好聽高少俠的吩咐行事，知道了嗎？」

那巨鶴果然通靈，瞅著高戰望了幾眼，低鳴一聲，點了三下頭。

無爲上人笑向高戰道：「我這鶴兒豢養了數十年，除了大戢島三師弟，從未任人乘騎過，看來牠與你倒是有緣。」

高戰童心大起，伸手輕輕撫摸那巨鶴頸背，觸手一涼，敢情那鶴身上的羽毛，一根根竟堅

如頑鐵，極是強韌。

他不由屈指在鶴背上輕彈兩下，羽翎上居然發出「鏗」然金鐵之聲，駭然說道：「這鶴身上羽毛怎會如此堅硬呢？」

無為上人笑道：「此鶴本是『鐵羽鶴』的一種，天生異秉，不同於普通鶴類，老衲多年來又用藥水洗浸，別看牠不過一隻飛禽，尋常兵刃，已難傷得了牠。」

高戰欣然跨上鶴背，方才坐好，那巨鶴長鳴一聲，雙翅展動，已冉冉騰空而起。

巨鶴雙翅展開足有丈餘，振搖之間，狂風橫飛，但飛得極為平穩，緩緩在「禪林上院」上空低翔一圈，突然引頸高鳴，振翅沖天而上。

高戰平生首度乘坐飛禽，心裡又驚又喜，俯身下望，普陀已變成數尺大一叢小山，其間屋宇田畝，盡如圖畫，再也認不出那兒才是「禪林上院」了。

晨曦透出海面，波光粼粼，閃耀著燦爛的光輝，海面上漁帆點點，島嶼棋布，靈鶴展翅從海上掠過，高戰雖然滿心急躁，卻漸漸離普陀愈來愈遙遠……

許久，大陸已經在望，高戰長嘆一聲，默默地道：「英妹，並不是我不急來救妳，無奈身不由己，只好等呂梁山回來，再尋妳的下落了。」

他一面懊喪呢喃著，一面伸手輕拍鶴頸，低聲說道：「大鶴呀大鶴，這兩件事都叫我分不

開身，你能不能飛得快一些，讓咱們早早趕到呂梁山去……」

話未說完，巨鶴突地一聲長鳴，雙翅疾收，極為迅速地向下飛沉落去。

高戰連忙低頭張望，但見下面已是陸地邊沿，白浪閃閃中，有一個叢林茂密的孤島，那巨鶴低空繞了兩個圈子，長足一伸，竟似要向島上停歇下來的模樣。

高戰大感驚詫，但他深知這巨鶴已是通靈之物，若沒有特別緣故，決不至途中耽誤，莫名其妙地降落在這孤島上。

巨鶴盤旋低飛，驀聞一縷笛聲，隨風飄送過來……

那笛聲初時似甚模糊，及待近了，入耳清晰，竟然哀怨綿綿，如泣如訴，恍若巫峽啼猿，杜鵑泣血，又像是怨婦夜哭，淒楚莫可名狀。

高戰聽那笛聲，心頭頓時一震——啊！那是金英！

世上除了金英，再沒有第二個人能將笛音吹得如此傳神，連空中飛禽也情不自禁斂翼棲息。

但她怎會在這孤島上呢？

巨鶴被笛聲所引，收翅掠過一叢密林，驀然直落下去，高戰忽又記起金魯厄，趁那巨鶴即將落地之際，從鶴背上提一口氣掠身而起，輕悄悄飄落在一株濃密的大樹上。

他屏住呼吸，兔起鶻落竄進林中，行不數丈，林中現出一片空地，空地中有一塊大青石，

石上一坐一立現出兩個人影。

高戰隱身而窺，心頭狂跳不止，敢情那人影竟是男女二人，坐在石上的，正是金英，而她身邊卻站著黑巾覆面的金魯厄。

那時，晨光初落，林間樹梢尚濛著白茫茫一層薄霧，巨鶴遽降，笛聲忽然停歛，金英從大石上跳起身來，驚叫道：「呀！這麼大的白鶴，我還沒有見過呢！」

金魯厄笑道：「這也沒有什麼稀奇，妳要是喜歡，我便將牠捉住，讓妳養著可好？」

金英輕輕奔到巨鶴身邊，正想伸手去撫摸鶴背，聽了這話，扭過頭去不屑地道：「哼！你吹什麼？這鶴兒是被我的笛聲招來的，牠必是聽懂了我笛聲中的意思，特來陪我玩的哩。」

高戰聽了一陣顫抖，心道：「英妹果然成了金魯厄的妻子？」但他繼而又想道：「啊！不會的，她若是跟金魯厄要好，再不會吹出那種哀傷的笛音，招鳥兒來陪伴了。」

他記起從前在山洞中發現姬蕾替小余療傷的往事來，那時也因自己一時量窄，以致使姬蕾橫遭慘死，這件悲痛的教訓，永遠深烙在高戰心間，是以他現在極力在暗中替金英解釋，不讓自己在感情上重蹈覆轍。

何況，金魯厄打傷金英的父親，恃強將她挾持帶來中原，這情景，自也不能和姬蕾與「怪劍客」余樂天的交誼相提並論。

高戰方自沉吟，金魯厄已哈哈笑著走到金英身後，歪著頭道：「妳不信麼？我就捉牠給妳

看看。」

說著，左臂疾探，便向巨鶴頸上扣去。

他只當這頭白鶴雖大，終是畜類，憑他身手，還不手到擒來，殊不料左手五指尚未碰到鶴頸，那巨鶴突地轉過長嘴，閃電般向他手上急啄過去。

金魯厄一驚，慌忙縮手，巨鶴大翅輕展，藉勢向側躍退了半丈。

金英忙叫道：「不許你動手，別嚇跑我的鳥兒！」

金魯厄餘悸猶存的向巨鶴打量了一眼，道：「這畜牲應變如此迅速，似是曾受博擊訓練的樣子，英妹妹，妳閃開一些，讓我來制住這畜牲。」

金英叱道：「呸，誰是你的英妹妹，別不害臊，找人家搭訕。」

高戰看見，暗暗點頭，忖道：「果不出我所料，英妹爲人純真，胸無惡念倒是真的，若說她敵友不分，竟會跟仇人要好，那是絕對不會的……」

那知念頭未已，卻聽金魯厄笑道：「妳還不承認嗎？妳我已是夫妻，便叫妳一聲妹妹何妨？」

這句話，宛若晴天一聲霹靂，震得高戰渾身一抖，駭然之下，瞪大兩隻眼睛，注視著金英，要看她如何回答。

只見金英「噗嗤」笑道：「天下再沒有你這種厚臉皮的人了，我幾時和你成了夫妻？」

高戰忙又凝視著金魯厄，卻見他依舊格格笑著道：「所謂夫妻，不過男女同住一屋，每日在一起生活，妳和我同行同住，一起生活，一屋而居，不是夫妻是什麼？」

金英竟不生氣，也笑道：「那麼，你和你娘也是同屋合居，每日生活在一起，大約你們便是夫妻了。」

高戰暗自喝采，道：「罵得好！我畢竟不如英妹厲害，若是我，只怕想不出這句痛快的話來。」

那金魯厄卻顯然羞惱成怒，笑容頓斂，冷哼道：「妳但知強嘴有什麼用？反正這一輩子妳只能跟我在一起，再也見不到第二個男人，我就不信妳能這樣過一輩子。」

金英道：「我是來找我高大哥的，找著他，便不會跟你再在一塊了。」

高戰心頭一甜，險些忍不住要躍身而出，他萬萬也料不到金英遠來中原，竟是為了要尋找自己，但她怎會和金魯厄一起呢？金魯厄分明曾跟自己作過敵人？

金魯厄恨恨說道：「我勸妳趁早死了這條心，那姓高的小子早在龜山和辛捷一起送了命，除非妳做了鬼，永遠也見不到了。」

金英幽幽一嘆，道：「如果他真的已經死了，我便做鬼，也要去陰司見他的……」

金魯厄突然握住金英的纖手，冷笑道：「真的嗎？只怕妳想死也不是那麼容易哩！」

金英怒目喝道：「放手！你忘了臉上的傷啦？再不放手，我叫你那醜臉上再加上幾條

……」

金魯厄色心已動，陰聲笑道：「好！妳就再試試看！」左手用力向懷裡一帶，張開右臂，便去摟抱金英的纖腰。

這當兒，陡聞一聲鶴鳴，那巨鶴展動雙翅，騰空而起，快如箭矢般一掠而到，鋼爪起處，竟向金魯厄摟頭抓了下來。

那金魯厄連忙縮頭滑開三步，左手仍緊緊扣住金英不放，右手一招「后羿射日」，奮力揮出，叱道：「畜牲！大膽！」

巨鶴一爪落空，兩翼一振，白影沖天而起，繞空一個盤旋，忽然收翅轉身，「刷」地又落下來，未近地面，長翅連揮，登時鼓起一蓬勁風，地上飛砂走石，揚起一片飛塵。

金魯厄見這鳥兒可厭，不由凶性勃然，大喝一聲，右臂猛地向上飛擊三拳。

這三拳不歪不斜，全都擊在巨鶴胸腹上，巨鶴負痛發出一聲悲鳴，顧不得金英，振翼騰空，疾升到十餘丈以外。

金魯厄得意地哼了一聲，正要掉頭對付金英，驀聽得樹枝「刷」地一分，面前已岸然立著一人，冷冷說道：「金魯厄，你看看我是誰？」

金英揚目瞥見那人，心中狂喜，忘了自己尚在金魯厄掌握之中，大叫道：「高大哥，高大哥！」

金魯厄一見高戰竟在此地出現，自也暗吃一驚，身子一旋，將金英擋在自己前面，陰聲笑道：「高戰，你尋了來又如何？姓金的決不會叫你如願以償的。」

高戰這時恨他入骨，探臂一揚，鐵戟便已撤到手中，用戟尖指著金魯厄道：「你敢跟我拚一百招麼？」

金魯厄笑道：「便是千招也不懼你，但金某此時卻不屑跟你拚鬥了。」

高戰鐵戟一揚，向前迫近一步，怒叱道：「放開她！」

金魯厄右掌迅速地按在金英背心「命門穴」上，詭笑說道：「高戰，只要你膽敢再近一步，我立刻震斷她的心脈，叫她臨死前，再熬受無邊痛苦！」

高戰深知這金魯厄心狠手辣，連師父尚敢戮弒，自然不難對金英下此毒手，心裡一猶豫，只得收住腳步。

金英高聲叫道：「高大哥，你別管我，只管出手吧！」

但高戰十分爲難，緊緊握著鐵戟，卻不敢冒然舉動，怒目道：「金魯厄，你枉稱英雄，竟對一個無力反抗的女孩子下手嗎？」

金魯厄好笑道：「英雄豪傑，不過是你們中原人的虛名而已，金某卻不在乎這一套，我今天只叫你親眼目睹我們的新婚大典，做這孤島上唯一觀禮的客人！」

說著，駢指起落閃電點了金英七處大穴。

高戰怒不可遏，握著鐵戟的手心已經溢出冷汗，渾身不住顫抖，他不難想像金魯厄要在他面前做出什麼可鄙的事來，但金英生死既在他掌握之中，他勢又無法出手營救。

金英已經無法動彈，但她那一雙既悲又喜的明眸，卻瞬也不瞬凝視著高戰，目光中，似有千般衷曲，萬種情緒，只是無法傾吐。

金魯厄右掌仍舊抵住金英背心，左手抓著她的衫領，用力一撕，「嘶」地一聲脆響，金英肩上雪白肌膚已呈現在晨光之下。

那一撕，彷彿將高戰的一顆心撕成了兩片，他切齒作聲，幾次躍躍欲動，終被自己的理智克制，他知道，自己一旦妄動，金魯厄掌力一發，會輕而易舉奪去金英的生命。

金英哀傷的望著高戰，嘴角掀動幾下，卻沒有發出一絲聲音，熹微晨暉中，展現出她貼身紅色肚兜，搓粉滴酥似的雪膚，以及急劇喘息而起伏的胸脯……

高戰厲聲道：「金魯厄，你如敢再犯她一毫一髮，我誓必要將你碎屍萬段，挫骨揚灰……」他素來忠厚仁慈，但情急之下，也說出了這兩句滿含怨毒的話來。

金魯厄笑道：「實對你說，你若是不撞到這裡來，或許我終存著要她自己情願，俯首順從我的心，誰叫你不識進退，定要躡蹤趕到島上來，如今說不得只好用強，你須不能怨誰！」

說著，第二次探手，又抓住金英的肚兜掛帶——

高戰突然厲聲吼道：「住手！」

金魯厄格格笑道：「高戰，你還有什麼話說？」

高戰面色蒼白，顫抖著道：「你……你要怎樣才肯放了她？」

金魯厄狡目數轉，沉吟片刻，笑道：「要我饒了她也容易，你必須立刻到普陀禪林上院，替我把伽藍玉勒真經取來。」

高戰心頭猛地一震，垂下了頭，默默無語。

金魯厄又道：「昨夜若不是你多事，真經已到我手中，現在我肯讓你取經來換人，已是天大恩惠，你難道還不願意麼？」

高戰只覺心裡亂得有如一堆亂草，他黯然抬起頭來，深深注視了金英一眼，卻見金英的兩道幽怨眼神似在告誡自己，千萬不可應承這項脅迫。

他嘆了一口氣，道：「那經書乃是禪林上院之物，我……我怎能越俎代庖，替人家作主呢？」

金魯厄冷笑道：「願不願意在你一言決斷，我可沒有功夫跟你討價還價了。」

高戰忖道：「事到如今，爲了救英妹，只好先答應了他，再去懇求無爲上人和那斷腿方丈，這是權宜之計，或許他們能同情我也難說……」

他頹喪地抬起頭來，長嘆一聲，微微點了點頭，正要開口——

驀地，空中陡然暗影一閃，「呱」地一聲鶴鳴，一縷勁風，電掣般直射下來，銳爪揚起，

逕撲金魯厄頭頂。

高戰見是那通靈巨鶴撲來相助，心中大喜，趁金魯厄倉皇上顧，舉掌斜封鶴爪的刹那，身形疾閃，搶了上去，鐵戟一指「金戈耀日」刺向金魯厄咽喉，左手急探，也來反扣金魯厄的手腕脈。

金魯厄遽爾間上下遇敵，凶性勃發，握住金英的左手死抓不放，沉聲暴喝，身子飛也似一旋，竟把金英拖著向高戰迎去，同時右手振臂力彈，發出一溜烏黑光芒，射向巨鶴！

高戰怕鐵戟傷了金英，手臂一沉，撤回戟尖，左手五指已拉著金英的右手，耳邊但聽得「噹」地一聲清響，金魯厄射出的烏黑短箭也射中巨鶴左翅，那巨鶴雖仗著羽毛堅硬未被射傷，驚駭之下長鳴一聲，昂首沖天逸去。

金魯厄緊緊扣住金英左手，冷笑道：「原來你是依仗這畜牲暗算，想從金某手中討得便宜？」

高戰道：「只要你放了她，我答應決不再跟你爲難就是。」

金魯厄哈哈笑道：「這樣也好，反正她只有一個人，你我無法兩全，乾脆咱們各執一隻手，把她撕成兩半，誰也不吃虧。」

此人果真是個心狠手辣之輩，一面說著，一面臂上用力一收，把金英向懷裡一帶，高戰慌忙跟進幾步，大聲叱道：「你真敢傷她嗎？」

金魯厄道：「有什麼不敢，你既不肯鬆手，索性便毀了她！」說著，又是用力一扯。

高戰只得又跟進幾步，心道：「罷了！罷了！我怎能讓英妹這樣毀在他手中。」暗嘆一聲，手一鬆，飄身退開五尺。

金魯厄得意地大笑說道：「高戰，我再給你一次機會，只要你能在一個對時之內替我取來伽藍玉勒真經，這丫頭便算是你的了，但時刻一過，你可別怨我做出叫你遺恨終生的事來。」

高戰黯然道：「好吧！我願意去替你求書，可是書是人家的，是不是能取到，我也不敢預測，十二個時辰之內，你卻不能再對她無禮！」

金魯厄道：「我自然等你十二個時辰。」

高戰又道：「但你向來言出無信，我離開之後，誰知你會不會……」

金魯厄冷哼一聲，道：「笑話，我如要動她，你就留在這兒，又能怎樣？」

高戰沉吟片刻，道：「那麼，你先替她解開穴道，以示誠意如何？」

金魯厄毫不遲疑，舉手替金英拍活了穴道。

金英方能出聲，便大聲尖叫道：「高大哥！你千萬不能去替他取書來，那書一到他手中，將來再沒有人能勝得他了。」

高戰嘆口氣，道：「雖然如此，但我既已答應他，只好去替他走一遭，英妹，妳耐心等我一天，天黑以前，我一定能趕回來。」

金英頓足道：「高大哥，你不要離開我，你帶我一起去吧！」

高戰苦笑一聲，道：「我最多傍晚便能趕回來，現在我去了！」

金英見高戰緩步後退，急得「哇」地哭了起來，扭回頭去，五指向金魯厄臉上亂撕亂抓，哭罵道：「都是你這不要臉的東西，我跟你拚啦！」但金魯厄只笑著閃避，並不還手。

高戰心如刀割，猛然拔步疾奔了幾步，仰面向天，發出一聲清嘯。

嘯聲才落，空中白影急降，那巨鶴收翅落地，高戰騰身跨上鶴背，輕輕拍著巨鶴，道：「大鶴，大鶴，快帶我回普陀去。」

巨鶴展翅騰空而起，在島上盤旋兩匝，一聲長鳴，疾飛離去。

高戰在鶴背低頭下望，見金英已經停止了哭鬧，正仰起臻首，向蒼天舉處攏目企望著。

人影漸渺，孤島，茂林……眨眼都消失在滔天白浪之中，片片絮雲從身側掠過，風聲呼呼，飛行正速，高戰失神地從海天邊沿收回目光，忍不住發出一聲無可奈何的長嘆。

四十　紅粉干戈

一個多時辰以後，巨鶴已落在「禪林上院」大殿前。

高戰躍下鶴背，不禁有些遲疑起來，暗忖道：「營救英妹，是我一己私事，但那伽藍玉勒真經卻是人家鎮寺至寶，這件事，叫我怎好開口……」

他方在躊躕，一名黃衣僧人從殿裡踱出來，一見高戰，似感一驚，忙合十問道：「高施主因何去而復返？」

高戰只得抱拳還禮道：「在下因途中巧遇一件難決之事，特趕回來面陳無爲上人，不知他老人家還在寺中沒有？」

黃衣僧人道：「上人正和方丈在禪房閒談，施主快隨我來。」

僧人在前領路，將高戰帶到殿後禪院，無爲上人和那斷腿方丈俱各吃一驚，忙問緣故。高戰便將途遇金魯厄之事詳細說了一遍，最後說道：「晚輩亦知爲一己私誼，求取那麼珍貴的聖經，殊覺內心難安，只爲答應了他，迫得趕回來再一次面謁上人，求一個兩全之策。」

那斷腿老僧聽了，臉上露出爲難之色，強顏笑道：「論理高施主一力拯救全寺弟子大劫，禪林上院皆出施主所賜，寺中之物，自當奉獻替施主解憂，怎奈那伽藍玉勒真經原是西天竺高僧茲里哈格大師寄存之物，老衲就不便擅作主張了。」

高戰一生從沒有求過人，這一次爲了金英，不得已開口求人，自己也料到不能如願，不禁嘆道：「晚輩也深知難以啓口，是以並未真存以書換人的心，此來但盼二位老前輩能賜個兩全之策，如何能不用經書救得金姑娘，便感戴不盡了。」

無爲上人突然笑向那斷腿方丈道：「若愚，你只管把真經交給他，讓他去救出那女娃兒，一切有我老和尚，保不致弄丟了你的經書。」

若愚方丈微微一愣，但隨即揮手令黃衣僧人啓開壁上秘門，取出一卷用黃綾包著的薄薄書本，遞給高戰，道：「既是老菩薩這樣說，老衲便放心了，這就是西天竺伽藍玉勒真經，高施主請妥爲攜帶。」

高戰不料如此輕易便將真經要到手，反而遲疑著不便去接。無爲上人笑道：「好孩子，你只管取了去，但切記要他放了人再給他經書，不可上他惡當。」

高戰雙手微微發抖從若愚方丈手裡接過伽藍玉勒真經，感激地深深一禮，道：「方丈不必擔心，晚輩只待救出金姑娘，誓必仍將經書奪回來，決不使它落在金魯厄手中遺禍天下。」

無爲上人揮手道：「不必多說了，你快去救人要緊。」

高戰揣好經書，告辭出來，無為上人親送他到大殿外，伸手撫摸巨鶴羽翎，喃喃說道：「大鶴，大鶴！千萬飛得快些，不可誤了大事。」

那巨鶴帶著高戰展翼而起，略一盤旋，便振翅離了普陀。

無為上人立在殿外，舉手向高戰揮了揮，枯槁的臉上，竟沒有一絲懊傷的神色——

申刻才過，那孤島已呈現在鶴翼下，高戰探手摸摸懷裡那本「伽藍玉勒真經」，一顆心倒有些緊張，島上密林映著夕陽，靜悄悄沒有一點聲音，巨鶴低飛劃過林中空地，也沒有見到金英的人影。

高戰心中怦然而驚，忖道：「難道金魯厄會失言離開了不成？」

心念未已，島上密林中突然飛奔出兩個人影，前面揚手高呼的正是金英，後面緊緊跟著金魯厄！

高戰這才長噓了一口氣，從金英歡欣的情形看來，或許金魯厄並沒有欺凌過她。

他拍拍鶴頸，巨鶴斂翅下降，落在空地邊沿，高戰飄身下地，低聲囑咐巨鶴道：「大鶴，請你就在這兒等我，咱們不久就離開這裡了。」

可是，他剛才舉步向空地中行去，身後狂風揚塵，那巨鶴竟突然振翅而起，筆直飛到高空，一眨眼便失去了蹤影。

高戰大驚卻步，駭然忖道：「大鶴是怎麼回事呢？牠這一去，等一會我們怎能離開這孤島……」

這時候，金英已經張臂飛奔過來，高聲叫道：「高大哥，你真的回來啦？快把我急死了！」

金魯厄騰身搶上前來，迅捷地又扣住金英的穴門，沉聲道：「妳先別高興，他雖然回來，沒有經書，妳也別想跟他脫身離去！」

金英奮力掙扎著，叫道：「你管我呢？我偏要跟高大哥一起走，高大哥決不會替你取書的，你不要空想！」

高戰快步上前，急問道：「英妹，我去了之後，他可曾欺侮過妳？」

金英搖搖頭，道：「他要你替他取書，沒敢欺侮我。」

金魯厄插口道：「金某一言既出，駟馬難追，只不知你高戰可是個言出行隨的大丈夫麼？」

高戰一顆高懸著的心總算落地，取出那黃綾包裹揚了揚，道：「高戰豈是失信的小人？金魯厄，你瞧瞧這是什麼？」

金魯厄一眼瞥見那黃綾包裹，眼中頓時射出兩道貪婪無比的光芒。

但他瞬即鎮定下來，故作不屑地冷冷笑道：「只一個包裹，誰知裡面是不是伽藍玉勒真

經，你不要拿我金魯厄當三歲孩子，以爲可以矇混得過的。」

高戰怒道：「你怎敢視我成了謊言小人？這種事，我怎能騙你？」說著，解開黃綾，將經書托在手中，揚起向金魯厄照面了一下。

他們相隔約有丈許，金魯厄目光如炬，早看見書面上的梵文字跡，明知決不會假，但他城府極深，心機又險詐萬分，面上神色不動，只冷漠地說道：「是真是假，必得給我親自檢閱之後，才能作準，否則，我若放了人，換來一本假的，卻是不上算的事。」

高戰聽了這番話，氣得怒火上衝，但他轉念暗想：「金英尚在他掌握之中，我總須忍耐將她救離魔掌，才是正途。」只得將一腔怒火暫時壓抑住，沉聲道：「你信不過我，我又怎信得過你？假如我將書交給你以後，你仍不肯放她，那又怎麼說？」

金魯厄笑道：「笑話，金某豈是那種小人？」

金英插口罵道：「你不是小人，難道我高大哥倒是小人？虧你不知羞，竟說得出口！」

高戰沉思半晌，忽然道：「這樣吧！我把經書放在那邊青石之上，自願退出一丈以外，你也將她帶到距離青石一丈之處，咱們彼此相距也是一丈，等你離開她去取書時，我再走近她，這樣你總該放了心嗎？」

金魯厄暗忖道：「這小子倒是很精，但等我經書到手，你帶著一個不會武功的女人，又怎

能逃得過我的『烏龍索』？」

主意打定，便點頭同意。

高戰果然依言將「伽藍玉勒真經」放在空地中大青石上，一面凝神提氣戒備著，一面緩緩向後退去，退到一丈處，霍地頓住。

金魯厄哂笑一聲，一手按著金英「曲池」穴上，也慢慢行到距離高戰和青石各有一丈的地方站住，但他卻不肯立即鬆開金英的穴道，一雙詭詐的眼神，向那青石上的黃綾包裹掃了兩眼，忽然嘿嘿笑道：「姓高的，那包中的經書不會假吧？」

高戰不解他話中之意，忙道：「自然不假，我豈能騙你？」

金魯厄又笑道：「我卻有些不信，這經書禪林上院的賊禿們視若瑰寶，寧可犧牲全寺僧人性命，也不肯交出經書，怎的你去了片刻，他們便甘願將經書交給了你？」

這句話，頓時將高戰問得語塞，他本是個不善言辭的人，心裡一急，只得厲聲道：「我今日將經書交給了你，但錯開今天，誓必仍從你手中奪回來，那時再還給禪林上院的僧人……」

金魯厄放聲哈哈大笑起來，道：「敢情你對我未存善心，那很好，我和你現在距離那經書都在一丈以外，假如我此時先下手弄死這丫頭，再出手奪書，你能奈我何？」

高戰聽了這話，嚇得機伶伶打了個寒顫，駭然忖道：「當真，我怎的竟未想到這一點？」

但如今他距離金英和書本同有一丈遠近，而金魯厄按著金英的穴道，仍然毫未放鬆，假如

他冒然動手，欲置金英於死地，可說是易如反掌。

這一來，登時急得他出了一身冷汗，連忙道：「金魯厄，她和你無仇無恨，你打傷了她父親，又挾持她千里來到中原，難道這還不夠，你一定要害她性命？」

金魯厄獰笑道：「那麼你和我無仇無恨，怎的三番兩次跟我作對呢？」

高戰心驚不已，暗將「先天氣功」運集到十二成以上，緩緩說道：「你……若敢傷她，自己也休想活著離開這個孤島！」

金魯厄笑道：「不過，你儘可放心，我要殺她，現在早已下手，又何必跟你多費口舌？」

高戰直被他弄得不知所以，道：「那麼……你是想幹什麼？」

金魯厄舉手一揮，扯去面上黑巾，頓時顯露出滿臉醜惡的傷痕來，怨毒的目光閃閃數轉，冷冷說道：「這丫頭害得我這般模樣，我就算不要她性命，也得給她一些小小的懲戒！」

話聲才落，驀地翻腕一掌，拍在金英背上！

高戰失聲驚呼，肩頭疾晃，飛一般搶奔過來，但聞金英慘哼一聲，萎然倒地——

金魯厄打傷金英，鬆手逕撲大石，他們二人俱都是身負絕學之輩，一來一去，盡皆快似電奔，待高戰搶到金英身邊，俯身將她抱起來，那金魯厄也到了青石旁，左手飛快地抓向石上黃綾包裹。

然而，當他觸手一握之際，卻駭然發現手裡抓住的竟然不是那本薄薄的「伽藍玉勒真

經」，卻是一隻枯乾的人手！

金魯厄大驚之下，慌忙鬆手，定睛看時，那青石上不知何時已端坐著一個面貌枯槁的老和尚，懷裡抱著黃綾封裹的「伽藍玉勒真經」，正向自己冷冷而笑。

這和尚出現得太過突然，憑金魯厄那等敏捷的耳目，事先居然毫無所覺，單憑這一點，已足使他亡魂失魄了。

枯瘦老僧冷冷說道：「金魯厄，你真稱得上心狠手辣四個字了，對一個毫無武功的女娃兒，竟下這種毒手？」

金魯厄急退兩步，驚恐地叱道：「你是誰？」

枯瘦老僧淡然笑道：「老衲無為，在這石後早已恭候你多時。」

高戰抱著金英，見她秀目緊閉，臉上一片淡金，呼吸逐漸低沉，眼見傷得極重，心裡真是又急又痛，淒聲喚道：「英妹，英妹，是大哥害苦了妳，妳醒一醒啊……」

但任他千呼萬喚，金英卻始終沉迷如故，高戰眼見金英已將要斷氣，一陣急痛攻心，淚眼模糊癡望著她那似花一般容顏，許多溫馨往事，都在腦中浮現，忍不住放聲大哭。

無為上人白眉微皺，冷冷向金魯厄道：「孽障！你還不快走，待他痛定之後，怎肯與你善罷甘休？」

但金魯厄卻執迷不悟，他那甘心到手的真經這般莫名其妙失去，心念疾轉，凶性又起，忽

然悄沒聲息揮掌向無為上人猛劈過去！

無為上人浩嘆一聲，舉掌一封，「蓬」然一聲響，上人端坐未動，那金魯厄卻一連倒退了三四步，但他兀自不肯罷休，探手一抖一揚，又從腰間撤出了「烏龍索」。

當年金魯厄曾用這根「烏龍索」數次和辛捷激戰，索上功夫，端的可稱得技藝超人，他兩手分握長索中段，貫力一抖，那索端在空中「呼」地繞了一匝，向無為上人眉間暴點而至，招出之後，才大聲喝道：「老禿驢，還我的經書來！」

無為上人仍是不願出手，略一側頭，長索業已走空，金魯厄欺身上步，索端一圈，又是一招「秦王趕山」，疾拍下落。

無為上人腰間微微一擰，坐著的姿態未變，身形卻驀地橫移數尺，金魯厄一索拍在青石上，發出「鏗」然脆響。

金魯厄至此才暗暗吃驚，皆因無為上人適才那擰腰移位的功夫，正是將「大挪移身法」練到化境的表現，他雖然狂怒之下，也知自己萬不是這枯瘦老僧的對手，但使他不能理解的，是他總以為中原能人不外「海外三仙」和辛捷等數人，怎的如今一個高戰已覺難與匹敵，又來了這枯瘦老僧，功力竟似更在高戰之上？

怯念一生，殺機立起，金魯厄忖道：「打人不如先下手，再不趕快毀了這禿驢，高戰如能抽身過來幫助，那時更難奪回真經。」

他心一橫，「烏龍索」緊了緊怪招迭出，那軟索被他貫足真力，時棍時槍，忽軟忽硬，索頭發出「嘶嘶」之聲，捲起一蓬烏溜溜的光芒。

金魯厄當年在「無為廳」上用這根「烏龍索」鎮壓住中原數百高手，如非辛捷趕到，幾乎無人能敵，自從那一戰之後，又經過十餘年苦心鑽研演練，索上功夫當真已練得出神入化，更在當年之上。

此刻他急怒之下盡出絕學，一口氣十餘招連綿出手，索影縱橫，將無為上人緊緊裹在一片暗勁裡，幾次怪招詭式，無為上人險些叫他掃中。

老和尚雙目暴睜，顯然已有些被激怒，寬大的僧袍交相連拂，身形從青石上飄退下來，沉聲喝道：「孽障，你是至死不悟嗎？」

金魯厄招式不輟，跟著又追下大石，道：「要我罷休，除非將真經還我。」長索抖動，又迎面點到。

無為上人浩嘆一聲，飄身又退了丈許，道：「不識死活的孽障，老衲數十年未曾出手，這一遭，只好破戒了！」

言語之間，金魯厄索頭又至，無為上人大袖一抖，探出五指，只一翻疾扣金魯厄的左肘。

金魯厄奮起平生之力，一聲大喝，長索忽然從中折轉，一端卻彈飛而出，掃向無為上人腕間「勞宮」穴上。

無爲上人冷然一笑，枯掌翻處，閃電抓住索頭，貫力一抖，低喝一聲：「撤手！」

金魯厄但覺有一股灼燙熱流，從烏龍索上飛傳過來，手心上頓時奇痛難忍，好像握著一條燒紅的鐵條。他此時凶性已發，拚著一隻左手受傷，拉住長索死力向懷中一帶，同時腳下不退反進，運起全力，右手一招，「浪捲流沙」，橫撞而出。

無爲上人嘆了一口氣，舉掌一封，掌心與金魯厄相隔尚有一尺，虛空一觸，金魯厄已覺胸如巨鐘擊胸，發出一聲痛哼——

無爲上人終是不忍，腕間一挫，收回了四分力道，那金魯厄拿樁不穩，鬆手棄了「烏龍索」，蹬蹬蹬一連倒退了十餘步，終於一跤跌坐地上。

但他一雙怨毒無比的眸子，卻狠狠瞪視著無爲上人，緩緩說道：「禿驢，你好……」

話未說完，胸中一陣血氣翻湧，「哇」地吐出一大口鮮血。

斑斑腥血，灑在地上和金魯厄胸前，泥地上宛若散落了一地梅花，金魯厄自知傷勢不輕，深深納了一口真氣，坐在地上閉目行功調息。

無爲上人嘆道：「金魯厄，善惡之分，但憑一線，你如今該知道悔悟了嗎？」

金魯厄不言不語，恍如未聞，面上卻依然浮現著一片憤懣之色。

無爲上人將「烏龍索」仍舊放在他身側，又從懷裡取出一粒藥丸，遞給金魯厄道：「只要你肯放下屠刀，仙佛無門，終有渡化你的一天，你被老衲九天真氣震傷內腑，這粒藥丸，快服

下！」

金魯厄緩緩睜開眼來，木然地望望無爲上人，卻不肯伸手去接那藥丸。

無爲上人又道：「你心中如對老衲仍有餘恨，將來儘可尋找報復，但這藥丸對你療傷大有俾益，老衲一番苦心，你也該領受少許！」

金魯厄伸手接過那粒藥丸，看了看，突然揮手將藥丸用力擲出，墜入亂草中，咬牙支撐著站起身子，踉踉蹌蹌向前奔去。

無爲上人黯然望著他直奔進寒林中不見，長嘆一聲，喃喃說道：「佛說天下無不渡之人，看來是我善行不足，誠意不堅，才未能化解他心中怨毒之念吧！」

驀地，一條人影越過青石，落在無爲上人面前，急聲問道：「上人，金魯厄那賊廝呢？」

無爲上人扭回頭，見高戰手提鐵戟，滿臉盡是淚痕，眼中隱隱射著凶光，老和尚心頭猛地一震，淡淡說道：「他早去了多時，你不必再追他了。」

高戰一跺腳，地上登時陷落數寸深一個足印，恨恨道：「你老人家怎不攔住他，他把英妹打死啦！」

無爲上人微驚道：「真的？那金姑娘已經死了？」

高戰流淚道：「怎麼不是，那奸賊暗施狡計，用掌力震斷了她的心腑經脈，現在……已經斷了氣了……」

無爲上人駭然道：「你快帶我去看看。」

高戰用手一指大石，道：「她就在青石那一邊，上人請暫時看顧她一會，晚輩去追那奸賊回來。」肩頭微晃，騰身欲行。

但無爲上人迅速的一把握住他的手臂，搖頭說道：「你縱使追上金魯厄，也挽不回她的性命，現在應該先看看她還有救沒有！」

說著，不待高戰回答，牽著他一齊越過大石。

金英側臥在石邊一片草地上，烏黑的秀髮，散覆在頸後，兩臂微伸，像一隻熟睡的小貓，彎曲成一條優美的弧線。

無爲上人探手試試，果然已經沒有了鼻息，不禁心頭一涼，暗嘆道：「這段仇恨，只怕是萬難解得開了。」

但他兀自不願絕望，屈起右手三個指頭，輕輕搭住金英腕間「魚際」穴，閉目細品，不覺露出一絲喜色，道：「不用著急，她氣息雖微，血行未止，體內尙有一絲血氣，並非絕不可救。」

高戰大喜，忙問道：「你老人家有法子能救她嗎？」

無爲上人道：「目下雖然難說，但不妨試試。」

他叫高戰將金英扶坐起來，先餵了她一粒藥丸，然後垂目盤膝坐下，伸出左掌，按在金英

背心「靈台」穴上，默默運起「九天真氣」，循著左掌，緩緩注入金英體內。

高戰緊張地注視著無爲上人面上神情，見他寶相莊嚴，呼吸緩柔，三吐三吸之後，枯槁的臉上，已泛起一層紅暈，頭頂冉冉發著蒸氣，顯得吃力異常。

他深知此刻無爲上人正以百年修爲的內家真力，在爲金英催動內腑生機，這種療傷返魂之法，不但極耗真力，而且一個不好，施救的人便將走火入魔，將以往修爲全都毀了，忍不住暗在心中爲他祝禱。

過了頓飯之久，無爲上人呼吸之聲愈來愈重，額上汗如雨下，好像已有些力不從心的徵象……

高戰忽然心中一動，忙也席地坐下，伸出右掌，輕輕按在無爲上人肩頭上。

無爲上人正値真力將竭之際，突覺有一股極強的熱流，從高戰掌心源源貫進來，勢若江河滾滾，無盡無休，暗吃一驚，忙鎭攝心神，氣行九轉，導引那股蓬勃之力，融合自己百年苦修的「九天真氣」，順勢急衝，竟一舉透過金英的生死大關。

金英身軀猛烈地震動了一下，內腑已開始緩緩蠕動起來，無爲上人閉住一口真氣，迅速地在她體內連轉三轉，霍然收回手掌，回頭向高戰淡淡一笑，道：「孩子，不想你年紀輕輕，內功修爲竟是這般渾厚？」

高戰也收掌躍起，目中精神奕奕，並無衰竭脫力之狀，急急問道：「上人，她……她不礙

事了嗎？」

無為上人微笑道：「她心脈已斷，論理是難以這般迅速復甦的了，但卻不知何故，老衲得你借力為助，居然一舉衝動她業已沉靜的臟腑，這一點，連老衲亦感到有些奇怪。」

高戰忙伸手去試試金英的鼻息，果然覺得她已有些微呼吸，那呼吸雖然微弱，但顯然已從死亡中拔昇了出來。

他心裡欣喜若狂，道：「英妹家中植有一種蘭九果，是療治內傷的聖藥，據她說，她們平時常常食用，也許身體中早已有折抵傷勢潛力的原故。」

無為上人點點頭，道：「這就難怪了，蘭九果乃是療傷珍品，自然有此功效。」

高戰道：「現在她已經微有氣息了，我可以再替她催力相助一會嗎？」

無為上人搖搖頭，道：「她生機已備，又經老衲藥丸護住心腑，短期內不會再有危險，但她被震斷的心脈，老衲卻無力替她接續，你縱以真氣助她，也不會收到多大效果。」

高戰聽了這話，登時又著急起來，道：「這怎麼辦呢？難道眼睜睜看著她這樣又死去嗎……」

無為上人微笑道：「不要緊，老衲有一個方外知交，深諳醫道，你立即帶她乘巨鶴趕去，求他一粒九轉護心丸，想必便能替她去除餘傷。」

說到這裡，忍不住嘆了一口氣，道：「老衲本也有一粒的，可惜卻被那孽障白白糟蹋了

……」

高戰心急如焚，也忘了追問是誰糟蹋了珍藥，急又問道：「那位老前輩現在那兒？離這裡遠嗎？」

無爲上人道：「他一向隱居在西嶽絕頂，姓孫名不韋，道號百草仙師，你們乘鶴趕路，大約一日一夜，也足夠了。」

高戰慌忙拜謝，抱起金英，仰頭四望，才想起大鶴已經不在島上。

無爲上人笑道：「大鶴送你到這裡以後，便趕回普陀接運老衲趕來，現在海邊等候你，你快去吧！」

高戰方要轉身，無爲上人又將他喚住，正容囑咐道：「百草仙師遁世已久，性情又甚古怪，你去求他，務必要忍辱耐心，不可過於心急，這一點千萬要記住。」

高戰連連點頭，道：「晚輩記得。」

無爲上人揮揮手，道：「那麼，快些去吧，好在西嶽距呂梁甚近，事後就不需再趕回來了。」

高戰別了無爲上人，運足如飛，剎時去得無影無蹤。

無爲上人突然記起一件事情，心中大急，慌忙一躍而起，從懷中取出一物，大聲叫道：「孩子，你等一等，老衲還有話說……」

但高戰此時早已去遠，竟未聽見呼喚，無為上人正待拔步趕上去，驀地鶴唳一聲，白影沖霄，已飛向雲層之中。

老和尚廢然止步，仰面向天，望著那冉冉西去的白色影子，嘆道：「唉！我一時糊塗，竟忘了這件重要之物，但願我佛慈悲，別叫他們受到委屈才好……」

在他手上，卻托著一粒翡翠精製的劍墜。

巨鶴振翼凌霄，風馳電掣一路西飛！山巒，江河，城鎮，荒野……一陣陣從翼下掠過，黃昏時便越過洞庭，鶴首偏向西北，沿著陵山，逕飛陝南。

高戰已有一整日未進粒米，但他不感覺一點飢餓，平生第一次這樣乘鶴遠飛，對那擦身而過的絮雲氤氳，也提不起半點新奇興趣，只是頻頻低顧懷中金英，不時伸手去探探她的鼻息和心脈的顫動。

天入夜了，星星好像近在咫尺，而高戰癡癡地竟如未見，此時在他心中，只有唯一的一件心願——那就是趕快抵達西嶽之頂，取到「九轉護心丸」續命靈藥。

金英雖是嬌小的，但偎在他懷中，卻像一塊沉重的鉛塊，緊壓著他顫抖的心房。

清涼的夜風，透骨生寒，但高戰手心仍然溢著冷汗，高空中強勁的風力使人難以開口，但他仍不停的喃喃輕語著：「大鶴啊！你辛苦一些，再飛得快一點，萬萬別耽誤了片刻時光！」

大鶴算得是善解人意了，洞庭湖的魚香，大巴山的茂林，都未能吸引牠略一稍顧，牠只是飛，飛……一個勁的飛著。

白天逝去，黑夜也消失了，曙光透出雲端時，他們終於趕到了西嶽華山。

高戰見金英傷勢如故，並無變化，心裡一塊大石才算輕輕落地，那巨鶴盤旋低沉，斂翅棲落在一個奇高的山峰上。

高戰抱著金英跨下地來，張目四望，除了荒野密林，竟看不到一點人類居住的痕跡，他不由得納悶起來，心想：「華山是趕到了，假如找不到百草仙師孫老前輩，英妹豈不一樣難救麼？」

他將金英放在一堆枯葉上，取出乾糧，一面餵給大鶴，一面問道：「大鶴，你知不知道那位孫老前輩的居處？我想你一定跟上人來過這兒，對不對？」

巨鶴低鳴一聲，用長嘴推推高戰右手，又連連點了點頭。

高戰向右望去，見十餘丈外是一片峭壁凸崖，崖前有幾株古松，松幹盤虬堅挺，生得大異平常，心裡一動，便抱起金英，匆匆向右行去。

轉過峭壁，古松邊果然見到一條極窄的小徑，原來這小徑通到崖下便突然消失，是以在另一面不易發現。

高戰大喜過望，回頭感激地向巨鶴笑笑，便邁步循著小徑疾奔前進，不多久，到了一片茂

密的松林邊，那羊腸般的小徑突然又在林裡中斷了。

但高戰此時已不再徬徨了，在這種深山曠野中，若無人往來，斷不會留下道路的，他猜想也許「百草仙師」孫不韋便隱居在這松林裡，當下高聲道：「晚輩高戰，拜見孫老前輩。」叫了數聲，林中宿鳥驚飛，但除了激起無止迴音之外，林中寂寂，卻無人回答。

高戰暗覺蹊蹺，一提氣，便準備騰身躍登樹梢再向前察看路徑，驀地目光掃過林邊，卻發現叢草中豎著一塊石碑，上面似乎刻有字跡。

他縱身一掠，躍落石前，放下金英，輕輕撥開亂草，這一看，不禁大感希奇。

原來那石上刻著幾行小字，只因日深月久，石上青苔瀰蔓，不注意實難認出，但仍依稀可辨出，那字跡竟是：

青竹蛇兒口，黃蜂尾上針，

兩般猶是可，最毒婦人心。

這四句詞句並無上下款，筆力鐵劃銀勾，十分蒼勁，而且刻得極深，分明是人在惱怒激動之下，用「大力金剛指」留下的憤恨之語。

高戰心底頓時升起無限疑雲，忖道：「此地即是孫老前輩隱跡之處，自不會再有旁人居住，但誰又在石上刻下這種憤恨怨毒的詞句呢？難道便是孫老前輩自己嗎？」

然而他又想：「孫老前輩與無為上人論交，想也是當年一代大俠，他一個遁跡深山的高

人，當不至刻下這等恨盡天下婦女的字句來，那麼，刻字的一定另有其人，那人又會是誰？」

想了許久，這疑團依然解它不透，高戰自覺好笑，心道：「我何必苦猜這些不相干的事，爲這件事煞費心思，真是太不值得，但此地既有山徑，又有這石碑，想那孫老前輩必住在不遠。」

他站起身來，仍舊抱著金英，飛登樹梢，放眼望去，見這松林並不甚大，林子盡頭是片廣場，場上綠草如茵，正有一棟小巧的茅屋。

高戰欣喜難抑，展開「平沙落雁」輕身功夫，踏林而行，眨眼便越過松林，飄身立在廣場上。

這茅屋搭立處風景絕佳，不但地上鋪滿柔軟細草，背依松林，左側還有一條小溪淙淙流過，溪水清澈見底，令人塵念盡滌。

高戰不便擅自走近茅屋，站在小溪這一面，又高聲叫道：「孫老前輩可在？晚輩高戰拜謁……」

四一　關山飛渡

高戰抱著昏迷不醒的金英，隔溪叫了幾聲，那小屋中全無人聲回應，只有空山寂寂中，傳來幾聲迴音，也叫著：「孫老前輩可在?晚輩高戰拜謁。」

高戰忖道：「看來那位孫老前輩或許睡得正熟，天色這麼早，想來他不會便出去了。」

於是輕輕躍過小溪，將金英放在草坪上，自己抖抖身上塵土，恭謹地走到茅屋前，舉掌拍門，叫道：「孫……」

方才叫了一個「孫」字，那木門竟「呀」地應手而開，屋中空空，並無人影。

高戰詫道：「這麼早，孫老前輩難道是到山中散步去了，我且在門外等他一會。」

他順手將木門帶好，回到金英身邊，低頭見她緊緊閉著兩眼，呼吸悠緩，氣息已經十分微弱，那嬌媚的面龐上，正泛著一片深深的紅暈，呼吸之間，似乎也相當吃力。

高戰愛憐地捧著金英的臉蛋，觸手處宛如火燒，他心裡一陣緊，黯然嘆了一口氣，喃喃

說道：「英妹！英妹！全怪我做大哥的太粗心大意，才被金魯厄那奸賊對妳下這毒手，早知如此，我若直接出手搶奪，或許倒不致讓妳傷得這麼重了。」

他這些呢喃之詞，金英自是不會聽見，但高戰說了一遍，似乎意猶未已，又道：「英妹！妳記得那次我中了毒傷，咱們一塊兒上天竺妳家裡取蘭九果嗎？」

這些話，登時勾起他自己無盡回憶，說了一半，不覺便住了口，癡迷中，他彷彿又見到金英嬌笑著高坐在駱駝背上，揚著手，向前飛跑……

他忽然又懊悔起來，黯然道：「唉！可惜平凡上人取回來那幾個蘭九果全被我糟蹋掉，要不然，這時對她必有很大的用處……」

金英的氣息愈來愈低微，高戰只覺像飄浮在深海中，心靈的感受，是一直在向下沉，向下沉——

不知過了多久，「百草仙師」孫不韋仍未見回來，四周除了淙淙流水的聲音，開始又加上煩人的啾啾鳥語，大地在復甦，但金英的生命，卻好像即將到了終點。

他不敢想像金英萬一死去，自己會變成什麼模樣？他會像吳大叔一樣頹喪的削髮出家？還是像梅公公一樣讓歲月來摧殘以後凄涼的日子，聽候死神的召喚。

此時，他恨不能以身替代金英，讓她那尚在青春燦爛的年華，不要一折而中斷，但是……

驀然間，他彷彿聽到有一聲低沉的嘆息！

高戰悚然而驚，抬起頭來，張皇地四邊望望，四野寥寂，並未見到人影，那麼，是誰在嘆氣呢？

冥思未了，又是一聲低嘆，傳進他耳中。

這一次，他聽清了那嘆息聲竟是從茅屋中發出來的，而且，那活似一個人在重病時偶爾發出的低聲呻吟。

高戰放下金英，猛地立起身來，驚忖道：「難道那茅屋中有人？或者孫老前輩根本沒有出去？」

奇念在他心頭滋長，高戰忍不住一擰腰閆到木門前，側著耳朵，向屋中傾聽著。

約莫過了半盞熱茶光景，果然茅屋中傳來一聲低弱的呻吟聲，似道：「啊……水……水……」

高戰確知屋中真的有人，慌忙推開木門，搶了進去，叫道：「屋裡是孫老前輩嗎？」

那茅屋共分三間，正廳上除了簡單的傢俱之外，並無人蹤，但靠左一間垂著布簾的臥室裡，卻傳來一陣淒涼的斷續人語，道：「給我水……給我水……渴……」

高戰左掌一撩門簾，伸頭向那臥室中張望，但見這間臥室十分幽暗，連一扇窗口也沒有，只靠壁有個巨大的土炕，上面鋪著臥具，炕上躺著一個亂髮老人，正在輾轉蠕動，吃力的呻吟著：「水……水……」

高戰情不自禁跨進房內，掃目看見炕頭邊一張木桌上放著一隻瓦罐，連忙伸手取來，急急轉身退出屋外，到小溪邊盛了半罐泉水，二次入屋，將那老人從炕上扶起。

那亂髮老人才坐起來，高戰觸目一驚，原來他的右手和一隻左腳都已沒有了，僅用布巾層層包裹著。

難道他便是孫不韋？是誰斬斷了他的一手一足呢？

高戰心口一陣狂跳，但這時那老人氣急敗壞伸著頭在四處尋找水罐，只好將一肚子奇怪忍住，餵他喝著罐裡的泉水。

半罐清水，一口氣進了老人肚裡，清冽冷冰的泉水，好像使那老人神志清醒了不少。

他喘息幾聲，緩緩張開眼來，望著高戰問：「你……你是誰啊？」

高戰忙道：「晚輩高戰，因一位朋友受了重傷，特地趕來拜求老前輩的，想不到……」以下的話，高戰想了想，終於又嚥回肚裡沒有說出來。

那老人臉上充滿了詫異的表情，緊跟著問道：「你是來找我的？你怎知我會在這兒呢？」

高戰道：「晚輩係因無爲上人所囑，特從南海普陀趕到此地來！」

老人聽了，詫色愈濃，沉吟著道：「無爲上人……無爲上人，我並不認識這樣一個人呀？」

高戰急忙解釋道：「無爲上人便是從前少林三老之一，從前的法號稱爲靈鏡大師，也許你

老人家……」

老人不待他說完，叫道：「啊！不錯，少林三老聲名赫赫，老朽倒是早有耳聞，但，他們與老朽從無一面之識，怎知我現在此地呢？」

高戰無可奈何地笑笑，心想：「這位孫老前輩必是傷重神志不清，一時記不起來了。」

那老人想了一會，忽然微笑說道：「我知道了，你們是來尋那百草仙師的，卻把我錯當成他了……」

高戰驚道：「什麼？你老人家不是孫老前輩？」

老人含笑搖了搖頭，浩然嘆息一聲，吃力地又仰面躺回炕上，卻沒有出聲回答這句話。

高戰越加不解，訝然忖道：「難道這小峰上不只孫老前輩一人居住？難道我找錯了地方？」

方在狐疑，卻聽屋外一個嬌脆的嗓音叫道：「敢問孫不韋孫老前輩可在家中？」

高戰吃了一驚，聽那聲音，竟是發自女子口中，這時屋外除了金英，怎會又有旁的女人？他駭然之下，無暇再顧炕上老人，身形一閃，出了茅屋，定睛一看，果見一個身著灰色疾服的負劍少女當門而立，另在距金英不遠的草坪上，仰面躺著一個滿臉血污的少年男子。

高戰首先望望金英，見她仍沉沉而臥，並無異狀，這才放了心，轉面瞧那灰衣女郎，卻覺似有幾分面熟，忙抱拳道：「姑娘要找什麼人？」

那灰衣女郎也拱手道：「我姓張，現有急事，特來求見百草仙師孫前輩。」

高戰道：「張姑娘來得不巧，孫老前輩現在不在家中，在下也是……」

灰衣少女顯然很急，不等高戰說完，搶著又道：「我師兄中了毒砂，不能拖過十二個時辰，務必要求孫老前輩替他解毒療傷，否則……」

高戰苦笑道：「在下也與張姑娘一般急著要見孫老前輩，可惜，他老人家不在。」

灰衣女郎狐疑地道：「孫老前輩既然不在，方才閣下在屋中是跟誰談話？」

高戰雖覺這女郎言談未免有些專橫，但想到她師兄負傷，不知從多遠專程趕來，自是免不了焦急，於是淡淡一笑，道：「屋中那一位，也是一位身負重傷的老人，或許他也跟你我一樣，是特來求助療傷的呢。」

灰衣女郎沉吟片刻，忽然道：「聽說孫老前輩隱居此地多年，從來足跡不離華山，他怎會不在呢？」

高戰聳聳肩頭道：「這個，在下與姑娘一樣不解。」

灰衣女郎冷笑一聲，道：「我不信，他必定在屋裡，只是不願意見外人罷了。」

高戰對這灰衣女郎的固執和不相信自己，引起極度的不快，也冷冷答道：「在下一片好心，姑娘既然不信，在下也沒有解說之法。」

那女郎傲然道：「我師父馬上就要趕來了，他若是這等看不起我們，哼！等一會自然有他

好看的。」

高戰已微有些怒氣，轉念又想：「一個焦急的人總是口不擇言的，我何苦與她爭論什麼？」

他本是忠厚豁達之人，想到這裡，自顧淡然一笑，便向金英走去。

那知才走了兩步，忽聽那灰衣女郎厲聲叱道：「你笑什麼？」

高戰一怔停步，緩緩道：「在下自覺好笑，難道也礙了姑娘的事？」

灰衣女郎道：「哼！你一定心裡罵我吹大話是不是？告訴你，咱們師父也是江湖中頂尖的人物，你不要狗眼看人低。」

高戰不悅道：「在下與姑娘素無一面之識，姑娘的令師名聲再大，難道就教姑娘這般出口傷人的嗎？」

灰衣女郎冷笑道：「便是傷了你，又打什麼緊？」

高戰斜退一步，原待發作，但終又強自壓抑住怒火，暗道：「高戰，高戰，你是爲了救英妹的傷而來的，怎能這樣動輒跟人家生氣呢？」

然而，那灰衣少女盛氣凌人的眈眈注視著他，臉上滿是一副不屑的神態，又使他不能平白忍下這口氣來，便也冷笑道：「令師能教調出這種目空一切的高人，想必也是了不得的人物，在下倒想拜聞令師大名是怎樣稱呼的？」

灰衣女郎傲笑道：「你總聽過關外當今第一高人，天煞星君四個字吧？」

高戰駭然一驚，但繼而失聲大笑起來，道：「啊！原來，妳是說宇文彤？」

灰衣女郎臉色一沉，道：「你敢直呼我師父名諱，我看你是活得不耐煩了。」

高戰笑道：「不敢，在下雖是江湖無名之輩，但與令師倒有數面之緣。」

灰衣女郎喝道：「那麼你是誰？」

高戰道：「在下姓高名戰，姑娘可是張麗彤張姑娘？」

灰衣女郎大吃一驚，身不由己一連緩退了好幾步，駭呼道：「啊！你就是高戰！」

高戰見她驚惶之色，心裡竟有說不出的滿足，張麗彤和文倫師兄妹爲了爭奪丐幫大位，曾在那座荒野中的土地廟裡和師兄李鵬兒朝過相，難怪方才一見之下，覺得有些面熟。

想起師兄，他不禁又興起無限懷念，古廟一別，師兄李鵬兒和自己多年音訊未通，至今不知下落何方，而自己這些年來東奔西走，一事無成，回想起來，亦有幾分愧意。

這時，張麗彤已經由驚而憤，由憤而怒，忽然「嗆」地一聲響，抽出肩後長劍，沉聲喝道：「姓高的，你師兄搶了咱們丐幫幫主大位，害得我師兄好苦，今天姑娘跟你拚了。」

說著，一領長劍，「刷」地分心刺了過來。

高戰忙一擰腰，閃過劍鋒，道：「且慢，妳師兄的傷，難道是我李師兄傷的嗎？」

張麗彤切齒道：「雖不是他親手打傷的，但若不是因爲幫主大位，咱們不敵落敗而走，怎

會被天魔金歆的毒砂所傷，姓高的，這筆賬，姑娘算在你的頭上。」

話聲未落，又是刷刷兩劍，橫飛而至。

高戰腳踏小戢島慧大師所授「詰摩步法」，輕妙地又閃開兩劍，心裡卻在自忖：「這件事怎又扯上了天魔金歆？那金歆不是毒君金一鵬的徒兒嗎？難怪文倫吃他毒砂打傷，竟會這樣重。」

他曾經在土地廟中目睹李鵬兒和文倫爭位之戰，那時李鵬兒本可打敗文倫，但為了張麗彤幽怨的一瞥，才失手反被文倫刺傷，這些往事歷歷在目，無疑地，師兄李鵬兒已對這位張姑娘頗有幾分動心，高戰愛屋及烏，自不想跟她動手。

匆匆間張麗彤已快攻了十餘劍，但都在高戰的曼妙身法之下化為烏有，她情急之下，嬌叱一聲，劍勢陡地一變，越發層層洶湧，展開了天煞星君宇文彤平生得意劍法「萬流歸宗」來。

忽然，草坪上的文倫發出一聲低沉的呻吟聲。

張麗彤雖然急怒羞惱之下，耳目卻仍不離師兄左右，一見文倫痛苦的呻吟起來，登時收劍躍退，理也不理高戰，逕自奔到文倫身邊，一條腿跪在地上，低聲急問：「師兄，你怎麼啦？那兒不舒服麼？」

文倫痛苦的扭動了一下身子，呢喃著道：「妳……妳在跟誰說話？」

張麗彤柔聲道：「我們碰到李鵬兒的師弟高戰，正要殺了他替你出氣哩！」

文倫那血肉模糊的臉上一陣抽動，急急說道：「是高戰？」

「是呀！師兄，咱們被他師兄害苦了，想不到竟在這荒山中碰見了他。」

「不！妳不是他的對手……師父呢……師父怎麼沒有來……」

「師父就要到了，他老人家叫我先送你來華山，求見孫不韋前輩，孫老前輩會替你治好傷勢的，師兄，你放心吧！」

文倫痛苦地輕嘆一聲，恨恨說道：「等我傷勢好了，一定要找李鵬兒和金歆報仇，師妹，妳快帶我去見孫老前輩！」

張麗彤頓了頓，點頭道：「好的，但孫老前輩現在不在家，咱們須得等他回來。」

文倫忽然奮力叫道：「不！不！我要趕快治好傷，趕快去報仇，妳快些帶我去呀！」

這一聲大叫，也許抖動了傷口，叫聲才落，緊跟著又低聲呻吟起來。

張麗彤滿臉憐惜地用一條毛巾替他拭著創口上流出來的污水，一面柔聲安慰他道：「師兄，你千萬忍耐一會兒，我這就帶你去了。」

說著，果然從草地上將文倫抱起，一步一步向茅屋行去。

高戰看到這裡，不覺癡了，內心深處卻爲師兄感到萬分失望，瞧這情景，張麗彤固是個溫柔多情而且體貼的姑娘，但她一顆心早已給了文倫，只怕再不會有所動搖。

他深深爲張麗彤的柔順而感動，唯可惜的是，這樣一個好姑娘，竟會愛上那專橫陰狠的文

倫。

人間的情事，往往是這樣難以捉摸，高戰喟嘆一聲，僅只癡癡望著張麗彤已經抱著文倫跨進屋去，卻不忍再出聲阻止他們。

茅屋中傳來一陣陣人語，或許是文倫和張麗彤在切切私語，或許是張麗彤也發現了土炕上的殘廢老人，正好奇地盤詰著他……高戰只覺心中空蕩蕩的，無意細聽，迷惘地依著金英席地坐下。

驀地，忽聽有人輕聲作歌而來：「青竹蛇兒口，黃蜂尾上針，兩般猶是可，最毒婦人心……」

高戰聽那歌聲，想起石上刻字，心知這人必是那隱居華山的「百草仙師」孫不韋，連忙站起身來，恭謹地側立而候。

不片刻，歌聲頓止，林邊緩緩轉出一個頭戴竹笠的老年農人，肩荷小鋤，鋤頭上掛著一只竹籃，籃裡放著幾株小草。

那老人才到溪邊，抬目看見高戰，登時臉色一沉，雙目暴射出兩道懾人精光，沉聲道：「喂，那小伙子，你是誰？」

高戰慌忙抱拳為禮，答道：「晚輩高戰，特來拜謁孫老前輩……」

老人不等他說完，連連揮手道：「快滾！快滾！我這塊地上何等乾淨，如今被你這蠢物帶

了個污髒的臭女人來，連地上草也弄污了，念你遠來，趕快給我滾開吧！」

高戰被他一陣搶白，弄不清他何以如此，看看金英，又看看那老人，不知該如何解說才好。

那老人見他不答，更怒道：「你還敢不聽我的吩咐麼？」

高戰忙道：「這位姑娘是在下一位知友，正因她身負重傷，所以才……」

老人將頭亂搖，連聲喝道：「我不聽你這些廢話，你只先將那臭女人趕到溪這邊來，不要污了我的草地，那時再說不遲。」

高戰見他對女人竟痛恨厭惡如此，心裡冷了半截，但他想到無為上人臨走時囑咐自己，說這孫不韋性情十分古怪，見面時務必忍耐，當下只得強忍悶氣，將金英抱起，躍過了小溪。

孫不韋生像怕金英連他也污了，竟遠遠避開，高戰從這邊過溪，他卻從另邊躍過溪那邊。第一件事，便是放下鋤頭和籃子，匆匆從懷裡取出一些白色粉末，灑在金英躺過的地方，口裡喃喃說道：「真倒霉，好好一片草坪，活生生被這蠢物弄髒了。」

那白色粉末落在草地上，不斷發出「嗤嗤」輕響，一陣陣青煙揚起，一大片草坪頓時都枯萎死去。

高戰瞪眼看著他那古怪動作，弄得哭笑不得，忍氣吞聲直到他灑完藥粉，又到小溪裡洗好手，這才又道：「老前輩可容在下說話了嗎？」

孫不韋道：「有話只管說，但切記不要提到臭女人，我生平最怕女人，你若對我提到那些水性楊花的事，連耳朵也污了。」

高戰長吁一口氣，正色說道：「晚輩姓高名戰，乃是……」

孫不韋不耐地插口道：「我知道你是高戰便行了，你只管往下說，說完快滾，最好帶了那臭東西離我愈遠愈妙。」

高戰心裡有些氣，又不便發作，只得又道：「晚輩係奉普陀禪林上院無爲上人差遣，千里趕來，欲求老前輩一粒九轉護心丹。」

孫不韋沉思片刻，突然雙目一睜，隔岸瞪著高戰好半晌，才冷冷道：「真是老和尚叫你來的？」

高戰忙道：「晚輩焉敢欺瞞老前輩。」

孫不韋將手一伸，道：「拿來！」

高戰一怔，道：「老前輩欲索什麼？」

孫不韋放聲笑道：「原來是個冒牌貨，連老和尚的信物也不知道，竟敢前來誑詐老夫的珍藥。」

說著，突地笑容一沉，厲聲又道：「老朽現有正事，算你運道不錯，你立刻給我滾離華山，是你命大，否則，你別怪姓孫的對小輩不肯留情。」

高戰方要再分辯，無奈那孫不韋早掉頭向茅屋大步而去了。

跋涉千里，等候了許久，好不容易見到，不想僅只三言兩語，便被驅了出來，高戰怔怔望著孫不韋的背影，心裡真是又氣又羞，又急又恨，若是別人，只怕早已發作起來。似高戰秉性渾厚，細細回想，必是無爲上人在匆忙之中，忘了給自己什麼憑信之物，以致才不能得到孫不韋的信任。

可是，如今萬里關山的趕來，金英已經奄奄一息，要想再回普陀，往返至少二天，事實上萬萬來不及，難道就這樣眼睜睜看著金英死在這兒？

可憐他一向堅韌成性，此刻也不禁彷徨失措了，低頭看，金英是那麼軟弱的依偎在胸前，生命的燈油，已經快要乾涸了，而他堂堂昂藏丈夫，卻束手無法挽救那隨時都可能熄滅的火花。

熱淚在他眼眶中滾動，但他極力忍住，沒有讓它掉落下來。

忽然，對面茅屋中傳來一聲大喝！

高戰抬頭望去，但見孫不韋正提著鋤頭，狂風般追趕張麗彤和文倫，張麗彤倉皇疾避，才到溪邊，已被孫不韋騰身追上，鐵鋤掄起，摟頭砸了下來。

張麗彤抱著文倫一個急轉，閃開五尺，急叫道：「老前輩請住手，咱們有話奉陳。」

孫不韋叱道：「陳什麼？我先打殺了妳這女人，妳竟敢連我存身的茅屋也去污了。」說

著，鋤柄一橫，又攔腰掃到。

張麗彤仰身倒退了一丈四五，高叫道：「老前輩，咱們是天煞星君門下……」

孫不韋道：「你便是殺千刀星君的門下，我今天也活剝妳一層臭皮再說。」

緊跟著，鐵鋤一掄疾揮，又將張麗彤迫退了三丈有餘。

張麗彤無奈，只得抱著師兄拔步循小溪飛奔，孫不韋望見，頓足道：「完了！完了！多年心血，全被這女人毀於一旦，今天不殺了妳，叫人怎能甘心。」

他提鋤飛步追去，身法竟快得驚人，不過三五個起落，已追到張麗彤身後，鐵鋤一舉，照準張麗彤背心，奮力就是一鋤。

這一鋤既準又快，連高戰也看得替張麗彤暗捏一把冷汗，但那張麗彤不愧深得天煞星君嫡傳，鋤頭將臨頭頂上，忽然柳腰一折，扭身一轉，堪堪避開鐵鋤，蓮足頓處，身子已騰空而起，向小溪這一邊飛落。

孫不韋一鋤擊在地上，「蓬」然一聲，地上登時添了尺許深一個土坑，但他兀自不肯放鬆，棄了鐵鋤，揚手一拳，竟用內家至高功力，打出一記「百步神拳」。

張麗彤此時身在空中，又抱著師兄文倫，眼看無處可避，便要傷在拳力內勁之下。

忽地，空中「波」地響起一聲清脆的響聲，迴風激盪，帶得張麗彤在小溪上一個翻滾，摔落在溪這一邊，對岸的「百草仙師」孫不韋也被震得身軀連晃，險些拿樁不穩。

溪邊傲然立著一人，正是天煞星君。

這時候，張麗彤已從地上爬起身來，她手裡抱著文倫依然並未放鬆。

天煞星君瞥了高戰一眼，臉上登時現出驚容，但瞬息便又鎮靜下來，向對岸的孫不韋拱手笑道：「孫兄，多年不見，你就這樣對待故友門下，未免有些說不過去吧？」

孫不韋氣鼓鼓地答道：「你我既是舊識，卻怎的弄個女人來污我清淨之地？」

天煞星君笑道：「這也難怪，老朽原關照他們在溪外守候，等我趕到再當面相求孫兄，無奈孩子們性急一些，以致觸犯了孫兄禁忌，孫兄看老朽薄面，尚請多予體諒。」

高戰聽了大奇，想那天煞星君是何等狂妄之人，不料今日也有低頭求人的時候。

但那孫不韋把頭連搖，道：「老夫平生最恨女人，你那徒兒居然跑到我房裡坐著，這股霉氣，永遠也沒法清除，老夫看在當年與你曾有一面之識，姑且饒過她這一遭，你快帶著她滾吧！」

天煞星君仍是笑道：「孫兄何必跟他們小孩子一般見識，一切開罪之處，老朽這裡謝罪便了。」

孫不韋冷冷道：「你這樣低聲求我，定有什麼事要我幫忙是嗎？」

天煞星君道：「不敢當此重罪，只盼看在你我當年相識份上，要煩孫兄替小徒診治一下臉上毒砂之傷。」

孫不韋搖頭道：「這事休提了，我正忙著，沒有時間再收病人。」

天煞星君回目望了高戰一眼，目光中透著疑問，高戰忙大聲說道：「孫老前輩另有待治的病人，你不要以爲是我。」

天煞星君陰笑頷首，又向孫不韋道：「孫兄如肯抽暇成全，老朽另備薄禮，權充酬謝。」說著從懷裡取出一個小包，緩緩一層一層解開。

孫不韋冷笑道：「宇文彤，你是想用利來誘我姓孫的嗎？」

天煞星君道：「老朽不敢有這意思，但這東西果真是曠世難尋的至寶，老朽無意得來，特地轉贈孫兄。」

他一面說道，一面抖開包裹，手上毫光連閃，托著兩粒鴨蛋大小圓晶瑩的珠子。

孫不韋一見，兩眼瞪得老大，失聲驚叫道：「是雌雄風雷水火珠，宇文彤，你從哪裡得來的！」

天煞星君見他那種驚詫駭然之色，忍不住仰頭哈哈大笑，道：「孫兄，這珠子對你用處有多大？不須老朽多作解說，只要你肯替倫兒醫好臉上毒傷，它們便是你的東西了。」

但他話才說完，忽聽旁邊一個冷冷的聲音接道：「宇文彤，東西不是你的，你憑什麼資格送人？」

孫不韋和天煞星君同時一驚，回頭望去，卻見高戰挺身站在側面，目光灼灼瞪視著天煞星

君宇文彤。

原來高戰在天煞星君取出風雷水火珠之際，早已一眼認出正是天煞星君從辛叔叔身上搶去的失物，急忙放下金英，輕輕縱身躍過來，一聽他要將此珠轉送「百草仙師」孫不韋，吃驚之下，連忙開口阻擋。

天煞星君橫了他一眼，兩手一合，又將寶珠揣進懷中，然後冷冷說道：「這珠子不是老夫的，難道會是你高戰的嗎？」

高戰道：「不！這是辛叔叔的東西，是你趁他受傷時出手搶了去的。」

天煞星君冷哼道：「這倒奇怪，珠子又不是他姓辛的從娘胎裡帶來，怎知便是辛捷之物，天下至寶，唯有德者居之而已。」

孫不韋聳聳肩，道：「幸好我還沒受贓物，原來還有這許多糾葛，你們自己算賬吧，恕我沒功夫相陪！」

說完，轉身匆匆奔進茅屋中。

天煞星君恨得直咬牙，憤憤說道：「高戰，老夫與你無仇，你爲何屢次壞我大事？」

高戰道：「那珠子本來不是你自己的東西，你怎能拿來送人？」

天煞星君廢然長嘆一聲，揮揮手，道：「唉！去吧！你雖是個慈厚癡渾之人，但屢次壞我大事，終屬可惡，我再饒你一次，你去吧！」

高戰挺立亢聲道：「不管你喜不喜歡我，那兩粒珠子，你得還我才行，因爲那是辛叔叔的不是你的。」

天煞星君怒目一睜，冷叱道：「高戰，老朽惜你天縱之才，不願跟你翻臉，前次爲你已饒了辛捷一命，你不要再不識進退。」

高戰昂然不懼，答道：「你只把珠子還我，咱們從此就不相干了。」

天煞星君叱道：「你當真敢攔阻我的去路？」

高戰道：「你不還珠子，休想離開。」

天煞星君忽然發出一陣陰惻惻的笑聲，道：「好！好！你倒反逼起老夫來，我叫你知道人外有人，天外有天！」

高戰心知天煞星君一身功力非同小可，一反手，「刷」地抽出鐵戟，橫胸而待。

天煞星君精目翻了幾翻，笑道：「以老夫身分，豈能跟你一個小輩動手。」一抬手，叫道：「彤兒，妳過來，替爲師領教這位高少俠幾招。」

他可不知高戰此時功力，其實並不在他之下，只當仍是當年古廟中碰上的忠厚少年，因此自己不屑動手，倒把徒兒張麗彤喚來代自己出戰。

張麗彤應了一聲，放下文倫，單掌一翻，「嗆」地一聲撤出長劍。

高戰忙道：「你這徒弟不是我的對手，你還是自己……」

一句未了，張麗彤忽然嬌叱一聲，長劍一圈，分心刺來，罵道：「好狂的人，竟敢看不起姑娘。」

高戰左腳向後反跨一步，鐵戟一舉，在胸前陡然劃了半個圈子，「噹」地一聲脆響，張麗彤的劍勢悉數被封出去，高戰誠摯地道：「不是我小看姑娘，這事由令師而起，自當由令師而終，妳還是少管的好。」

張麗彤怒道：「胡說，姑娘偏要試試你憑什麼這樣驕傲。」同時，振劍一揮，竟然出盡全力，攔腰又掃了過來。

高戰本是忠厚君子，無可奈何之下，鐵戟一豎，「噹」地又是一招硬封，這一次他手上暗貫注了六成真力，脆響聲中，張麗彤直被震得玉臂發麻，身不由己倒退了兩步。

天煞星君也料不到高戰內力會如此雄厚，眉頭皺了皺，道：「彤兒，用萬流歸宗劍法領教高少俠幾招絕學。」

張麗彤抱劍應聲：「是！」拉開劍勢，果然使出了「萬流歸宗」第一招「磷火飄墳」，劍尖似幻似虛，分點高戰胸前三大要穴。

天煞星君這套「萬流歸宗」劍法本是他東偷一招，西學一式，再加融會集研而成，這招「磷火飄墳」，實係從武當「落絮劍招」變化而來，全是虛招，但如果敵手硬用老招應戰，卻也能化虛為實，端的神妙莫測。

但他們怎知道高戰迭逢奇遇，恰好也是個博學雜匯的人，一根鐵戟上，有梅山民的「虯枝劍法」，平凡上人的「大衍十式」，以及四十九招「無敵戟法」，夾雜著從「恆河三佛」的天竺杖法變化而成的奇妙之學，施展開來，竟比「萬流歸宗」還要詭異十倍。

他一見張麗彤劍影飄忽，便知這招必是虛招，抱元守一，決不擅動，那鐵戟戟尖朝天，竟是少林心法「朝天一柱香」的姿態。

張麗彤冷哼一聲，驀地扭身一閃，手中跟著化爲第二招「鬼王飛叉」，突然劃向下脅，竟是「峨嵋」派五鬼劍招中絕學。

高戰淡淡一笑，鐵戟彈出，圈臂一搶，化作漫天戟雨，所用的卻是平凡上人「大行十式」的首式「方生不息」。

但聽「叮叮」兩響，張麗彤急欲撤招已經不及，長劍才觸著那滿空戟影，直被盪開半丈以外。

這時候高戰如欲傷她，真如探囊取物一般，但他卻立在原地也未動，僅只微笑著道：「姑娘暫且後退，在下自與令師了斷。」

天煞星君臉上變色，緩步走了過來，揮揮手，道：「好，彤兒就暫時退下去吧，爲師要親自領教他幾手古怪之學。」

張麗彤滿面愧色，正要退後，天煞星君又忽伸出左手，道：「彤兒，把妳的劍給我。」

張麗彤微感一怔，她素知師父平生難得使用幾次兵刃，近年中，除了跟辛捷曾力拚激戰，動用過兵刃之外，一般武林中人，根本不在他眼中，如今連他也要索劍應敵，足見高戰在他心目中的地位了。

她懷著異樣的心情斜瞥了高戰一眼，一聲不響，把長劍默默遞給了師父，蓮步輕移，向後退了三步。

天煞星君冷冷說道：「彤兒，再往後退遠一些。」

張麗彤遵命又向後退了兩步，天煞星君卻又道：「再退遠些。」

從這些跡象看來，天煞星君已將高戰視作平生大敵，唯恐場地不夠，無法施展快速身法，像這種情形，張麗彤出師以來，今天還是第一次見到。

她默默直退到兩丈外，緩緩抬起目光，似怨似佩地向高戰凝望了一眼。

恰好高戰也正兩眼凝注著她，四目相交，張麗彤渾身一震，浮現兩朵莫名其妙的紅暈。

高戰也猛地心頭一動，忖道：「啊！是了！師兄那年正為了這一對目光，甘心情願挨了文倫一劍，原來這張姑娘果然是個攝魄勾魂的女子！」

他心涉旁騖，一時倒把對面的天煞星君忘了，陡地耳邊響起一聲冷叱：「高戰，怎不動手？」

高戰一驚，連忙抱戟旋身飄退兩步，恭謹地道：「在下曾蒙前輩傳授透骨打穴心法，心中

無時或忘，前輩如能將寶珠賜還，在下萬不敢放肆跟前輩動手。」

天煞星君冷笑道：「你把我宇文彤看得太容易說話了，以爲三言兩語，便能哄騙到在下麼？」

高戰道：「前輩既願將這珠子贈送別人，想必已不需用，但卻怎的不肯賜還在下？」

天煞星君哈哈笑道：「廢話真多，你能接我百招，那時再談寶珠也不遲。」

說著，左手駢指一領劍身，「刷」地身形一轉，忽然避開正面，斜裡刺出手，那劍尖上微一顫抖，「嘶」地輕響，眨眼便點到高戰喉間。

高戰見他出手一招不但快速絕倫，而且狠毒精準，果然遠不是張麗彤所能比擬，當下不敢怠慢，鐵戟橫飛直迫，「叮」然一聲，兩人各自退了一步。

天煞星君嘿嘿笑道：「想不到風柏楊竟能調教出這等佳徒，來來來！老夫索性放手試試你有多大能爲。」

兩人各自凝神遊走半圈，陡地劍戟並舉，閃電般互換了七八招，重又躍退待敵，就在那短暫的一觸即分之下，二人實已各出絕學，深深地試探出對方武功的精奧之處。

天煞星君愈想愈驚，暗道：「高戰一個二十來歲少年，此時內力招式，竟無一樣在自己之下，倘如再假以數年時間，天下那還有他的對手？」

他從前激戰辛捷，已深深覺得後生可畏，但現在他才發覺辛捷實際功力，只怕也難超過高

戰了。

漸漸地，二人由慢而快，寒光縱橫，匆匆已折了七八十招，天煞星君心悸不已，而高戰卻灑脫飄逸，生像尚未出盡全力似的。

這時候，紅日已高高掛在天空，燦爛的陽光，照射著溪邊倏落兩條人影，劍戟上的寒芒，被陽光一映，越發閃耀著刺眼的光輝。

孫不韋突然從茅屋中踱了出來，當他一眼望見天煞星君正和高戰激戰不下時，不覺怒目叱道：「你們要拚命，儘可滾得遠些，再在老夫這裡撒野，休怪我不客氣了。」

高戰猛然記起金英身上重傷，暗責道：「高戰啊！英妹命在頃刻，你卻只顧爭這寶珠，要是因而延誤了時間，那如何是好？」

他心中一急，難免神志略分，天煞星君是何等人物，登時力透劍尖，趁虛而入，寒光透過，「嗤」地一聲響，左肩上一片衣襟，已被劍尖上射發的劍氣挑破。

高戰突然一聲大喝，戟桿一擰，掠飛起來，疾翻腕肘，迎著天煞星君的劍身一圈一振。戟上月牙和劍身相交，「錚」地絞在一起，天煞星君駭然一震，深吸一口真氣，奮力向懷中一帶。

高戰忍著肩上痛楚，也將體內「先天氣功」運足，忽地吐氣開聲，掄臂猛揮。

只聽得「鏗」然一聲響，天煞星君登登登連退四步，手上只剩下半截斷劍，惶然不知如

何是好。

高戰插回鐵戟朗聲道：「在下決不以兵器堅硬取勝，你如有意再戰，在下定赤手對敵。」

天煞星君狂笑兩聲，揚手擲去斷劍，道：「好是再好不過，但這兒是孫兄隱居之地，咱們又各有事在身，且等事了，你我再分勝負如何？」

高戰點點頭道：「在下定當遵命，只盼前輩不要爽約，並把寶珠攜來才好。」

天煞星君臉上泛著紅暈，向張麗彤揮手，道：「彤兒，咱們暫時離開此地！」

張麗彤忙又抱起文倫，天煞星君遙遙向孫不韋冷笑兩聲，道：「打擾孫兄靜修，宇文彤今夜親來賠禮！」

孫不韋卻爽然笑道：「那倒不必了，你只別再弄些妖嬈女人到我茅屋中，咱們交情總在的。」

天煞星君頭也不回，領著兩個徒兒匆匆而去。

孫不韋冷冷瞥了高戰一眼，緩緩說道：「論理你既無信物，我的九轉護心丸何等寶貴，豈能輕易給你，但你在我離家之時，代我看護病友，純情可嘉，我就謝你一粒藥丸吧！」

高戰怎麼也想不到他會突然答應贈藥，一時大喜過望，忙拱手躬身道：「多謝老前輩恩典……」

孫不韋突然擺手道：「且慢道謝，我那藥丸雖然答應給你，但此時身邊並無存藥，恰巧我

一位好友也因身中劇毒，自斷了手腳，非九轉護心丸無法除去內腑餘毒，我已外出三天採來藥本，現在就要開爐煉藥，最快也要明晨才能煉好，在煉藥期間，你必須替我守關護法，勿使外人干擾。」

高戰忙道：「晚輩自當效勞，只是……」他看看金英，遲疑了一會兒，又道：「只是，晚輩這位朋友，恐怕難以支撐許多……」

孫不韋臉色突然一沉，道：「女人的事，老夫一向不管，我是看你誠實忠厚，才允你守關換藥，你不要再拿什麼理由來煩我。」

高戰沉吟半晌，只得道：「好吧！晚輩敬遵前輩的吩咐就是。」

孫不韋道：「那麼，你現在立刻帶她離開遠遠的，今夜酉時初刻，再來此地聽我分配。」

高戰方要再求他幾句，孫不韋早已掉頭逕自回屋去了。

四二　玉石俱焚

高戰深知這種隱士怪人，一言出口，萬難折彎，不得已輕嘆一聲，抱起金英，緩緩向林中行去。

金英在懷中似如無物，連氣息也低微難辨，高戰心裡又急又愁，漫無目的地向林子中行去，心裡暗道：「我必須先尋個安全而隱蔽的地方安置好英妹，替她行功助力暫時阻擋一下傷勢惡化，等明天取到『九轉護心丸』，便不礙事了。」

思念中，他已穿過密林，目光過處，又看見林子邊那塊刻著字跡的石塊，高戰無可奈何的搖搖頭，低聲喃喃說道：「孫老前輩不知為了什麼傷心恨事，才將天下婦女比作了蛇蠍，唉！他真是個難以瞭解的怪人了。」

不久，他又回到了山巔落地之處，那通靈巨鶴仍挺立等候在那裡，高戰不覺後悔，道：「我怎會想不起牠呢？方才如有牠在，孫老前輩斷不會再懷疑咱們是假冒無為上人的名了，不過，那也是沒有用的，他身上並無存藥，縱信得我過，又能怎樣呢？」

高戰輕輕放下金英，撫摸著巨鶴的羽翎，低聲說道：「大鶴！大鶴！咱們要在這兒多耽延一天，你放心先去休息去吧！」

巨鶴低鳴一聲，點了兩點頭。

高戰不覺笑道：「真是聽話的好大鶴，今夜我有要緊的事不能留在這兒，你能替我守護著這位金姑娘嗎？」

那巨鶴果然又點點頭。

高戰覺得有趣，於是又道：「金姑娘傷勢很重，這兒雖然不會有人來，但毒蛇野獸只怕是有的，你要小心看護她，別讓什麼毒蟲爬近她身邊來，等到咱們醫好了她，那時叫她吹笛子給你聽，好不好？」

他這時滿腔心事，苦無可訴之人，就把大鶴當作了傾吐的對象，喃喃低聲細語叮嚀，那巨鶴當真通靈無比，一一心領神會，頓使高戰幽悶的心境開朗了許多。

一天很快又過去了，黃昏時，高戰已替金英行功助力治療了三次，金英氣息似乎正常了許多，高戰又尋些斷樹，替她搭蓋了一間小小草屋，地上鋪著乾草，使她舒適地躺著，然後準備動身替孫不韋守關護丹。

那知就在這時候，忽聽一陣低沉的沙沙足音，急急向峰頂行來。

高戰駭然一驚，忖道：「怪了，這山上難道還有人跡麼？」急忙向巨鶴打個手勢，一人一

鶴閃身隱在一塊大石後面。

過了片刻，暮色中出現了兩個黑影，一路不停直奔峰頂，近了一看，竟然是天煞星君和張麗彤，張麗彤懷裡仍然緊緊抱著文倫。

高戰暗叫糟糕，他們一到峰頂，自己怎能放心離開，再說彼此近在咫尺，也難得不被他們發覺。

他固然不懼天煞星君，但卻不能不替金英擔心。

天煞星君領著張麗彤在山徑盡頭大石下停步，仰面望望石頂，低聲說道：「彤兒，妳帶著妳師兄就在石上休息一會，等夜色深了，師父再去那孫老兒住處，務要奪他一粒九轉護心丸回來，替妳師兄治傷。」

張麗彤道：「師父，不知那九轉護心丸也能醫好師兄臉上的傷疤嗎？」

天煞星君尚未回答，卻聽文倫冷冷說道：「妳只關心我臉上的創疤，難道留下創疤就不是人了嗎？我知道，要是我臉上疤痕去不掉，妳準會離開咱們的。」

張麗彤淒聲道：「師兄，你怎的會這樣想呢？難道我的心，你還不知道嗎？」

文倫道：「我怎麼不知道，上次我親眼見妳和李鵬兒眉來眼去，今天妳又跟高戰那賊廝眉目傳情，哼！妳當我是瞎子麼？」

高戰大怒，暗罵道：「真是放屁，我堂堂高戰，豈如你一般的小人麼？」

張麗彤輕聲呼道：「師父，你老人家看師兄說的話，啊！我恨不得把心挖出來給他，偏是他不肯相信……」

天煞星君似乎對文倫十分嬌寵，只低聲道：「好啦！不許再爭吵了，彤兒一番心意，做師父的最瞭解，倫兒，你不可過份冤枉了她。」

文倫卻道：「師父，你還幫她說話呢，今天若是沒有她跟來，或許孫老兒給我治好傷了，偏她是個女人，才惹起孫老兒的怒火……」

張麗彤滿腔委屈，低聲啜泣起來。

天煞星君嘆了一口氣，道：「這也怪不得彤兒了，都是師父忘了那孫老兒這層禁忌，才惹出這番差錯來。你們不知道，當年孫不韋年輕之時，是個出名的漂亮小伙子，偏生愛上一位年老的有夫之婦，一直癡迷不捨。後來那女人終於離開了丈夫和孩子，跟他私奔逃走。兩人雙宿雙飛了一段時日，那婦人漸漸又想念起孩子，一病不起，孫不韋各處尋藥替她治病，都沒有效力，眼看要斷氣了，恰巧這時候那婦人的丈夫帶著孩子尋了來，不想那婦人一見親生孩子，登時百病全消，立刻跟孫不韋分手，又跟著丈夫棄他而去，孫不韋傷心失意之極，從此發誓不出華山，並且永不肯再替人治病，也恨透了天下女人，才弄得這般半瘋半癲，行事乖戾。」

高戰聽了這話，心裡方才恍然，私忖道：「難怪孫前輩如此痛恨婦女，原來當年有這段傷心往事。」

文倫又問道：「師父，你老人家又怎麼和他認識的呢？」

天煞星君笑道：「那也是一場巧遇，有一次，爲師追趕到一個仇家到華山來，偏巧那仇人又是個女子，孫不韋見我掌斃那女人，手下無情，誤以爲我也是個痛恨婦女之輩，竟自動跟我結交，彼此算是相識了，這已是多年前的事啦！這些年，爲師也隱居關外，甚少涉歷江南，想不到歲月這麼久，他那怪性格竟絲毫也沒有改變。」

說到這裡，天煞星君又柔聲安慰徒兒道：「倫兒，不許再跟彤兒吵鬧了，爲師這就去替你取藥，你們暫在這大石上，不可輕易離開。」

張麗彤忍住悲切，依舊抱著文倫，騰身躍上大石，天煞星君獨自展開身法，急急向那片密林而去。

高戰躲在石後，心裡一時焦急萬分，他明知天煞星君這一去，勢必對百草仙師孫不韋不利，但張麗彤和文倫已上了大石，他如果躡蹤天煞星君，定會被他們看到，留著張麗彤和文倫，他也不敢放心離開金英……

正在無計可施，忽然想到身邊的通靈巨鶴，高戰心念一動，忖道：「無爲上人曾說大鶴渾身羽毛均經藥水浸洗，普通武林人物休想傷牠，在孤島上，金魯厄曾一連幾次用內家掌力打中牠，都未見牠受傷，看來倒是真的。」

他輕輕附在巨鶴耳邊，悄聲道：「大鶴，大鶴，我有要緊事必須離開，你務必要好好保護

著金姑娘，石上二人，一個負著重傷，另一個是個女子，你現在替我引開他們的注意，讓我趁空好走。」

巨鶴彷彿聽懂了高戰的話意，「呱」地發出一聲清鳴，忽然展翅飛起，在石上繞了個圈子。

張麗彤驚叫道：「呀！師兄你看，好大的一隻白鶴！」

文倫冷聲說道：「白鶴有什麼大驚小怪的，值得這般希奇……」

正說間，巨鶴突地雙翅一收，箭矢般向石上直落下來，張嘴探處，啄向文倫腦門。

張麗彤「呼」地一掌劈去，叫道：「不好，這石頭上必是鶴兒棲息的地方，她見咱們占了牠的巢，所以不肯跟咱們甘休。」

那巨鶴忽起忽落，撲擊了數次，張麗彤護住文倫，生怕他被大鶴啄傷了，文倫暴跳如雷，大聲呼喝道：「師妹，用劍砍牠下來，這畜牲可惡，咱們偏不要讓牠……」

高戰趁他們糾纏無法分神，順著石邊，輕登巧縱，瞬息已奔進密林。

他只怕自己奔得太慢，奮力展開身法，不消片刻，便到了草坪外小溪邊上。

舉目望去，茅屋中已亮著燈火，窗上映著兩個人影，似是相對而坐，高戰一眼就認出其中一個正是「百草仙師」孫不韋，那麼另一個準是「天煞星君」宇文彤無疑了。

高戰此時已經弄清楚「天煞星君」和孫不韋相交經過，不免躊躇著無法決定是不是該進屋

去，方在溪邊彷徨，忽的身後風聲輕響，一條人影悄然落地。

高戰本能地一錯步，旋身一看，不由吃了一驚，原來身後那人竟是「天煞星君」宇文彤。

他大驚詫異，再望望窗口，燈光下仍是兩人對坐，咦！這不是詭異萬分嗎？

高戰渾身機伶伶打了個寒顫，不由自主連退了兩步。

天煞星君向他陰陰一笑，低聲說道：「高戰，你趁夜掩回此地，足見老夫去後，你也並沒有討到九轉護心丸吧？」

高戰沉聲道：「要到又如何？沒要到又如何？」

天煞星君詭笑道：「小孩子家，心地真狹窄，敢情你還在跟老夫生氣，你跟我來，自有好處。」

他舉手作勢向高戰點了點，反身一縱二丈，逕向密林邊奔去，高戰略一遲疑，便也跟蹤到了林邊。

天煞星君從懷裡取出兩粒「風雷水火珠」，笑道：「高戰，你不是要這兩粒寶珠嗎？白天老夫不過試試你心意，其實這珠子於我無益，你如真要，老夫就還給你也沒有什麼。」

高戰不解他何以會說出這話來，瞪著眼沒有回答。

天煞星君又輕笑說道：「你我來此目的，同在索取九轉護心靈藥，彼此目的既然相同，何不推誠合作，共同設法呢？」

高戰聽了這話，方才恍然而悟，不禁笑道：「依你說便怎地？」

天煞星君道：「你年輕涉世不深，不知那孫老兒乃是天下最古怪的人，平生恨透了婦女，你那位朋友雖是白婆婆門人，但如想向孫老兒求到靈丹，這一輩子，也不必癡心妄想。」

高戰心裡好笑，但忍住笑意，問道：「依你說來，這不是沒有希望了嗎？」

天煞星君笑道：「我叫你來此，自有妙計，你如肯跟我合作，咱們一同設法取到靈藥，二人均分，而且，我也把這一對寶珠奉還給你，這樣你可願意了嗎？」

高戰佯道：「聽起來條件是很不錯，但你幹嘛不獨自下手，卻要拉我一同設法？」

天煞星君略爲沉吟，笑道：「不瞞你說，除非你我二人同心，一起行動，才有成功的希望，否則，今夜誰也別想弄到九轉護心丹。」

高戰訝道：「這是爲什麼呢？難道孫老前輩這般了得？」

天煞星君道：「單只那孫老兒，倒不在老夫意下，但今日黃昏，他那兒又來了一個幫手，這人一身武學，卻不是簡單人物。」

高戰駭然道：「你說的，可是現在和孫老前輩在窗前對坐的人麼？」

天煞星君點點頭道：「正是那人。」

高戰又問：「你自忖也不是那人的對手？」

天煞星君臉色陰黯，緩緩說道：「如果只有他一人，老夫自信不輸於他，但如加上孫不

韋，以二對一，老夫卻難有制勝的把握了。」

高戰不由一驚道：「那人是誰啊？」他知道天煞星君已是個目空一切的狂人，連他也對這人如此忌憚，足見此人必非凡俗。

但天煞星君卻並未回答他的問話，反問道：「你願意跟老夫聯手對付孫不韋，奪取那珍貴的九轉護心丸嗎？」

高戰生性忠厚，不喜狡詐，忽然笑道：「我也不瞞你說，孫老前輩已經答應給我一粒九轉護心丸，但他身上現無成藥，今夜要開爐煉製，我此來的目的，正是要替他老人家守爐護關，你這番算計，恐怕要落空了。」

天煞星君一聽這話，從背心冒出一股冷汗，輕呼道：「真的麼？」

高戰笑道：「自然是真，但你也不必失望，假如你能將風雷水火寶珠送還給我，我一定向孫老前輩再替你也求一粒，想來他老人家也不至不顧，你又何必以武強奪呢？」

他只當這話說得合情合理，再妥當也沒有了，那知天煞星君聽了卻臉色慘變，目中暴射出森森凶光，半晌方才恨恨的道：「孫不韋呀孫不韋，原來你竟是如此偏心卑鄙的小人，我宇文彤拚著兩敗俱傷，也叫你靈丹永難煉成。」

說罷，扭轉頭狂奔而去。

高戰急叫：「老前輩，老前輩，你請慢些聽我說……」

但天煞星君除了回頭報以怨毒的一瞥之外，並未稍停，轉眼便奔進密林之中。
高戰廢然長嘆一聲，喃喃道：「難道我又說錯了麼？」
追既無及，高戰只得獨自重往茅屋來。
但等他重回小溪邊，茅屋窗口上人影已經沒有了，屋中火光閃耀，照得草坪上也是一片紅光。
高戰想道：「莫非孫老前輩已經開爐煉丹了？我得快些去才好！」
他毫未思索，縱身躍過小溪，逕向茅屋奔去。
那知他才到門外，尚未出聲，驀地忽聽一聲冷笑，一個蒼勁的嗓音發自身後，道：「小朋友，站住！」
高戰「霍」地旋身，不知何時身後已立著一個儒衫老人，正用一雙懾人的目光逼視著自己。
高戰心知這人必是天煞星君口中的絕世高人了，連忙拱手道：「晚輩高戰，是孫老前輩相召，來為他老人家守爐護關的。」
儒衫老人緩緩頷首，道：「我已經知道了，現在他丹爐業已啓用，正在煉製之中，此地有我守護，你回去吧！」
高戰見他言語雖然冷峻，但威而不厲，話意間卻隱有幾分和藹，於是也恭敬地答道：「既

是前輩吩咐，晚輩自當告退，但有一事，必須面陳孫老前輩，不知能否進屋一見呢？」

儒衫老人道：「他正全神冶煉丹藥，你縱然進去，也無法跟他接談，有什麼話，便對我說也是一般。」

高戰便將天煞星君含恨而去，誓言要破壞煉藥的經過大略說了一遍，那儒衫老人聽了僅只淡淡一笑，道：「好！我已經知道了，你儘可放心去吧！」

高戰快快退過小溪，一面緩步離開，一面卻心裡暗想：「這人不知究有多大本事，居然對天煞星君毫無絲毫戒懼之意，但這件事從我口裡引起，我若是自顧走開，萬一天煞星君盛怒之下突起發難，攔不住他，豈不壞了大事麼？啊！我何不隱在附近，暗中替孫老前輩守望一夜，天明後，也有臉收受他的九轉護心靈藥。」

主意打定，回頭見那儒衫老人已經不在，連忙一閃身，飄落到一株樹後，屏息靜靜注視著茅屋前的草坪。

空中斗轉星移，時間緩緩流過，茅屋前始終一片沉寂，不但未見天煞星君出現，連那儒衫老人也再沒有現身過，除了窗口映現著閃耀的熊熊火光，整座茅屋，就像是一座燒磚的磚窟。

高戰耐心的躲在樹後，漸漸等過了一個時辰，時間已到深夜，仍未見一些異狀。

他不禁自已有些失笑起來，忖道：「我真是杞人憂天了，天煞星君早已承認不是那儒衫老人的對手，他說要來破壞不過是一句場面話，我卻當了真，白在這兒守候了一夜。」

高戰聳聳肩，準備回到山頂去看看金英，忽然，似聞「波」地一聲輕響。

這響音雖低，高戰卻猛地一驚而覺，縱目望去，頓時發現有一溜慘綠色的火光，已從茅屋頂上燃燒起來。

高戰大吃一驚，慌忙縱身疾掠，兩個起落，便飛過小溪，直撲茅屋，但就在他飛快搶到這一刹那間，整個茅屋屋頂，全都在一片熊熊烈火之中了。

山風勁烈，茅草又是最容易燃燒的東西，一霎間，早成了一片火海，照得草坪和溪水盡成了紅色。

高戰顧不得救火，雙掌迸發，劈開木門，一閃身便衝了進去，大聲叫道：「孫老前輩，孫老前輩。」

叫了兩聲，不見有人回答，這時滿室俱是煙塵，使人呼吸都有些窒息，高戰突然記起左側臥房中有一個殘廢老人，連忙騰身衝進屋內。

臥室屋頂已被烈火燒穿，土炕上且已墜落下幾束帶火的茅草，那斷腿老人正驚惶地蜷伏在角落裡，衣襟距離火焰，僅只數寸而已。

高戰奔上前去，揮掌掃去炕上火頭，一探臂，將那殘廢老人抱了起來，扭頭向外便衝。

剛剛跨出臥房，忽聽「咔嚓」一聲，一根豎樑從上斷落下來，恰巧落在方才斷腿老人倒臥之處。

高戰暗稱僥倖，匆匆奔出大門，火舌已經將要掩住門口，他四顧不見「百草仙師」孫不韋，心裡大急，忙把那斷腿老人放在小溪對岸安全之處，自己返身又來尋找「百草仙師」。但，等他再度奔到門口，全屋早已被狂火吞沒，業已無法闖進屋去了。

高戰急忙又轉到右側窗外，見窗口雖然也是火勢旺烈，卻約莫可以看出房裡尚未燒著。一股莫名的義憤從他心底升起，當下他連自己的安全都未遑多想，深呼一口氣，猛一頓足，身形凌空已起，向窗口撲去。

才近窗口，熾烈的火舌已經快要燒到臉上，火舌舔著皮膚，令人火辣辣的生痛，高戰貫足內力，突然雙掌發勁，吐氣悶聲，全力一掌劈向窗檻。

窗檻應手而飛，窗口上的火焰也被他雄渾的內家真力迫得稍稍一斂，高戰毫不怠慢，早在這千鈞一髮的刹那，擰腰一翻，穿進了窗口！

他急忙在屋中搜尋「百草仙師」孫不韋，但滿室濃煙撲面，使他連眼睛也睜不開，他厲聲叫道：「孫老前輩，孫老前輩……」

猛地被一股濃煙衝進喉頭，高戰嗆咳兩聲，不得已只好停止了呼喊，伸著雙手，在煙霧中摸索著前進。

這時候，烈火連窗帶牆全已燃燒起來，在他身邊，都是熊熊火焰，事實上，他已經沒有可以退出火場的路可走了。

但高戰卻一絲也沒想及後退，他只是緩緩地，用雙手向四圍摸索著……

忽然，腳下絆著一件東西，灼熱的甚是刺人！

高戰伸手一摸，觸手一陣刺痛，那東西竟是一隻燒得滾熱的丹爐。

他不但不覺痛楚，反倒心喜忖道：「丹爐已經找到，孫老前輩必在近處……」

濃煙彌漫，早已目不能視，但高戰蹲下身子，用兩隻手在附近細細摸索，果然不一會，被他摸到一片衣襟！

他狂喜著正要分辨是不是一個人的身體，陡然間，突覺有股極盛的氣流，從上直壓下來。

高戰已是內外兼修的高手，本能的反應極端敏捷，那股熱流向下一壓，他已知道必是一根屋樑燒斷掉落下來，倉促間一把抓住那片衣襟，就地向側一滾，堪堪脫出斷樑壓落之處。

這時他才發覺手上抓住的，果然是一個人，不用說，必是「百草仙師」孫不韋了。

高戰舉手探探孫不韋鼻息，發覺他氣息尚在，只是沉沉昏睡，不省人事。

高戰將他抱著站起身來，這才發現自己已經身在火窟，四邊都找不到出路了……

孫不韋的茅屋本不甚大，這火又起得古怪，前後不過盞茶之久，整座茅屋已燒得和一隻燈籠一般。

高戰衝進火中，原是冒著烈火硬撞進來，如今救得孫不韋，退路早斷，四面全是大火。

那伸縮跳動的火舌，在他頸後面頰一陣陣劃過，熱力灼人，自是更不在話下，火叢中的空

氣也已迅速燃燒消失，高戰深知他已到了生死關頭，如不能立刻衝出火窟，那就只有被活活燒死在屋中。

他毫不遲疑脫下自己身上和孫不韋身上的外衣，分別將頭一併包住，然後緊抱著孫不韋，認準進屋來的窗口附近，猛地推出一掌！

這一掌他自是盡了平生之力，掌力過處，烈火「呼」地一聲四捲退開數尺，耳中又聽見「蓬」然一聲暴響，一堵被火燃燒著的牆壁，硬生生被掌力一震而塌！

高戰身如電掣，抱著孫不韋，一式「寒鴉投林」，奮不顧身向掌力著處掠去！

說時遲，那時卻快，就在火牆塌落的剎那間，高戰帶著孫不韋一齊衝出烈火的包圍，雙雙滾倒地上！

衣服上都沾著火，髮間肌膚，也被毀燒了好幾處，所幸終於脫出火窟，高戰弄熄了孫不韋身上火星，自己也拍滅了衣上的餘火，精神一洩，反而頹廢地坐倒地上，張著嘴，不住的喘氣。

等到喘息稍定，孫不韋尚在昏迷中沒有醒來，高戰吃力的爬跪起來，緩緩在他胸前替他推拿！

驀然間，一聲嬌叱，人影飛掠過來，沉聲喝道：「姓高的，把孫老兒交給我！」

高戰抬起頭來，見竟是張麗彤，手裡倒提著長劍，臉上現出焦急之色，不覺心中一動，忖

道：「啊！是了，原來這把火竟是你們師徒幹的好事。」

一股怒火使他不禁深感激動，他憤然從地上站身來，兩眼凝注著張麗彤瞬也不瞬，彷彿要看透她的心似的。

張麗彤情虛意怯，向後退了一步，舉劍橫胸，全神而待。

高戰冷冷叱道：「火是你們放的嗎？」

張麗彤被他迫人的目光逼得又退了一步，兀自強辯道：「是又怎樣？」

高戰神情一片木然，喝道：「虧妳幹出這種可鄙無恥的事，還有臉站在這兒，我不願跟妳女流之輩動手，等一會自去尋妳師父算賬。」

張麗彤柳眉一揚，道：「這事與你何干，要你來多管閒事麼？」

高戰叱道：「我看妳也是善良之人，孫老前輩何事干犯了你們，竟敢強索丹藥不成，便放火燒他的房屋，武林中有你們這種敗類，連我也替妳愧死，妳快些走吧，別讓我惱怒起來，連妳一併廢在這兒！」

他生平未曾辱罵過人，這番話，實在氣極了才衝口而出，但面對一個少女，語氣中仍然未失厚道。

張麗彤不禁粉臉一陣紅，停了片刻，才道：「你只把他身邊的九轉丹給我一粒，我自然不再尋他了，誰叫他自恃靈藥妙用，不肯救我師兄呢！」

高戰怒火已起，厲聲道：「他人都快死了，那來藥丸，妳快回去警告你師父和文倫，假如孫老前輩一死，耽誤了我英妹性命，今生今世，我也不會跟你們善罷甘休的。」

正說著，突然遠處傳來一聲厲吼，張麗彤一聽那吼聲，臉上立時變色，不再開口，轉身匆匆奔去。

高戰自覺疲累不堪，但仍又跪下來，繼續爲「百草仙師」推宮活血，直過了許久，孫不韋氣息已經趨於正常，高戰卻累了一頭大汗。

他顧不得調息，又強自支撐著去照顧小溪對岸的斷腿老人，將他也抱回草坪上，安放在孫不韋身邊。

不多久，那儒衫老人也急急趕到，當他一見高戰竟已將火窟中兩人全都救出，心裡好生感謝，慈祥地拍拍高戰的肩頭，讚道：「高兄弟，以你這般見義勇爲，捨己及人的俠風義行，普天之下難尋第二人，唯可恨煉丹之事被宇文彤一把火擾亂，方才宇文彤吃我一掌打傷，狼狽遁去，想必不敢再來了。」

高戰道：「晚輩在火場中見到孫老前輩時，他人已昏迷不醒，至今未見好轉，不知是不是負了內傷？」

儒衫老人道：「不妨，想來是當他全神煉藥之時，突驚失火，一時神渙氣散，才致昏迷了過去，再過片刻，自會醒來的。」

高戰見天色已將破曉，心裡惦念金英傷勢，不覺焦急起來，忙問：「孫老前輩既已身負內傷，不知還能不能煉製靈藥，重新開爐……」

儒衫老人黯然搖搖頭，道：「這卻難說，須等孫兄醒來，才知分曉。」

高戰更焦急難安，忍不住喃喃道：「如果孫老前輩一時無法再行開爐製藥，英妹等不到時間，豈不就糟了麼？」

他忽然抱拳道：「老前輩請分神看顧孫老前輩一會，晚輩去一去就來。」

儒衫老人笑道：「你是去看視你那位負傷的朋友嗎？何不把他一起接來此地，醫治起來，也較方便！」

高戰尷尬地笑笑，道：「老前輩有所不知，只因晚輩那位朋友是位姑娘，孫老前輩此地有些忌諱……」

儒衫老人大笑道：「你只管放心去接她來，有我雲冰若在，姓孫的必不會將她攆出去的。」

高戰聽了一驚，道：「老前輩就是吳大叔的師叔祖，東嶽書生雲爺爺？」

儒衫老人笑道：「是啊！你認識吳凌風？唉！可惜那孩子志量太窄，竟出家當了和尚。」

高戰虔敬地答道：「吳大叔看破紅塵，在少林出家禮佛，辛叔叔和辛嬸嬸都勸過他，怎料他心堅似鐵，終於沒能挽回。」

雲冰若嘆道：「正是，凌風那孩子和你一般俠心義膽，又身負血海深仇，好不容易學得一身武功，原該投身替國家做些事業才對，不想一個情字堪它不破，竟將少壯男兒之身，遁跡空門，實在是件可嘆之事。」

高戰猛又想起金英和自己，不覺心頭一震，默默垂下了頭，未再做聲，便急急告辭離去。

他一面飛步向山頂奔跑，一面卻不斷細細體味方才「東嶽書生」雲冰若的一番話，那雖是簡短的幾句嘆息之詞，卻在高戰心中深深激起難盡的漣漪。

他也是運途坎坷，遭遇可憐的人，恰巧又和吳凌風一般，學得一身武功，卻未對家對國，略建寸功，雲冰若的話，無意正說中了他自己心裡的弱點。

想著想著，已經穿過了密林，但當他循著山徑急急而奔的時候，忽然發現前面人影幢幢，竟是「天煞星君」和張麗彤師徒三人，正在大石下低語。

高戰慌忙閃身躲進一叢亂草中，側耳靜聽，只見天煞星君正恨恨說道：「我與雲冰若那老賊勢不兩立，倫兒的傷，一時無法治癒，咱們暫且離開華山，過幾日再來算這筆賬。」

張麗彤卻道：「師父，我聽那高戰說，孫老兒身邊已經沒有存藥，今夜正要開爐重煉，不想反被我們一把火攪亂，不知這話是不是真的？」

天煞星君還未開口，文倫早搶著叱道：「偏妳會相信那高戰的話，他不這麼說，怎騙得咱們離開？要是孫老兒果真沒有了藥，他自己還在華山守候什麼？」

天煞星君點頭道：「這話倒是有理，可恨為師與雲老兒對掌之際吃了些小虧，現在無法再下手奪取靈藥，這件事，咱們替他記下就是。」

說著，向張麗彤揚揚手，道：「彤兒，妳帶著倫兒，咱們走吧！」

文倫突然道：「師父，咱們別從這條路下山，那雲老賊一定還在林子那邊，咱們一去，豈不又吃他的虧。」

天煞星君切齒恨道：「也好，君子報仇三年不晚，彤兒，咱們翻過山頂，從那邊下山去。」於是，三人重又折回，向山頂行去。

高戰在草後看見，暗中叫苦不迭，因為金英這時正躺在山頂草蓬中，他們這一改變主意，要翻過山頂，豈不正好從金英藏身處經過，要是被他們發現了金英，這事就更壞了。

但他雖然心急，卻無法搶先越過天煞星君師徒，趕去保護著金英，空自著急，竟無計可施……

天煞星君師徒瞬即轉過大石，果然不多片刻，就聽張麗彤的聲音輕呼道：「呀！師父，你看這兒怎會有個草蓬子呢？咦！裡面還有人呢……」

高戰情性一亂，驀地騰身縱起，飛一般搶過大石，瘋狂地撲了上去——

當他躍過大石，放眼看時，只見那座草蓬已被掀翻地上，天煞星君正俯身向金英抓去。

高戰一急，不禁厲聲大喝：「宇文彤，你敢動她一動，我立刻叫你血濺五步！」

天煞星君驀吃一驚，身子疾旋，錯掌當胸，冷冷答道：「好呀！高戰，原來是你的妞兒，老夫越發不能放過她！」

他深知高戰功力不在自己之下，一面蓄勢面對著高戰，一面卻向張麗彤叱道：「彤兒，把那丫頭抓起來。」

張麗彤果然應聲向金英躍去，高戰情急之下，奮不顧身，「刷」地拔出鐵戟，一晃肩，便搶奔過來。

天煞星君叱道：「高戰，你再敢走近一步，老夫立刻殺了這丫頭。」

高戰只好停步，但他明知自己如果妄動一下，也許那向來心狠手辣的天煞星君當真會傷了金英。

張麗彤將文倫挾在左脅，騰出右手，俯身去抓金英。

四三　一水之德

正當這危機一髮之際，突然一個白色影子從樹後電射而出，「呱」地一聲怪叫，鐵嘴一伸一縮，正啄中張麗彤的右手手背！

張麗彤痛呼一聲，慌忙縮手，驚叫道：「呀！是那隻大白鶴！」

巨鶴閃電般啄中張麗彤，鐵翅展開，忽地橫掃，「拍」地聲響，又打中張麗彤脅下的文倫。

那文倫本已負傷，再被巨鶴堅如純鋼般的翅膀掃中傷口，痛得大叫：「師妹，快退，痛死我了！」

這個突然的變化，僅不過一剎那間，張麗彤負創疾退，天煞星君扭頭一看，見一隻巨大無比的大鶴正挺立在金英身前，一雙紅眼，威稜四射的瞪視著自己。

天煞星君驀吃一驚，忖道：「難道是那老賊和尚也來了……」

心念未已，高戰鐵戟一揮，早已掠身而到，天煞星君見無法再行下手，呼呼打出兩記拳

風，飄身暴退，低聲喝道：「彤兒，咱們走！」

張麗彤滿眼幽恨地瞪了高戰一眼，抱著文倫也急急向山下逃去。

高戰長長吐了一口氣，收了鐵戟，看視金英，見她沉睡如故，並未受傷，方才略略放心，感激地抱著巨鶴的長喙，說道：「大鶴，多虧你搶救得恰是時候，我真不知道應該怎樣感謝你才好呢！」

那巨鶴低鳴幾聲，又用長嘴推推高戰，顯得似很焦急的模樣。

高戰嘆道：「我知道你是怪我還不快替金姑娘醫治傷勢，但你不知道，人家孫老前輩煉藥未成，自己又受了傷，唉！只怕一時是無法求到靈藥，解救她的痛苦了。」

他情不自禁回頭看看金英，心裡一陣慘然，向巨鶴說道：「我這就帶金姑娘去求醫，你好好守在這兒，不要輕易離開。」

巨鶴點點頭，重又踱到石後去了，高戰抱著金英，匆匆趕回，那茅屋早燒得只剩幾根焦木屋架，孫不韋已經清醒，正搖頭唉聲嘆氣不止。

高戰還不敢帶金英擅越小溪，倒是雲冰若看見，招手叫道：「孩子，過來吧，我已經和孫兄商量過，要是立刻開始重煉靈丹，也許還來得及，不過，要先看看你那朋友傷勢情形才能決定。」

高戰大喜，一躍過了小溪，將金英仍舊放置在草坪上，自己向孫不韋拱手為禮，謝道：

「能得孫老前輩恩允破例爲金姑娘診看傷勢，晚輩終生不敢忘此大德。」

孫不韋卻冷冷道：「我才不是爲她一個小女人呢，我是爲你救我和盧兄性命，才肯破例一次，算是報答你一番盛意，病治好了，你趕快帶她走得遠些，而且只此一遭，下不爲例。」

雲冰若在側苦笑向高戰點頭，高戰也知道孫不韋的怪癖，並不生氣，忙也笑著稱謝。

孫不韋緩緩走到金英身邊，用手搭一條毛巾掩著金英右腕，然後探脈門，閉目細細評省著，神情顯得極是慎重。

高戰和雲冰若同時注視著他臉上表情，尤其高戰，更是心馳神搖，只盼他能點點頭，金英便算有救了。

那知片刻之後，孫不韋的臉色反而漸漸陰沉起來。

高戰心頭噗通亂跳，忍不住輕輕問：「老前輩，她……她……不要緊吧？」

孫不韋不答，只是垂目不語，過了半晌，又換了左腕，並且不住地緩緩搖著頭。

高戰大感焦急，但又不便再開口詢問，忽然一隻手伸過來，輕輕拍了拍他的肩頭，他猛回頭去，見雲冰若慈祥地向他微笑，道：「孩子，吉人天相，放心一些吧！」

高戰突感他那隻手臂好像給了自己無比信心和力量，忙點點頭，道：「是的，晚輩知道……」

驀地，孫不韋縮手立起，睜開雙目，喃喃說道：「唔！怪！怪！當真奇怪得很……」

高戰急問：「老前輩，你看她礙事嗎？」

孫不韋道：「不但礙事，而且早該死了，可是她居然未死，這倒真是件怪事。」

雲冰若道：「老孫，別打悶葫蘆，你瞧人家小孩急得要冒火，究竟這位姑娘還有沒有救，你趁早快說。」

孫不韋道：「這小女人被內家重手法震斷心脈，本是無藥可救的絕症，但她居然仗著僅餘的一絲未曾全斷的筋條，帶著脈管，竟然未死，這倒是老夫並未曾見過的奇事。」

他突然轉面問高戰道：「你曾給她吃過什麼珍貴的藥物沒有？」

高戰搖搖頭，道：「沒有，只是在我們動身時，無爲上人曾給她兩粒藥丸，說是可以暫時使她傷勢不致惡化。」

孫不韋把頭連搖，道：「不對，不是姓孫的誇一句海口，當今世上除了孫某人的九轉護心丸，再無其他藥物，能具這般功力。」

高戰忽然想起一件事，忙道：「金姑娘家中有一種蘭九果，專能治內傷，她平時常常吃用，也許體內早已具有這種堅強的效力也不一定。」

孫不韋恍然道：「那就難怪了，你們現在身邊還有蘭九果嗎？」

高戰道：「沒有，晚輩本有幾粒，前些時因爲自療內傷，已經全部服用完了。」

孫不韋頓足道：「可惜，可惜，此時如有蘭九果，或許尚能救她一命。」

雲冰若也問道：「你是說沒有蘭九果，這位姑娘便沒有救了嗎？」

孫不韋道：「她仗著內腑異秉，雖然將殘命苟延了些時，但至多再能挨過三個時辰，而我如重新開爐煉藥，最快也得四個時辰才能成功，在時間上確是趕不上救她一命了。」

高戰聽了這話，腦中轟然一聲，如同墜落千丈懸崖，踉蹌搖了兩搖，道：「老前輩，你……你……你是說……她……她已經……沒有……救……了？」

孫不韋聳聳肩頭，道：「老夫雖有救她的心，怎奈她已經等不及丹藥煉成，這有什麼辦法呢？」

高戰一陣顫抖，回目望望金英，眼中熱淚，已滾滾直落下來。

他忽地屈膝跪在孫不韋面前，哀聲求道：「孫前輩，孫老前輩，求你老人家務必設法救她一命，可憐她年紀這麼輕，她的父親千里傳訊，將她托給晚輩，晚輩如不能救她，今生終將愧恨無涯。」

孫不韋做了個無可奈何的表情，道：「這怪不得我不肯救她，如果沒有宇文彤那賊胚將煉丹擾亂，這時丹藥將成，自然能救她性命，可惜……」

雲冰若見高戰那等淒切，心裡十分不忍，也道：「你難道不能再想個方法，儘早煉成了藥，救救這可憐的孩子？」

孫不韋沉思半晌，才道：「方法不能說沒有，但恐怕縱然施行起來，也難成功……」

高戰聽說還有一絲希望，喜得跳了起來，急道：「有什麼能行的方法，只要救得金姑娘，赴湯蹈火，晚輩也願去的。」

孫不韋笑道：「爲了一個小女人，可笑竟會說出這種傻話來。」

雲冰若笑著道：「姓孫的，有什麼辦法快些說出來，別儘在東扯西拉，耽誤時間。」

孫不韋想了想，說道：「平時開爐煉藥，全靠我自己以內力助那爐火，所以時間總須三四個時辰，假如要速成，由你們二位共同助我協力摧動火力，時間自然可以節省一些，但如今我已負了內傷，功力打了個折扣，因此，合我們三人之力，只怕最快也要三個時辰，才能將藥煉成……」

高戰等不及他說完，早已喜道：「這個不難，晚輩定可全力助您老人家，務求提早煉成就是。」

孫不韋冷冷道：「你先別太高興，我話還沒有說完哩！」

雲冰若道：「那麼你怎不快說。」

孫不韋又道：「如我們三人合力煉藥，無人守護，萬一有人再撞了來，咱們三人只有束手待斃，但要是留下一人守護，又怕力量不足，難成大功，所以這是第一個難題。」

高戰忙接口道：「這不打緊，宇文彤師徒都已逃離下山，這兒也不會輕易再有人來，假如還不放心，晚輩可以將無爲上人座下靈鶴召來，有靈鶴守護，普通武林人物，萬難輕越雷池一

步的。」

雲冰若點點頭道：「能這樣，那就多少放心一些了。」

孫不韋又道：「煉藥之際，如果我們三人中有任何一個中途力道不繼，都足以引起其他二人同入危境，而且一旦發生這種事，丹藥無法一鼓煉成，再延時刻，那就效力相差太遠，這是第二難題。」

雲冰若道：「你敢是信不過高少俠，怕他年輕難以持久負擔助火之力嗎？」

孫不韋道：「高少俠內力精湛渾厚，我豈是看不出來，我所擔心的，是我自己，方才煉藥中途失神，內腑已有傷勢，只怕難以持久再度運功。」

高戰忙道：「那就由晚輩和雲爺爺出力助那爐火，老前輩只管藥物，豈不甚好？」

孫不韋笑道：「我是主持全局之人，怎能袖手不出力呢，不過，時間還有三個時辰，假如開始時不太急，大家緩緩施力，我自信還能支撐得住，等到快滿三個時辰，你們看那爐火仍是紅色，未轉成綠色，那時就別再顧我，只管全力貫入爐中，搶救丹藥要緊，我便受些內傷，也無妨礙了。」

雲冰若道：「好吧，咱們就這麼辦，高少俠快去召靈鶴來，孫兄和我速置丹爐。」

高戰聽了孫不韋這番話，心裡頗覺不是滋味，行了幾步，忍不住又問：「孫老前輩，假如爐火不能變綠，不知除了加力之外，還有沒有旁的方法，可以使丹藥速成？」

孫不韋臉上忽然掠過一抹慘然的神情，緩緩說道：「你曾聽說過春秋時候，歐冶子煉劍的事嗎？」

高戰心頭一震，道：「晚輩曾聽人提起過……」

孫不韋笑道：「那就是了，煉藥和煉劍，同一道理，假如到時火候難足，只有犧牲一個人，捨身入爐殉藥，自然便成了。」

高戰聽得渾身一陣顫動，緩緩點頭道：「多承前輩指教。」轉身便匆匆而去。

原來他在這刹那間，已下定一個無比堅定的決心，爲了救金英性命，如到萬不得已時，便犧牲自己，也是義無反顧。

但他卻料想不到自己這番赴死的心意，卻深深激起另一個人殉命之心，竟使這樁煉藥的事，演變得無比慘烈。

待他從山頂將通靈大鶴召來，草坪上，已經架起一隻巨大的丹爐，這丹爐是雲冰若和孫不韋合力從茅屋廢墟中尋找出來，一切藥物器材，都已準備妥當。

孫不韋虔誠的向空祝禱一番，拜了三拜，謹慎地將藥物放入爐中，高戰忙囑咐巨鶴幾句，便和雲冰若三人分坐在丹爐三面，各出左掌，抵住爐身。

孫不韋緩緩向二人點點頭，引燃爐火，三人便一起閉目運起功力，將本身真氣，循著手掌

傳入丹爐內。

高戰本門「先天氣功」已有十成火候，又遵從孫不韋交代，開始時不敢全力施為，只用了四成力量，運氣入爐，剎時間，他忽然感覺到似有一股看不見的強勁暗流，在繞著丹爐流轉，漸漸跟自己的力道相融合，丹爐中登時發出熊熊的火焰。

他忍不住睜眼看看爐火的顏色，果見火焰呈著一片橘紅，爐口散發著一陣幽香。草坪上，除了火光跳動的「虎虎」聲響，重歸寂然，三人面爐而坐，都凝神貫注，心不旁騖，只有那巨大的通靈巨鶴，緩緩在小溪邊踱著悠然的步子。

時間漸漸逝去，東方天際，已經泛出朝霞，燦爛的晨暉映著紅色爐火，使這華山深處，呈現出無比瑰麗的光彩。

地上躺著兩個重傷的人，那是金英和斷腿殘廢老人，他們一動也不動的臥在草地上，靜靜等待著那起死回生的靈丹成功。

一個時辰，已經很快的過去了。

爐火沒有任何變動。

高戰忍不住漸漸加了兩分力道，頓時覺得雲冰若和孫不韋二人也跟著加強了真力，同時，孫不韋額上，似已隱泛著汗珠。

第二個時辰又在寂寞中渡過，爐裡火色，依然只是深紅色！

高戰眼看時光飛逝，不禁心驚地睜開眼來，凝目望去，金英一臉蒼白，映著陽光，份外可怖，簡直與死屍差不了許多。

他心頭狂跳難抑，不由自主，又在掌上加了三成力道。忽然，那爐火竟已由紅輕成了淡綠，空際散發的香氣更濃，高戰狂喜，知道丹藥就快成功了。

那知正在這時候，對面的「百草仙師」孫不韋突然大大的震動了一下，高戰感覺到掌上傳來的真力遽然消弱了許多，而孫不韋頭上汗如雨下，顯見已經支撐不住了。

這等緊要關頭，假如他一旦支撐不住，勢必全局俱毀，高戰陡然瞪視著他，眼見爐火中火焰，又從淡綠轉成了深紅。

這時候，半個時辰又已悄然而逝，孫不韋忽然全身抖動起來，抵在爐上的手掌，好幾次似欲收回，但卻被他全力苦忍住，口裡氣喘頻頻，那呼吸之聲，竟蓋過了丹爐中火焰的聲響。

高戰又驚又急，回目看看雲冰若，卻見他閉目端坐不動，掌上沉沉發出真力，愈來愈大，迫得高戰也只好加注了全身力量。

那爐火被他們二人全力貫注，慢慢又變作了淡綠之色，時間卻只剩下不足半個時辰。

高戰神情大起恐慌，一面催力行功，一面暗中思忖：「假如在這千鈞一髮的時候，孫老前輩真的不幸支撐不住受傷，只好犧牲我一條性命，助成丹藥，以救金英。」

但是，他不期然又想到不久前雲冰若的話，他雖是嘆息吳凌風的志短情長，又何嘗不是暗

示高戰，要他以有用之身，替國家做番事業，不可爲情所困，頹廢終生麼？

是啊，他空有一身絕世武功，至今仍無以酬報國家，父親臨終是如何叮嚀？他豈能因爲一個女孩子，便輕易地斷送了自己寶貴的性命？

但當他惶然側顧，金英那淒涼而秀麗的面龐，又呈現在他眼簾前，往事像潮水般在他心中洶湧——他是個忠厚誠篤的君子，他又怎能見死不救，貪生賤義？

兩種極端矛盾的心理，使他一時難定取捨，恰在這時，孫不韋突然「哇」地張口噴出一大口鮮血，手掌一鬆，向後仰倒下去——

爐火登時一黯！

高戰再也難以坐待，「霍」地收掌站了起來。

驀地——

一條人影，飛快地掠過身旁，「蓬」地直投入烈烈爐火之中。

那丹爐中傳來一陣「滋滋」聲響，焦臭之味，瀰滿空際，但爐火顏色，卻真的全部變成了碧綠，三起三落，突然盡熄。

高戰駭然四望，草坪上已不見了那斷腿的殘廢老人。

雲冰若緩緩睜開眼來，嘆道：「唉！天命難違，天命難違，我辛辛苦苦老遠送他到華山來，只望替他醫好毒傷，不想仍然難以挽救他可悲的命運！」

高戰失驚地道：「老前輩，你是說他……」

雲冰若道：「不錯，我正是說他爲了報答你昨日一水之德，已經把一條老命，殉葬在這個丹爐之中了。」

高戰叫道：「真的？老前輩你早已知道他的心意，怎的不攔阻他呢？」

雲冰若眼角噙著兩滴晶瑩的淚水，幽幽說道：「我怎能預見他的心事？不過他昨日曾對我盛讚你在他渴得快要死了的時候，爲他取碗餵水，自恨無以爲報，剛才大約是聽孫兄談起爐火火候的事，這才捨身入爐，算是報答你一番友情……」

高戰心酸難禁，不由放聲大哭，道：「老前輩，你是誰啊？我連你姓什麼也不知道，卻承你捨了性命，助我成功……」

雲冰若道：「你真的連他是誰也不知道？」

高戰點點頭，哽咽不能成聲。

雲冰若嘆口氣，道：「他姓盧名鈞，乃昔年妙手神醫盧鏘的胞兄，一生精研醫理，不在乃弟之下，可惜在一個不防之際，被一個小女孩用天下最毒的『碧鱗五毒』咬傷手足，迫得自斷一手一腿，待老夫趕回去時，已經奄奄一息，才萬里護送他到這裡求醫的！」

高戰憤然振臂道：「請老前輩將那下毒人的姓名告訴晚輩，高戰誓要替他報仇，以酬他今夜捨命之恩。」

雲冰若搖頭苦笑道：「他這仇恨，只怕你是無法報復了。」

高戰詫道：「爲什麼呢？」

雲冰若緩緩說道：「下毒之人姓何名琪，正是江湖中人最崇敬的辛捷辛少俠獨生愛子辛平的好友！」

高戰渾身一震，驚道：「平兄弟怎會有這樣一個朋友？晚輩前不久在大戢島還親眼看見過他，並不知道他竟有這麼一位心狠手辣的朋友啊？」

雲冰若道：「她不但是辛平的好友，而且連辛平也被她用下蠱之術所挾持，盧兄正爲了替辛平謀解蠱毒，才遭她忌恨。」

高戰更不能相信，搖頭道：「這一定是弄錯了，晚輩親見平兄弟時，他分明好好的並無異狀。」

於是雲冰若便將盧鈞在旅店中巧救辛平，以及後來又和辛平、何琪在泰山遭遇這段經過，簡略地告訴了高戰一遍。

高戰信疑參半，只得恨恨地道：「這件事連辛叔叔也不知道，晚輩一定要當面告訴辛叔叔和辛嬸嬸。」

雲冰若嘆道：「其實你也不要太過驚奇，天下之事，恩怨糾纏，原是令人永無解期的，你只記住這段事由，如能因盧兄的死救好了令友金姑娘，多行義舉，替國家多做一番事業，盧兄

雖在九泉，也當含笑瞑目的。」

高戰頓首道：「晚輩一定記住老前輩的教言。」

雲冰若道：「時候已經不早了，咱們看看爐中的丹藥，真的成功了沒有。」

說著運起掌力，散去丹爐中的餘熱，探手入內，只一轉，果然取出兩粒烏黑色的藥丸，頓時一股異香，瀰散在空中。

雲冰若臉上綻出一絲喜色，道：「天幸總算丹藥成功了，可惜僅得兩粒，救了令友和孫兄自己，再沒有多餘的留下來，唉！盧兄如果未死，也許反令人爲難了呢！」

高戰淚水滾滾的接過一粒「九轉護心丸」，卻不肯立即去餵給金英吞服，首先向丹爐恭謹地拜了三拜，掃出爐中餘灰，用一隻罐子盛著，就把那灰罐埋葬在草坪上，插石爲碑，作了記號。

雲冰若看見，點頭讚道：「受恩不忘，正是大丈夫的行徑，孩子，時間不早了，趕快救你那位朋友要緊，孫兄由我來料理。」

高戰揮淚許久，才將那一粒用性命換來的「九轉護心丸」餵給金英服下去，緩緩行功替她推宮活血。

大約過了半個時辰，金英腹中一雷鳴，張口吐了幾口污血，方悠悠睜開眼來。

她顯然精神尚未復原，吃力而疲憊的向四周望了一眼，輕聲問道：「高大哥，我們在那

兒？」

高戰深情的撫著她的面頰，又憐又感地答道：「我們這時正在華山，英妹，妳覺得痊癒了麼？」

金英露出驚喜的表情，驚呼道：「啊！咱們不是在做夢吧？我記得是在南海那個孤島上，怎會一下子又到了華山？」

高戰低聲娓娓告訴她事情的經過，從無爲上人的現身赴援，一直說到盧鈞的捨命丹爐，製成靈丹，救了她垂死的生命……

金英聽得熱淚盈眶，淒切地說道：「高大哥，你對我太好了。」

高戰含淚道：「對妳好的不是大哥，卻是那與妳素無一面之識的盧老前輩，若非他老人家捨命投入丹爐，丸藥難成，英妹，這時候也許妳已經……」

金英頷首說道：「是的！但他老人家已經去世了，叫人連感謝也無從謝起！」

休養了半日，金英大體已經復原，二人在盧鈞骨灰墓前虔誠叩謝，又辭別了雲冰若和孫不韋，方才跨上巨鶴，展翅升空，繼續向呂梁山飛去。

西嶽距呂梁不過數百里，巨鶴飛行迅捷，不半日便到了山西，路上高戰便把在普陀買來的「菩提子」送給金英。教她從孔中觀著裡面的佛像，金英喜得鼓掌大笑，道：「把這東西帶回

天竺，不知天竺人要多喜歡呢！高大哥你怎沒多買幾串？」

高戰笑道：「這東西在普陀並不希奇，妳如喜歡，下次咱們再到普陀時，一定買它幾百串讓妳帶到天竺去送給朋友。」

金英忽然問：「高大哥，等找著那位靈雲大師以後，你會再陪我同到天竺去嗎？」

高戰想了一會，道：「自然要送妳回家，我曾親口答應過西魯，自是不能失言。」

金英又問：「那麼，你會在天竺住下去不會？」

她衝口問了這話，忽然覺得有些羞澀之意，連忙把頭低垂下來。

高戰卻未聽出她話中含意，爽然答道：「只怕不能，現今中原兵荒四起，滿清人已快要打進山海關來，我送妳回去以後，便要執戈衛國，替國家好好幹一番事業了。」

金英矍然道：「你要去打仗？」

高戰點點頭，笑道：「正是，執戈衛國，馬革裹屍，才是男兒報國立命的大道。」

金英突地怫然道：「我不喜歡你去打仗，打仗會死很多很多人，假如你死了，我不知會怎樣呢。」

高戰聽了微微一震，忙笑道：「戰場雖是險惡，但並不是人人都死的，妳何必這般擔心呢？」

金英搖頭道：「但殺人的事總不是好事，我有些害怕。」

高戰默然良久，竟無話可答，但覺心裡又漸漸沉重起來。

他年歲漸大，對兒女之情，也逐漸有了感應，聽金英這麼訴說，突然想到妻子送別，良人征途的情景，正所謂英雄氣短，兒女情長，不由輕嘆一聲，墜入一片深愁之中。

停了半刻，金英忽然問道：「高大哥，女子可不可以去打仗呢？」

高戰一怔，笑道：「從前曾有木蘭從軍的事，女子並不是不能打仗，妳問這個幹什麼？」

金英喜道：「要是女子也能打仗，我決定不回天竺了，我要跟你一塊兒去打滿清人，幫你幹一番大事業。」

高戰失笑道：「這真是傻話，別說妳本不是中原人，戰事與妳不相干，縱算相干，妳又不會武功，怎能幫咱們打滿清人呢？」

金英道：「不會武功有什麼關係，你可以教我呀！」

高戰笑道：「我便是有心教妳，也非一朝一夕可以成功。」

金英也笑道：「不會武功也不要緊，我可以替你燒飯、補衣服，你們休息的時候，我就吹笛子給你們聽，打仗的時候，我就……我就……」她一時又說不上來要做些什麼。

高戰笑問道：「我們打仗的時候，妳就怎樣？」

金英忽然拍手叫道：「對啦！你們打仗的時候，我就等在旁邊，等你打勝了，便替你鼓掌叫好，要你多殺幾個敵人……」

高戰笑道：「要是我打敗了，飛一般逃命，那時妳怎麼辦？」

金英扭著身子不依，道：「才不會呢，你的本事那麼大，才不會打敗呢，你是故意逗我，我不來啦！」

高戰溫香在抱，被她一陣笑鬧，不由心頭猛烈的狂跳起來，彷彿身輕似燕，也隨著巨鶴在空中翩翩飛舞起來。

忽然，巨鶴一聲低鳴，停翅不動，繞空盤旋著漸飛漸低，似要下落著陸。

高戰忙低頭下望，見腳下儘是一片亂山，層峰千疊，不見人跡。

那巨鶴忽一斂翅，飄落在一個山頭上，引頸長鳴了幾聲。

高戰和金英下了地，四處張望，觸目盡是荒山絕嶺，叢樹密林，不禁奇道：「這鶴兒真怪，天色暗了，偏把咱們送到這荒涼的山頭上過夜，難道這兒便是呂梁山了嗎？」

金英道：「且不管牠，咱們先找個洞穴，度過一夜，明天再說。」

高戰無奈，只得囑巨鶴不要遠離，拉著金英的手，緩步向峰下行去！

才行了不多遠，陡然聽見一陣低沉粗重的「呼呼」響聲……

高戰一驚停步，側耳細聽，覺得那聲音又似獸類呼吸，又似狂風呼號，不但入耳震人，而且連附近樹葉林梢，都被震動得搖個不停，威勢竟十分強大。

金英低聲說道：「高大哥，我有些害怕，咱們快快離開這兒吧！」

高戰緊緊握住她的手，沉聲道：「不要怕，也許只是什麼猛獸，妳跟大鶴在一起，有什麼事便飛到天空候我，讓我去看看究竟！」

金英道：「不！我要跟你在一起！」

高戰道：「妳不會武功，如果碰上猛獸，我要分神護著妳，便施展不開了，乖乖地跟大鶴一塊兒，牠會保護妳的。」

言語之間，那怪聲已愈來愈大，就像逐漸向山頭上移近過來。

四四　妖魅橫行

高戰好不容易把金英交給巨鶴，轉身擎出鐵戟，閃到一塊大石後面藏妥，驀然間，一團黑影，已飛也似掠上山頭。

那黑影來勢快得驚人，從出現到躍登山頭，彷彿就在同一剎那間似的，同時，那「呼呼」的沉重吼聲突然斂止，四周恢復了一片死寂。

高戰大吃一驚，凝目望去，心頭不禁機伶伶打了個寒顫。

原來那黑影並非猛獸，卻是個又瘦又高的蓬頭怪人，這人披一件黑色熊皮的毛衣，滿頭亂髮，連雙眼面目都令人無從分辨，若非是直立站著，險些難以認出是個人來。

怪人一掠上了山頭，精目疾轉，早看見了立在山頂的金英和那巨鶴，忽然把亂髮向腦後用力一丟，露出一雙精光閃耀的眸子和血盆般大口，竟然得意地仰天發出一聲淒厲絕倫的大笑。

金英心頭猛地一震，連忙一把抱住了大鶴的頸子，失聲叫道：「大鶴！快飛！快飛！」

巨鶴好像也被那怪人的模樣吃驚不小，正得展翅飛起，突然那怪人肩頭微微一晃，黑影一

閃，早已搶到跟前，長臂探處，逕向金英肩上疾扣了過來。

高戰望見，心裡一陣顫抖，大喝道：「孽障，還不收手！」

喝聲中，急施「詰摩神步」，從石後掠了出來，奮力一戟，刺向怪人背後。

但那怪人的身法委實快得無法形容，只是一眨眼間，連巨鶴尚未來得及飛起，金英的衣角早已被他一把抓住，高戰飛到，他只身軀一轉，竟輕而易舉地閃到一旁，長臂猛帶，將金英的衣服「嘶」地扯成了兩片。

金英嚇得尖叫一聲，忙用手掩住胴體，那怪人怪笑著扔了破衣，雙臂張開，攔腰又抱了上來。

幸虧高戰這時功力已臻化境，就在第一招落空的時候，左腳急跨一步，飛出一掌，迎胸拍去，同時腰間一擰，橫身擋在金英前面。

那一掌拍在怪人胸口上，「蓋」地一聲悶響，總算將他震退了三步，高戰慌忙沉聲，叫道：「大鶴，帶金姑娘快走！」

巨鶴長鳴一聲，騰空而起，一個低旋，兩隻長爪分抓著金英的手臂，昂首正要衝天而起，驀然間，山峰下又快如流星般掠來一條黑影，只一閃，便纏住了金英的纖腰，一陣冰涼的寒意，透過金英肌膚，嚇得她又尖聲大叫起來，腦門轟然雷鳴，當場昏了過去！

高戰聞聲回頭，赫然看見那黑影竟然又是一個披熊皮的怪人，這時已將金英抱住。

他一急之下，心神俱亂，鐵戟反挑，砍向新來那個怪人的手臂——巨鶴長翅鼓動，卻因礙著金英的腰部已被怪人抓住，不敢上衝，只好鬆了雙爪，反往那怪人兩眼啄去！

那怪人一手抱著金英不放，一隻手用力猛揮，「蓬」地一拳，正打中巨鶴腹側，巨鶴負痛，哀叫一聲，自顧騰空逸去！

高戰大急，鐵戟連演絕學，苦苦將這個怪人纏住，無奈金英已入了他的掌握，身後另外一個怪人又從後撲上來，一前一後，反將高戰挾在中間。

高戰真是又怒又急，全力展開戟法，奮勇和兩名怪人激鬥在一起，既怕他們擄了金英逃走，又怕不小心鐵戟會誤傷了金英，十數招才過，渾身已一身冷汗。

兩個怪人顯然並不懂什麼武術招式，但卻身輕如風，臂長力猛，高戰投鼠忌器，要傷他們實在不易。

戰了片刻，怪人們吼叫連聲，似已激越了怒火，巨臂飛快地掄動，恍若狂風劇雨，拳打腳踢，跟高戰死戰不休，高戰也怒火上衝，鐵戟忽的一圈，讓過正面一個怪人的鐵拳，猛地一抖健腕，迎面彈出一大團戟花，竟用了「大衍十式」中第一招「方生不息」。

那怪人被招式一逼，向後略退了一步，高戰趁機深深納入一口真氣，凝神運功，「大衍十式」中的絕招連綿出手，不到十招，鐵戟劃過，一個怪人慘呼一聲，臂上已被刺破三寸長的一

道創口，鮮血汩汩流了出來。

負傷怪人厲叫了兩聲，忽地旋身向左奔下山頂，另一個抱著金英的怪人也飛快地轉身而逃，卻從右方循山頭疾奔而來，兩人分由兩個不同的方向逃走，腳程都一般快捷無匹。

高戰無暇多想，倒提鐵戟，死命盯住抱著金英的一個，不消幾個起落，追離了山頭，那怪人回頭望見高戰不捨，跟著便伏腰狂奔起來。

暮色中，但見一縷黑煙似漸去漸遠，高戰使出了全力，竟無法追上，心裡大急，引吭向天發出一聲長嘯。

白影疾降，大鶴張翅低飛掠過，高戰大聲叫道：「大鶴，快盯住前面的怪人，看他把金姑娘帶到哪兒去了！」

巨鶴畢竟是通靈異禽，展翅跟蹤追了下去，高戰半分也不敢稍懈，也放開腳步，沒命狂追。

因爲他猜想，這兩個怪人必不是普通人類，金英被他們攜去，定然吉少凶多，若不快些追上，只怕……

他不敢再想那些後果了，總覺金英聖潔的身子，只要被那些人觸碰一下，也將是終生洗刷不盡的污點了。

但他愈是心急，那怪人卻愈奔愈快，高戰將輕功施展到了絕頂，轉過兩處密林亂山，竟突

地失去了怪人的蹤影。

他不禁驚駭得停了腳步，細審地勢，這兒甚像是座山谷的谷口，兩側全是高可入雲的絕峰，削壁天成，只有正面微微露出一條狹窄的小徑，也被野草掩蓋，不注意極難辨認出來。

從遠處望去，山谷中陰黯沉沉，這時天已黃昏，光線更暗，那山谷看起來便更加陰森可怖了。

高戰在谷口外遲疑了一會，心裡忖道：「這兩個怪人行動疾急如風，連『平沙落雁』輕身之術也追他不上，雖然他對地勢熟悉佔些便宜，但總是件使人猜不透的奇事，要說怪人不會武術，委實令人難信，但如說怪人都是身負武學之輩，方才在山頂時，怎又不見他們使出什麼招式來呢？」

他心中狐疑不決，想到金英落在怪人手中，不知會遇到什麼可悲的命運，終於一橫心，從腰間撤出鐵戟，壯著膽，便向谷口奔去。

奔行十餘丈，來到谷口，高戰一揚目，見山壁上有一片平滑光整的絕崖，竟刻著「無情谷」三個斗大的字跡。

高戰心頭一震，忙又停步，暗自沉吟道：「江湖中怎從未聽說『無情谷』這個名號？難道又是跟孫老前輩一樣，是個恨透天下女人的憤世隱跡之處不成？但是，他們又擄去金英做什麼？谷中隱居著什麼遁世高人？」

這許多疑問，一時也解它不開，可是金英分明被那怪人帶著向這個方向奔來，大鶴又不見回報，他雖然明知谷中凶險，說不得也只好冒險撞進去再說了。

但他卻不敢再發足狂奔，一隻手握著鐵戟橫護胸前，一隻手錯掌蓄勢而待，方才一步步緩緩踏進谷口。

驀地，左側不遠處一個粉白色的東西挺立在路邊，高戰閃身一掠，落在近前，見那東西竟是一具無頭人骨骷髏，在骷髏的頸下，懸著一塊木牌，上面寫著「無情谷中，手下無情，入谷一步，難保殘生。」

十六個字寫得龍飛鳳舞，筆力十分蒼勁，映著那白森森的人骨，令人不期然會產生一種寒意。

高戰凝目看了半晌，不覺冷笑著喃喃說道：「哼！既是無情之谷，便該與世無爭，想不到卻連陌生女子都劫擄而去，別說是無情之谷，便是陰司地府，高戰今天也得撞你一撞！」

這話剛說完，忽聽得有人冷冷的哼了一聲，接口道：「好！那你就試試看。」

高戰循聲回顧，身後卻未見有人，只有晚風拂過，幾株草叢，在輕微的晃動著葉尖。

這種陰森恐怖的景象，使他從背心上冒出一陣寒意，那發話的人明明隱在附近，憑高戰的武功，居然事先未被查覺，事後又連人影也沒見到，的確是件不可思議的怪事了。

但高戰並不畏怯，身形一閃，早已欺身搶進了谷口，臨動之際，反手揮出一掌，將那無頭

骷髏劈倒地上。

一入谷口，視線頓時更暗，谷外時才黃昏，但谷中卻像已是深夜，陣陣寒風，從谷中向外湧來，使人生像是鑽進一個地洞似的，有些氣悶和窒息的感覺。

高戰運足了「先天氣功」，步步為營，壯著膽向裡邁進，大約行了半里之途，並未碰到什麼突擊或暗襲，前行伸展著的，卻是一條筆直的石子路，由這一點看起來，這谷中居住的絕不止一二人而已。

他抱著不入虎穴，焉得虎子的決心，藝高膽大，循著石子路緩緩前進，一面盡力運用耳目，暗中注意著四周的變化。

正行著，突然一陣沉悶的「咚咚」鼓聲，從谷裡傳來。

那鼓聲絕無韻致，只是單調地一聲聲擊拍著，但鼓聲響起不多久，驀覺一股火光，沖天而起，照得全谷一半的地方都明亮起來……

高戰被那火光一驚，連忙閃離正路，側身隱在草叢中，循著火光望去，卻見這山路並不甚大，數十丈外便是一片空地，火光也正從空地上發出的，再靠谷底，有一列數十株巨大的樹木，生長得十分整齊，每株樹上，都用籐條茅草蓋著一個簡陋的小屋，而樹木正中空出來約有十幾丈一塊土地，卻蓋著一棟石頭嵌成的堅固石屋，竟然門窗台階，佈置得美奐美輪，與那些樹上茅屋，何異天壤之別。

這時候，空地上正生著一堆熊熊火堆，火堆邊坐著十來個身披熊皮的怪人，恰與擄走金英的怪人同樣瘦長，同樣蓬著亂髮。

怪人們每人面前架著一隻皮鼓，一個個輪流著用掌擊鼓，發出「咚咚咚」的聲音，只因尚有數十丈距離，高戰還看不清他們臉上是什麼表情。

那石屋的門緊閉著，看不見室內究竟甚等光景，但高戰不難猜到，屋中居住的，必是這「無情谷」的主人了。

隨著鼓聲，火堆邊慢慢聚集了一大群蓬頭怪人，連同地上擊鼓的，共約有四五十名，那些新到的並沒有帶著任何東西，卻空手隨著鼓聲進進退退圍了一個大圓圈，圍著火堆手舞足蹈個不停。

這有些像邊荒野蠻人的神火舞會，但有一點特別的，這些怪人全是男人，並未見到一個婦女。

單調的鼓聲，熊熊的火光，幢幢的人影，加上蓬頭垢面，披著黑熊皮毛……這些，都使高戰既驚且奇，不解這些怪人是什麼路數，更不知他們要幹些什麼？

他謹慎地向前移近了一些，卻發覺鼓聲愈來愈急，漸漸變成十幾面皮鼓驟雨般狂響，山谷回音，顯得聲勢十分驚人，起舞的怪人也轉動加快！

高戰把握良機，趁那鼓聲急迫之際，一連幾次潛伏竄動，已迫近到空地十丈以內。

驀地——

鼓聲一齊斂止，怪人們全都俯伏在地上，恰在此時，忽聞「噹」地一聲鑼響！石屋正門「呀」然而開，門中緩緩走出兩對手執火炬的男人。

這四名男子，卻與空地中的怪人們迥然不同，個個身軀健偉，上身精赤裸露，僅腰部圍著一幅豹皮，頭髮向後梳攏，眉目均甚清秀，都不過才二十歲出頭年紀。

高戰看得暗暗詫異，心想：「這谷中只怕全是男子，從無女人，所以才稱做『無情谷』！」

那知思緒未已，忽然又聽到「噹噹噹」一連三聲鑼響，隨著那四名壯男之後，緊跟著又緩步走出一個人來。

這一個，居然正是一個女子。

不過，這女人看來起碼也在四十歲以上，頭上卻用一隻金圈束髮，臉上又塗著厚厚脂粉，吊眉闊嘴，耳朵上掛著兩隻黃澄澄的大耳環，赤足裸臂，用一張虎皮裹著身子。

四名壯男左右簇擁著那女人走到火堆邊，其中一個連忙在她身後安放了一張虎皮交椅。

那女人卻不就坐，先冷冷環掃了地上俯伏的怪人們一眼，鼻孔裡冷哼了一聲，道：「全是些沒用的廢物，區區兩個雛兒，竟只捉住一個，而且還被人家打傷了追到谷外，你們拿什麼臉面來見我？」

眾人伏跪地上，竟沒一個敢出聲回答的。

那女人又道：「宋玉呢？」

她身側一個壯男忙湊過頭去，低聲道：「宋玉臂上傷得很重，是我令他暫回茅屋休息，谷主要尋他嗎？」

那女人快速絕倫的一抬手，「拍」的一聲響，男的臉上已深深印上五條紅痕，女人厲聲叱道：「你好大的膽子，沒有我的命令，他怎敢擅自去休息？」

那個壯男嚇得忙跪在地上，只顧叩頭，不敢作聲。

女人叱道：「還不快去把那蠢物給我抓來！」

壯男忙應一聲，匆匆爬起來，如飛狂奔而去。

那女人似乎餘怒未熄，冷漠而陰森的向眾人又掃視了一眼，突然兩手一分，掀脫了虎皮——

高戰一見，登時羞得面紅耳赤。

原來那女人渾身上下竟無半寸衣褸，赤裸裸地一絲不掛，虎皮一去，便成了一個赤精光條的裸人。

高戰乃是正人君子，是以一見這猥褻情景，急忙扭轉頭去，心裡暗道：「這女人如此無恥，竟能統御這許多慓悍男人，身為谷主，也許她某方面必有驚人之處。」

他目不願看，耳朵卻仍然傾聽著空地上動靜，不一會，聽見鼓聲又起，高戰暗想她大約已

經穿上虎皮了，忍不住回過頭來。

那知一看之下，把他嚇得急忙又扭過頭去，敢情那女人不但沒有披回虎皮，而且已高高赤裸著坐在交椅上，鼓聲重起時，跪在地上的蓬頭怪人們一個個輪流走到她身前，分別在她兩隻高聳肥大的乳峰上，嘖地輕輕一吻。

女人昂然倨坐，動也不動，而蓬頭怪人們在親吻了她的乳房之後，個個流露出無限感激的神情，跪下膜拜數拜，躬身退回原處。

鼓聲響了半個時辰，所有的男人全都親過芳澤，那女人方才重新披上虎皮，這時候，那在山頂上被高戰鐵戟刺傷手臂的蓬頭怪人，已隨壯男到了火邊，遠遠地便跪了下去。

裸女冷笑著道：「宋玉？你倒很舒服，未得我的令諭，誰叫你偷著去休息的？」

那名叫「宋玉」的蓬頭怪人哭喪著臉，望望女人身後那名壯男，卻不敢回答。

裸女喝道：「你知道呼傳不到，應該如何處置。」

「宋玉」怯生生答道：「只求谷主慈悲！」

裸女冷哼道：「你要休息偷閒，我就叫你多閒一會，來！把你的左腳伸過來！」

宋玉叩頭道：「谷主慈悲，念宋玉初犯……」

裸女叱道：「好大膽，竟敢抗命不從？」

宋玉無可奈何地把左腳伸了出來，那裸女隨手一劃，虛空砍了下去，宋玉慘叫了一聲，仰

後昏倒。

裸女揮揮手冷漠地道：「抬下去！」

兩名男子應聲上來，一個抬頭一個拖腳，轉眼便將宋玉抬了下去。

高戰聽到宋玉慘叫之聲時，才回過頭來，他雖然未曾見到那裸女谷主是怎樣下手的，但已深深感到這女人不愧「無情」之名，對待一個並無大錯的部屬，竟這般心狠手辣，出手殘酷。

裸女方才處置了宋玉，一個蓬頭男子快步上前，先在裸女身側那壯男耳邊低語幾句，那壯男忙又附在裸女耳旁，也低語幾句，裸女聽了，忽然揚聲笑道：「這樣最好不過了，省卻我出谷費事，柳惠呢！」

隊中一名男子應聲而出，高戰一眼認出這人，正是擄走了金英的人，頓時神情也緊張了起來。

裸女向柳惠點頭笑了笑，道：「你幹得還算不錯，等一會谷主另有恩賞，現在你且把事情經過對谷主說一遍。」

那被稱做柳惠的蓬頭怪人喜形於色，急道：「小的正奉命在山中獵取野物，聽見山頂上有人談話，宋玉搶著先上了山，小的也跟著上去，看見有兩個雛兒，伴著一隻巨大的白鶴，其中一個是小子，另一個正與谷主相同，是一個女……」

裸女突然沉聲道：「胡說，她怎跟谷主相比嗎？」

柳惠忙改口道：「是！是！那雛兒原是學著谷主模樣，也是一個女人，只是長得很美……」

裸女又叱道：「胡說！她美什麼？」

柳惠忙道：「是的！她那兒是美，簡直醜得厲害，不能跟谷主妳相比！」

裸女這才笑道：「好！你說下去！」

柳惠道：「小的上山的時候，正巧那小子跟宋玉動手打起來，大白鶴要帶那妞兒飛走，被小的搶上前去，便把那妞兒奪下來啦，那小子也來奪，小的便跟宋玉合力想捉住他，無奈那小子手上一隻鐵戟極是厲害，傷了宋玉的手臂，小的們便分頭逃回谷來。」

他一口氣說完，兀自在沾沾自喜，以為功勞甚大。

裸女沉吟片刻，問道：「你說那小子長得是什麼模樣？」

柳惠道：「大約不到二十歲，眉目甚是清秀英朗。」

裸女臉上閃出一抹神秘的笑容，又道：「他的武功很了得，是嗎？」

柳惠道：「果然很了得。」

裸女笑道：「那麼，他追上了你沒有呢？」

柳惠一怔，繼道：「小的逃得快，幸而沒被他追上。」

裸女忽然笑容一斂，叱道：「你這就胡說了，他既然連你也追趕不上，怎能說得上武功了

得？」

柳惠頓時語塞，但過了一會，忙又笑著解釋道：「那小子鐵戟是很厲害，但跑起來，卻未能趕上小的。」

裸女冷冷笑道：「你看他那鐵戟，跟谷主的金剪刀，誰強誰弱？」

柳惠想了想，道：「他自然難和谷主相比。」

裸女放聲笑道：「這就是啦！那小子若是識趣，儘早現身投誠，本谷主心裡一高興，也許還有他受不盡的好處，他若敢跟本谷主作對，嘿嘿！量他也難逃本谷主的金剪刀！」

柳惠茫然地點頭道：「正是！正是！」

裸女轉面叱道：「把那妞兒給我帶上來。」

兩名壯漢同應一聲，去不多時，從石屋中抬出一個人，高戰一看，悲怒交加，原來正是金英。

金英已經醒轉，身上衣飾破裂，只剩下貼身內衣肚兜，臂腿和酥胸，都半裸在外，被兩名壯漢左右抬著，拉到火堆前。

高戰見了金英，渾身熱血都沸騰起來，但他緊緊握著鐵戟，卻未敢擅自動手。

因爲他一則距離尚遠，無法一舉救回金英，二則場中怪人足有五六十名，在山頂上時他跟兩名怪人動手，很費了些力才將兩個怪人打敗，現在面臨許多怪人，怎敢輕易出手，三則那裸

女谷主自稱本事過人，尚不知真正功力如何，假如當真了得，他一旦出手，救金英不得，豈不反而害了她嗎？

但是，他既然親眼看見金英落在「無情谷」怪人手中，衣衫不整，狼狽萬分，心裡又憐又惜，怎能不設法救她離險呢？

是以他緊握鐵戟，內心狂跳不止，雖未敢遽爾發動，卻隱隱又向火堆空地欺近了許多，準備尋覓機會，出手救人。

那無情谷主令人將金英帶到面前，冷冷而笑，向金英望了一會，問道：「妳叫什麼名字？」

金英把頭一揚，大聲道：「無恥的臭婆娘，妳不配問我！」

高戰聽見，暗讚道：「平時見英妹溫文秀氣，想不到她也會剛強硬朗起來。」

無情谷主冷笑道：「妳最好聽話一些，凡是進了無情谷的人，是男子還有半分活命之望，是女子難逃殘命，妳如果好好回答本谷主的話，也許本谷主會叫妳死得痛快一些。」

金英大聲罵道：「不要臉的東西，妳且慢些得意，我高大哥等一會尋到這裡，就有妳好看的了。」

無情谷主笑道：「妳那位朋友，他姓高？」

金英用力啐了一口，道：「呸！妳不配叫我高大哥的姓，別把他的姓名也叫髒了。」

高戰一陣舒暢，卻聽那無情谷主冷聲說道：「哼！妳當妳那高大哥如何了得，實對妳說，他如今早已送死到谷中來了，只是藏頭藏尾，不敢現身出來罷了……」

高戰不料那裸女竟一口道破自己隱跡，駭然一驚之下，匆匆回頭四處張望。

但是，他卻並沒發現周圍有什麼異狀，甚至風吹草動，也沒有一些兒。

他不由暗暗失笑，忖道：「這妖婦定是猜測我已經入谷，故意要用這方法激我現身，我須不能上她的當。」

金英似乎也抱著一樣的想法，說道：「假如我高大哥來了，妳的死期就不遠啦，妳還得意什麼！」

無情谷主冷哼一聲，竟：「好個強嘴的東西，本谷主就叫妳看看。」說著，回頭向柳惠喝道：「來，這女人既是你捉來的，本谷主就賞了你吧！」

柳惠一時喜出望外，兀自難信，道：「谷主，妳……」

無情谷主叱道：「趕快謝賞，令你即刻便在此地成事，事後，本谷主還另有賞賜。」

柳惠大喜，忙跪在地上，「咚咚」叩了兩個頭道：「謝谷主恩賜，小的領命了。」頭才叩罷，從地上騰身躍了起來，餓虎般向金英撲去。

高戰大吃一驚，見已無法再緩，一頓腳，驀地沖天而起，縱身掠到空地上，人在空中，早已大聲喝道：「狗賊你敢！」

柳惠如饑似渴，業已將金英按倒在地上，金英拚命掙扎著，肚兜險些要被扯落，高戰一縱四丈有餘，距離金英還有三丈以上，一急之下，鐵戟竟脫手飛擲了過去。

那根鐵戟宛若一條黑線，「呼」地直奔柳惠射到，其快如電，無情谷主「霍」地站起，但聽得柳惠慘叫一聲，早被鐵戟穿肩而過，活生生釘在地上。

場中登時大亂，怪人們一湧上來，將高戰圍在核心，然而，高戰此時已如一頭瘋虎，雙掌連翻，一口氣劈倒了四五人，猛地衝到金英身邊，一手拔回鐵戟，另一隻手卻拉起金英，藏在身後。

那無情谷主哈哈大笑著道：「小子，你這是燈蛾撲火，自尋死路，來人，給我拿下了。」她身側四名壯漢同應一聲，一齊躍了上來，四個人八條長臂，向高戰和金英抓來。

高戰下了狠心，鐵戟一掄，驀地劃起一道光芒，那四名壯漢卻都似身負武功的人，長臂一縮又至，盡都捨了高戰，來抓金英。

高戰怒叱一聲，用自己身子擋著金英，手中鐵戟連演絕學，一口氣攻出四招，幾乎在同一時間內，分襲四名壯漢，迫得那四人車輪般一陣轉，齊被逼退數尺，只見高戰戟影縱橫，奇招頻現，不到十招，慘叫聲中，一個壯漢的手腕已被戟鋒掃斷，鮮血泉湧，眾人大叫著全向後倒退了五六步。

無情谷主不知何時已取來一件奇形兵刃，竟是一柄純金打造的巨形剪刀和一面金製盾牌，

那剪刀刀身極長，總有四尺以上，開闔之間，「咔嚓」有聲。

她左手推著金盾，右手執著巨剪，掀脫虎皮，精光赤條，一絲不掛的喝退手下，自己挺身站著高戰面前，大聲叫道：「好小子，來跟本谷主較量幾招試試。」

高戰一見她那渾身寸褸俱無的胴體，凹凸分明，毛髮俱顯，反羞得臉上通紅，但這時身在危境，勢又不能扭過頭去不看，一急之下，忙緩退兩步，叱道：「妖婦，速去穿了衣服，高戰自當領教妳的怪異兵刃，否則，別怪姓高的罵妳了。」

無情谷主卻不氣，金剪開閉，「咔嚓」兩聲，竟然笑道：「本谷主向來如此，咱們打就打，你還管我穿不穿衣服做什麼？」

高戰只有暗急，但形勢迫得又不能移開目光，兩眼只得極力不去看她赤裸的身體，注目看著她的面孔，喝道：「不要臉的東西，你如不肯穿上衣服動手，咱們可要失陪了。」

無情谷主笑道：「今夜來去只怕由不得你們自主了呢！」

金英在後面大聲道：「高大哥，盡跟這無恥的妖婦說什麼？乾脆宰了她，咱們走了不就得了嗎？」

高戰另無良法，只好點點頭，道：「好！妳緊緊跟著我，咱們衝！」

「衝」字才出口，鐵戟一擺，捨了那光條條的無情谷主，向谷口便衝！

但他們才走不到三步，驀地跟前人影一閃，那無情谷主竟然又搶攔在前面，大聲道：「高

戰，只要你肯歸順本谷主，我答應放這丫頭出谷，你願意嗎？」

高戰叱道：「胡說，誰會歸順妳這個不要臉的妖婦。」振腕一戟，飛刺過去。

無情谷主金盾一舉，擋開高戰的戟招，右手金剪一開，「喳」地一聲響，對準高戰身後的金英夾了過來。

高戰吃了一驚，連忙沉臂撤招，橫戟一格，「噹」地一聲響，盪開了金剪，但心裡卻駭異不已。

他這一招之上，實已貫注了七成真力，原打算震飛了那妖婦的兵刃，以便衝出谷去，那知一招硬接之下，雖然震開了無情谷主的金剪，卻未能將它震飛出手，相反地，倒發覺這裸體女人的內力竟出奇的渾厚。

高戰猛地警覺，遂不敢稍存輕視之心，全力展開戟法，鐵戟化作層層戟影，跟無情谷主力戰起來。

十餘招過去，高戰愈來愈驚，因爲他發現那無情谷主的奇形兵刃，竟然詭詐飄忽，招式極端古怪，往往虛實互異，分明是虛招，突然變實，有時又明明將一招實招，輕巧的一變，竟化成了虛招。

再加上高戰既要照顧金英，又被對面那擺盪的雙峰，晶瑩的肉體，妖艷的笑容，古怪的兵器……弄得頭昏眼花，打起來吃力非常。

纏鬥了將近半個時辰，那無情谷主突然發出一聲淒厲的怪叫，手上招式忽地全變，金盾專門格拒高戰的鐵戟，右手的長剪刀卻時時不離金英左右。

那群蓬頭怪人本在四周觀戰，聽了裸女怪叫之後，突然吶喊一聲，紛紛奔回火堆邊，每人取了一支火炬，圍繞著高戰團團飛轉起來，一面轉動，一面不時用一種極細的粉末，向火炬上飛灑！

那粉末成潔白之色，近火即燃，化作一陣濃煙，似與松香有些相似，但是那種燃化的煙塵竟比松香還要濃和香，凝在空中，久久都不散去。

人影轉動愈快，空中香味愈濃，高戰心知這種香味必然不是無的放矢，怎奈被那無情谷主死死纏住，無法脫身，只得閉住呼吸，揮戟力戰。

過了片刻，金英在身後低聲叫道：「高大哥，我有些頭昏……」

高戰道：「妳趕快閉住呼吸，用一條手巾掩住鼻子。」

又過了片刻，金英又道：「高大哥，我……我站不住了……」

高戰忙道：「那麼，妳趕快用手抱住我頸項，我……」

說到這兒，自己腦中也覺一陣昏眩，連忙住口。

無情谷主格格笑道：「高戰，你們已中了本谷主的毒煙，我就讓你逃走，相信你也逃不出十丈以外了！」

高戰聞言大驚，閉氣急攻數招，即轉身把業已陷入半昏迷狀態的金英抱起，右手揮動鐵戟，向谷口便衝！

那無情谷主果然不再攔阻，怪人們叫嘯著讓開一條大路，袖手望著高戰逃走。

高戰心裡狐疑，但仗著本身「先天氣功」已達極峰，自信便是服進了少許迷魂煙，也不致真的奔不出十丈以外去。

他一手抱著金英，一手提著鐵戟，邁開大步，向外便奔。

轉眼間，已經奔出十丈外。

高戰不期然回過頭來，卻見那渾身赤精條條的無情谷主和手下蓬頭怪人們果真立在原地，並未追趕，他心情一鬆，不禁長長吐了一口氣。

那知就在他戒備略鬆，吐換真氣的這一刹那，猛覺腦海中一聲「轟」然雷鳴，眼中金星亂閃，踉蹌幾步，竟有支持不住的感覺！

忽然，耳中響起怪人們一陣鬨笑：「倒了！倒了！」

笑聲中，高戰渾身酸軟，果然一跤跌倒地上。

他自覺朦朦朧朧，似睡非睡，聽見紛紛的腳步聲向這邊奔來，又聽見無情谷主的嬌叱聲，命令把自己抬回去……

但這些他已經無法分辨是真是假了，一種極度的睏意襲上心頭，長吁一聲，終於昏了過去

不知過了多久，像是一剎那，又像是一月一年。

高戰緩緩睜開眼來，覺得耀眼光芒刺得兩眼有些昏花。

他想舉起手來揉揉眼睛，卻發覺自己穴道已被制住。

於是，才猛然記起自己是在「無情谷」中，被那不要臉的谷主使用毒煙迷昏，業已被擒了。

停了片刻，他彷彿聽到一陣「叮噹」的鐵鍊聲響，就在身旁不遠，夾著幾聲鶴鳴！

高戰一驚張開兩眼，見自己竟被橫放在一個小小的石屋中，屋裡一無陳設，只有正中空地上，置著一根極粗的鐵樁，靠壁有一個小小窗孔。

這時，一縷強烈的陽光，正從窗孔中照射進來，恰巧投落在他的臉上。

他微微側轉了一下頭部，避開陽光，才看見那鐵樁上繫著根粗鍊，鐵鍊的一端，卻是無爲上人借給自己使用的通靈巨鶴。

那巨鶴不耐地在急急轉動著，是以屋中充滿「噹噹」聲響，巨鶴兩隻紅色眼珠，不時凝望高戰，又發出幾聲低低的哀鳴聲。

高戰第一件事便是尋找金英，但屋中除了巨鶴和自己，並未看到第三個生物，石屋的門，

也是緊緊關閉著的，門外靜悄悄絕無聲音。

他登時明白了這時怎麼一回事，只恨穴道被制，身子無法轉動，便低聲向巨鶴說道：「大鶴，你怎麼也被他們捉住了？」

巨鶴長鳴一聲，好像因高戰的醒來，感到份外高興，拖著鐵鍊轉了過來，停在高戰身邊，用長嘴柔和的擦著他的身子。

高戰嘆道：「可憐咱們都被他們捉住了，連個救援的人也沒有，大鶴，你看見金姑娘嗎？」

巨鶴搖搖頭，表示不知道。

高戰又問：「我被送到這兒有多久了呢？有一天了麼？」

巨鶴瞪著兩隻紅眼，可惜有口難言，無法回答這句話，高戰嘆了一聲，說道：「我猜總該有一夜時間了，不知英妹被他們帶到什麼地方，遭到什麼惡運？唉！」

正說著，忽聽門外傳來一陣腳步聲。

高戰向巨鶴使個眼色，忙又閉上眼睛假裝未醒，巨鶴拖著鐵鍊，又急急的繞著鐵樁轉圈子！

過了片刻，石門緩緩打開了，當先進來兩名壯漢，無情谷主仍用虎皮裹著身子，低著頭踱進屋來。

她冷冷地向地上的高戰看了一會，眉頭微皺，問身邊一個壯漢道：「叫你們給他解藥吃，吃了沒有？」

那壯漢立即應聲答道：「已遵谷主之命，餵給他吃過了。」

無情谷主道：「這就怪了，若是吃過解藥，現在應該醒過來才對，何俊，你去替他解開穴道。」

高戰心裡暗喜，忖道：「只要妳解開我的穴道，臭女人，高戰就要妳的好看了。」

一名壯漢答應著走過來，但才要動手，那谷主忽然大聲道：「且慢，還是讓我親自來吧！」

她緩步踱到高戰身邊，並起右手中食二指，先點了高戰「肩井」，「天井」二處次要穴道，然後才輕輕舉掌拍活了左胸「將台」大穴。

高戰心罵這女人好奸滑，故意裝作死人一般，不言不動，緊緊閉著眼睛。

無情谷主等了一會，見高戰仍舊未醒，不禁詫道：「怪啦，難道中毒這樣深，竟醒不過來。」

一面說著，一面疾探手臂，一把揑住高戰大腿上的軟筋，用力一扭！

高戰忍不住，「啊」地叫出聲來。

無情谷主格格嬌笑起來：「好呀！看你樣兒很老實，不想竟跟本谷主裝死，喂！高戰，本

谷主問你，現在你服了沒有？」

高戰睜開眼來，悻悻地說道：「妳趁早死了這條心，高某是頂天立地漢子，怎會服妳這無恥的妖婦。」

無情谷主笑道：「你開日閉口罵我妖婦，我倒要問問你，我那裡妖了？那裡壞了？」

高戰用力啐了一口，道：「呸！妳當著眾人赤身露體，不以爲羞，這還不算妖婦算什麼？」

無情谷主格格笑道：「啊！原來你是指這一點，那也沒有什麼，這是無情谷的習俗，就跟你們常常要穿衣服一樣，有什麼值得大驚小怪的呢！」

高戰厭惡的閉上眼睛，道：「我沒有功夫跟妳這種無恥之人談話，既被妳暗算擒住，要殺要剮，請早些動手。」

不想那無情谷主卻笑道：「要死麼，恐怕沒有那麼簡單哩，老實對你說吧，本谷主看你武功不俗，模樣兒又好，有心將你收在身邊，做一個永久的侍徒……」

高戰聽了這話，不由勃然大怒，厲聲叱道：「快閉了妳的臭嘴，高戰頭可斷，決不會被妳這花言蕩語所動，妳不要自討沒趣。」

無情谷主名爲「無情」，這時卻極似一個深情款款的女人，被高戰一頓臭罵，竟毫不生氣，仍舊笑著：「好了，你不願聽，我也不說了，但你要仔細想想，被我擒住的人，可從來沒

有一個能活著離開無情谷，除非他做了本谷主裙下不貳之臣，這一點，你看看何俊他們就明白了，當年他們又何嘗不是桀驁不馴的糾糾武夫呢，何俊，你說對不對？」

那個叫做「何俊」的壯漢立刻應道：「谷主說得極對。」

高戰險些被他們這種無恥言行氣炸了肺，緊緊閉著眼睛，給她一個不理不睬。

無情谷主笑著道：「我給你半個時辰考慮，有一件事你別忘了，那就是你那位女伴也在本谷主手中，她的死活存毀，都在你一句話決定的！」

說完，扭身向屋外行去。

高戰聽她以金英生命相脅，心裡頓覺緊張，忙叫道：「妳把她怎樣了？」

無情谷主已經行到石門邊，聞聲回過頭來，得意地向高戰笑道：「她現在另關在一間石室中，旁邊有兩名本谷主的手下陪伴著，生命暫時是不會有危險，但你要知道，無情谷只有我一個女人，我那些手下男人，個個是久經飢渴的莽夫，短時間以內，本谷主還能控制他們，時間久了，也許他們會放不過你那可愛的女伴兒呢！」說著，又哈哈大笑了起來。

高戰雖知她乃是恐嚇之詞，但忽然想起夜間在火堆邊時，這無情谷主曾經當面命令一個蓬頭怪漢要凌辱金英，因此，她所說的，又似乎大有發生的可能。

但這時無情谷主帶著兩名壯漢已經走出石屋，他空自著急，已無法再從她口中，探聽金英的遭遇。

「蓬」地一聲響，石門重又關閉，空屋中只剩下高戰和那隻通靈巨鶴。

他忽然生了一個奇想，於是低聲說道：「大鶴，你能分辨人身的穴道嗎？」

巨鶴兩眼翻了翻，卻搖了搖頭。

高戰廢然道：「那就糟了，要是你能辨認出人身穴道，便可用你的長嘴，替我解開穴道，我再解你的鐵鍊，咱們同去救金姑娘，可惜，你竟認不出來……」

那巨鶴歉意地踱近來，用長嘴在他身上挨挨擦擦，高戰忽又心中一動，急道：「來，大鶴，用你的長嘴，啄啄我左肩橫鎖骨上，就是肩窩這兒，你試試看能不能解開！」

巨鶴尚有些不解，高戰又連聲催促了幾次，巨鶴果然伸出長嘴，在他肩頭上輕輕啄了一口。

高戰急道：「唉！不是這兒，再向前一些，要用力大一點。」

巨鶴一探長嘴，「杜」地一口，啄在高戰胸腔之上，痛得高戰大叫起來，道：「大鶴，你認錯地方了，應該向上一些兒，這裡是我的骨頭啊。」

那巨鶴用嘴疾起疾落，一連啄了五六次，竟沒有一次啄對地方，高戰身上反添了幾個創孔，無奈只得叫牠停止了幫忙。

但他終不死心，兀自苦苦思索著脫身之法，又自行運氣衝穴，無奈也沒有成功，正愁之際，石門忽然又開，從外面進來兩名蓬頭怪人，一個抬頭，一個抬腳，將高戰舉起抬出了石

室。

高戰不明白他們要把自己如何處置，兩眼左右張望，見兩側儘是寒森森的石壁，形如甬道，轉了兩個彎，忽然眼前一亮，竟到了一間極爲精緻的臥室中。

這間臥室也是大石嵌成的，但陽光十分充足，地上鋪著厚厚的虎皮，左邊一個壁邊生著熊熊的柴火，右邊一列交椅，卻放置著一張巨大柔軟、華麗無雙的大床，這時，屋中空無一人，只有大床上橫臥著一個用錦被掩蓋著的女人。

不用說，她自然就是那妖艷無恥的無情谷主了。

高戰一到，她便掀被坐了起來，錦被滑落，可以看見她身上竟然半絲不掛。

但她卻笑著掀起錦被的一角，向那兩名蓬頭怪人說道：「來！把他放到床上來。」

高戰急得滿臉通紅，被兩名蓬頭人抬著向床上一摜，躬身又退了出去。

無情谷主厚顏地用錦被將自己和高戰一齊掩住，笑問道：「半個時辰已經到了，你的決定怎樣呢？」

高戰身不能動，只覺一個熱烘烘的身子緊緊貼著自己，窘得雙頰飛紅，急叫道：「妖婦，妳要做什麼？」

無情谷主探手勾著他的脖子，笑道：「我想你八成兒是歸順的多，所以特叫人把你接到這裡來，只要你能如了本谷主的意，自有許多好處。」

情。」

高戰大怒叱道：「快些把我關回那間石屋去吧，我寧可一死，也決不肯答應這無恥的事情。」

無情谷主笑道：「這有什麼無恥？我知道你不習慣當眾交合，已經把手下都遣出去了，你瞧，你還用錦被掩蓋住身子呢。」

一面說著，就想動手來解高戰的衣鈕。

高戰大急，一張口，「呸」地吐了她一臉濃痰，厲聲叫道：「放手，妳這不要臉的東西，高戰寧可凌遲而死，也決不作這苟且之事。」

無情谷主臉上笑容一斂，也怒道：「原來你竟是這般不受抬舉！本谷主不過要你心甘情願，才有趣味，你要是再不識趣，當我沒有制服你的方法嗎？」

高戰厲聲罵道：「除非妳殺了我，否則，休想高戰會屈服在妳淫威之下。」

無情谷主冷冷一笑，道：「好！我就試試你究竟能倔強到什麼程度。」

說罷，掀被躍下床去，舉掌拍了兩聲，叱道：「來人呀！」

門外兩名壯漢應聲而入，她用手一指高戰，道：「把他的衣服剝了。」

兩名壯漢躬身答應，一左一右跨上床來，不問情由，便解高戰的衣鈕。

高戰身不能動，雖是羞急，終於無法抗拒，不多一會，也被脫了個赤精光條。

他一時愧恨交集，眼中淚水盈眶，長嘆一聲，道：「唉！不想我一生清白，竟會葬送在這

妖婦手中。」

無情谷主嘿嘿笑道：「進我無情谷來，便再沒有清白的人，本谷主還要你親自做出一樁恨事呢！」又向那兩名壯漢叱道，「你們去把那女的也抬到這裡來。」

兩人去不多時，果然將金英也抬進房來。

金英一見高戰身上寸縷俱無躺在床上，驚得失聲叫起來，急忙閉上了眼睛，道：「高大哥，你已經……」

高戰熱淚奪眶而出，既急又愧地道：「英妹……高大哥太……太沒有用了，不但救不了妳，連妳也毀在此地……」

金英哭道：「不，不，是我連累了你，是我害了你！」

無情谷主獰笑道：「何俊，你們把這女的也脫光了衣服，本谷主要好好賞謝你們哩。」

高戰一聽這話，心如刀割，突然厲聲道：「且慢動手。」

無情谷主得意地道：「你服了嗎？」

高戰痛苦的微微頷首，道：「我答應妳，但有一個條件，妳要先放她出谷去。」

金英大聲哭道：「啊！不！高大哥，我寧可跟你死在一起……」

高戰嘆聲道：「英妹，妳去吧！高大哥對不起妳，這一生，再無面見妳了，希望妳好好回到天竺，把我忘掉了吧。」

金英放聲大哭，再也說不出一句話來。

無情谷主點點頭，道：「無情谷從來不許有第二個女人留下來，只要你歸順，我答應放她出谷就是，但必須等一會才能實行。」她向兩名壯漢揮揮手，又道：「你們出去吧，不得呼喚，不要進來。」

二人離去之後，無情谷主扭動著身體，掩上石門，然後向金英笑著道：「我雖然答應放妳，但爲了怕他出言反悔，現在留下妳做個見證人，事完之後，自會送妳出去。」

說著，蕩笑了兩聲，便跨登床上。

四五　火窟驚變

無情谷主帶著滿懷勝利的欣喜，跨上大床，毫不遲疑的將高戰摟了起來，安放在床正中央。

這時候，高戰自知難逃，含淚閉目，任由她擺佈，但他心裡卻是怒火熊熊的暗忖道：「淫婦，淫婦，妳縱然污了我的身子，怎能污我潔白無瑕的心靈，高戰注定一死，但我也要妳遍嘗臨死的苦況。」

他一生性情忠厚，從未這般怨毒的恨過一個人，但現在這無情谷主當著金英凌辱於他，竟使他忠厚的心田上，初次綻發出仇恨的種子。

無情谷主只貪婪的香著高戰英俊的面龐，不時暴發出無限暢意的笑聲，方要更進大步，有所行動——

驀地裡，不防金英突然奮不顧身，騰身疾衝過來，兩手死命一推，出其不意地將無情谷主推跌在床裡！

金英也不知是那裡來的力氣，一掌推倒無情谷主，不管高戰身上有沒有衣服，抱著便想奪門逃去。

但她終是個不會武功的弱女子，這一抱，非但未能將高戰抱起，反被高戰的重量壓得一跤摔倒地上！

高戰吃驚的睜開眼睛，失聲叫道：「英妹，妳……」

這時無情谷主已翻身下床，金英突然福至心靈，摟著高戰就勢一滾，雙雙滾進大床之下。

金英急問道：「高大哥，你怎麼不能動？」

高戰也顧不得羞恥，忙道：「我被他們制住了穴道，妳快在我左右肩窩上用力拍一掌……」

一句話未完，那無情谷主已經摘了壁上金剪，向床下刺了進來，喝道：「鬼丫頭，休想逃得過本谷主的手掌心。」原來這床十分寬大，她一時無法掀開，才用金剪向下探刺。

高戰背向床外，這一刺，正好刺在他左肩側面「肩中俞」穴上，痛得高戰兒機伶伶打個寒顫，但忽然發覺肩上穴道竟然解了。

他心中大喜，連肩上血液迸流和疼全都忘了，掄起右臂，「蓬」地一掌，將大床一掀而起，騰身跳了起來——

但他身子既已恢復了自由，卻陡地注意到自己赤精光條，渾身寸縷俱無，不禁又驚呼一

聲，急急扯起被子，掩裹身體。

無情谷主見高戰穴道已解，自忖難是他對手，早已閃身躍出門外，將石門緊緊閉住，待高戰匆匆裹好身子，用力推那石門，卻已推它不開。

高戰這才有時間尋一條薄被單撕破纏在身上，將金英從床下拉出來，兩人環顧這房間，除了石門，雖有兩個小窗孔，卻無法從窗孔中脫身出去。

金英道：「怎麼辦？咱們被她困在這兒，只怕永遠也出不去了。」

高戰想到方才自己渾身精光的情形，臉上猶在火燒，忙道：「放心，憑這一間石屋，大約還困不住我們，英妹，妳被她另關在什麼地方，可曾被他們欺侮嗎？」

金英搖搖頭，道：「他們把我關在一個鐵籠子裡，有兩個怪人守著，倒沒有欺侮我，只是那兩個怪人四個賊眼一直瞪著我看，叫人心裡好噁心啊！」

高戰嘆口氣道：「都怪我一時大意，才上了那妖婦的大當，險些將一生清白，毀在這荒山野谷之中。」

金英不安的問：「高大哥，你……已經被她……被她……那個了沒有……」

高戰臉上一陣紅，忙搖搖頭嘆道：「英妹，妳別胡思亂想……唉！若不是妳推她一掌，那就難說了。」

金英也長長吐了一口氣，笑道：「說起來真好玩，我一生從沒有打過架，但剛才不知道從

那裡來的力氣，竟會一下子便把那不要臉的女人推了一個筋斗呢。」

他們正說著話，忽聽無情谷主的聲音從窗孔中傳進來說道：「高戰，你且慢得意，如今你在本谷主石屋中，仍如籠中之鳥，本谷主要擒你易如反掌，不信你就等著瞧吧！」

話聲才完，那窗孔中「滋」地一聲輕響，射進一股濃煙。

高戰大驚，忙叫金英：「快用被子堵住窗孔，那妖婦又要用迷藥毒煙了。」

他們都是吃過「毒煙」的大虧的，金英不敢怠慢，兩人分用床上錦被，死命去堵那窗孔。但無情谷主一面施放「毒煙」，一面卻用金剪向孔中飛刺，二人不能靠近窗孔，終是堵塞不住，片刻後，屋中已充滿了許多煙霧。

高戰閉住呼吸，不敢出聲，卻用一條手巾，浸濕了清水，替金英掩塞鼻孔，自己尋了一根木棍，用力拗那石門……

但是，那石門少說也有一尺厚，從外門死，豈是一根木棍所能拗得開。

高戰已將「先天氣功」提足十成，始終無法將石門弄開，而窗孔中射進來的煙霧，卻已充滿了全屋，他仗著精純內力，一時半刻閉住呼吸雖然無礙，但金英僅靠一條濕巾，漸漸已顯得支撐不住了。

高戰眼看無望，想到她如果被無情谷主擒住，不知後果將要多麼悲慘，他暗中一橫心，忖：「與其被她捉住遭受凌辱，毀了名聲，倒不如舉掌自戕，臨死之時，也落得個清白！」

可是，當他看看金英，又不禁心酸意搖，無法下手，因爲他縱能一死免去羞辱，但留下金英在這如狼似虎的無情谷中，更不知將遭受多少倍於他自己的羞辱和委屈，但他能將金英斃在掌下，然後舉掌自盡麼？

不能！那自然是他永遠無法下手的。

然而，事迫至此，他又想不到一個兩全的方法。

煙霧在屋裡迷漫，窗孔外不時傳進來「無情谷主」得意的笑聲，高戰的心，早就亂了。

正在徬徨，金英忽然拉拉他的手，伸過頭來，在他耳邊輕聲而急促的說道：「高大哥，我……我很難過，好像要……昏……」

高戰急忙搖手示意她不可開口說話，因爲這時候，他忽然發覺窗孔中已經停止了灌送毒煙，而且那無情谷主討厭的笑聲，也忽地消失了。

事情顯得有些蹊蹺，但此時整個房間裡仍充滿煙霧，高戰不敢開口，以免吸進煙毒，身形微晃，卻掠到窗孔下壁角邊。

他將耳朵貼在牆上，細細分辨，屋外竟然並沒有一點人聲，同時，似有陣陣奔跑聲響，漸漸遠離了石屋，好像在往谷中趕去……

高戰大喜，貼地一躍而起，兩手搭著窗沿，探起頭，向窗外張望——

屋外空地上空無人影，遠遠地，卻見許多蓬頭怪人，擎著長矛兵器，向谷口狂奔。

高戰欣喜地靠在窗孔上深深換了一口氣，然後向金英叫道：「英妹，快來，看這情形，這兒一定又碰上厲害的對頭了，咱們有救了！」

但他喚了兩聲，卻不聞金英回答，扭頭看時，金英正搖搖晃晃，好像喝醉了酒，隨時都會跌倒昏去。

高戰忙掠身落地，扶住金英，將她舉到窗口換氣，才半刻，陡地又聽見外面腳步紛紜，呼叫連天……

他連忙又將金英放下來，自己尋著衣褲三把兩把穿上，二次爬到窗口張望，卻見那渾身一絲不掛的「無情谷主」正伴著一個身著儒衫的中年人，並肩向石屋行來，四周盡是蓬頭怪人簇擁。

高戰看見，心裡頓時感到絕望，喃喃道：「糟糕，原來竟是她的幫手，這一來，恐怕更難脫身了。」

那中年書生背著長劍，步履輕逸穩健，顯見是個身負武學的江湖高手。

他和無情谷主並肩走到空地上，抱拳向那身上精光的妖婦一禮，笑道：「請谷主穿了衣服，咱們好講話。」

無情谷主格格笑道：「我這谷中向來不拘禮的，白山主又不是不知道。」

中年書生笑道：「話雖如此，但白某此來，目的在邀約歐陽谷主並肩共禦強敵，谷主這種

裝扮，在谷中雖然無妨，若要外出谷外，卻是大大不雅。」

原來這「無情谷主」本姓歐陽，名叫玉琴，幼年喪父，隨母親隱居深谷。歐陽玉琴的母親乃是個淫蕩女子，不耐深山獨居生活，仗著身有武功，便在附近招誘「柯羅」族土人，殺盡土人婦女，由自己充作谷主，族中壯男，盡供驅策，並且訂了一條嚴厲的規章，谷中除了谷主一個女人，生下的孩子，只准留一個女孩備作繼承谷主之位，但她淫蕩一生，再未生育，歐陽玉琴接掌谷主大位以後，比她母親更蕩十倍，是以至今還未生下一男半女來。

但歐陽玉琴卻不怪自己雜交亂配，影響了生育，反怪「柯羅」族土人無用，近不久又在谷中發現一種野草，吃後功能輕身駐顏，她一面將手下土人訓練得飛騰矯捷，一面卻四出網羅一些江湖武林中人，返谷供其淫慾，並選出四名俊美侍從，便是何俊等四人。

無情谷的東面五十里，另有一處絕峰，名叫「絕義山」，這「無情」，「絕義」一谷一山，情形恰巧相反，「絕義山」山主白雲天本是好色成性的黑道人物，多年前被強敵追迫，無法在江湖中立足，便攜帶數十名婦人，匿居深山，自稱「萬妙山君」，他那山上，除了他自己一個男人，其他盡是婦女，剛巧和「無情谷」成了不同的對比。

「絕義山」山主白雲天早對歐陽玉琴有了併吞強霸的心念，但歐陽玉琴也同樣有將「絕義山」併在部下的企圖，白雲天要想溫存一會，自是欣然同意，但如想有政治上的野心，卻是絕不肯同意，弄得白雲天也無可奈何。

這時，「絕義山」山主白雲天親到無情谷，正當歐陽玉琴想盡方法要捉住高戰之際，無情谷主一聽又有強敵出現，暗地微微一驚，忙問道：「是什麼了不起的人物，竟連白雲山主也稱他一聲強敵，想要跟咱們無情谷聯手呢？」

白雲天苦笑一聲，道：「唉！說來話長，谷主不是外人，否則，我真不好意思對妳詳述了，這一回，白某算栽了大大的筋斗。」

歐陽玉琴笑道：「這倒新鮮事兒，小妹洗耳恭聽，只是有一點要請山主見諒，這時候小妹屋裡也困住一個對頭，無法讓山主到室內坐坐。」

白雲天詫道：「真的麼？這人是誰？會不會便是白某所說的對頭呢？」

歐陽玉琴道：「這人姓高名戰，帶著一個絕色妞兒，小妹原意能將他擒住，咱們二家各得一人，分享其樂，不想姓高的不識抬舉，竟然到口的肥肉也不肯吃一口……」

白雲天一聽有「絕色女子」，心裡早笑了起來，道：「有這等事？白某不才，極願替谷主相助一臂之力，將那一對小輩早些擒捉。」

歐陽玉琴笑道：「瞧你急色模樣，聽到女人，連強敵也忘得一乾二淨了，你且先把你的事說一說，等一會咱們再動手捉這一對，你放心，小妹現在已用毒煙將他們困在房中，等一會只須籠中捉雞，手到擒來，不勞白山主費心了。」

白雲天笑道：「這樣最好不過，白某倒要看看這一對小輩，都是個怎麼模樣，能得谷主如

此青睞。」

歐陽玉琴道：「你不用吃醋，我可以先告訴你，那妞兒年紀又輕，人兒又俊，才是個千嬌百媚的貨色哩，你如想到手，須得先想想拿什麼來謝謝我？」

白雲天心癢難抓，笑著便向石屋走來，道：「這還用說嗎？谷主要什麼，只要白某人有的，敢不如命送來！」

歐陽玉琴忽然一把將他拉住，道：「且慢一些，你不是說有要緊事來約我同禦強敵嗎？何不把這件事先說一說呢？」

白雲天：「啊！被你提到妞兒，險些把這件重要的事忘了，白某今天親來，正是要知會谷主，咱們這無情谷和絕義山只怕存身不久，必須及早搬家。」

歐陽玉琴臉色一沉，道：「這是爲什麼？」

白雲天道：「妳終日不出谷外，還不知道咱們安居之處，近日已來了強敵。」

歐陽玉琴不耐地道：「是怎麼一回事，你快些說出來吧！」

「谷主你是知道的，正北筆尖峰上，向來無人居住，但半月之前，白某偶經峰下，卻無意間發現峰頂有人在月光下習練一種極上乘的內家吐納之術，是我一時好奇，便掩上峰頭，想看看究竟是什麼大膽的人，不料才上峰頂，卻栽了個大大的筋斗……」

歐陽玉琴笑道：「想必那人一定是個絕色女子，被你這色鬼撞見，癩蛤蟆想吃天鵝肉，因

此吃了虧？」
白雲天雙手亂搔，道：「錯了！錯了！那人非但不是女人，卻是個頭上光光的老年賊禿！」
歐陽玉琴笑容一斂，道：「竟是個和尚？」
白雲天道：「正是，那和尚年紀甚大，一身僧衣既穢又破，獨自坐在峰頂，面對一株奇大的巨松，僅用口吐真氣，正對樹身練習著驚人的內功吐納法，口裡不住吹氣吸氣，一人合抱不過來的巨樹，竟被吹吸得前仰後合，堪堪就要折斷，妳說驚人不驚人？」
歐陽玉琴不由自主點點頭道：「說來果然駭人聽聞。」
白雲天又道：「我也是在峰下被他那呼吸之聲所引，循聲望上去，見巨樹無風自動，夾著虎虎之聲，這才好奇地上了山頂，一見是個老和尚，當下正要開口問問他是什麼來歷？不想他竟然耳目極靈，忽然轉回頭來，對準我猛吹了一口大氣！」
歐陽玉琴驚問道：「你怎麼樣了呢？」
白雲天黯然說道：「我那時雖然暗中已有戒備，但卻不想那和尚不用出手，單靠呼吸之力，便能百步外傷人，當下匆忙中推出一掌，想將他那一吹之勢擋得一擋，唉！妳猜怎麼了？」
歐陽玉琴忙問：「怎麼樣了呢？」

白雲天長嘆一聲，道：「說來慚愧，我掌上功夫自信不弱，孰料竟擋他一吹之力不住，被他震得拿樁不穩，一連退了七八步，終於跌坐在地上，這倒不用說了，可恨的是那賊禿見我不敵，竟笑著說了幾句話，那才叫人氣炸了肚皮呢！」

歐陽玉琴顯然被他激動，急問：「他說些什麼？」

白雲天道：「他笑著對我說：『老衲早知你和那無情谷裡的女人，乃是當今世上的一對人妖，但和尚體上天好生之德，不立刻要你們性命，你回去可即知會那妖婦，限期二旬，解散無情絕義一谷一山，縱放受害的門人，從此改過向善罷了，否則……』」

歐陽玉琴怒目道：「他說否則怎麼樣？」

白雲天做了個無可奈何的表情，道：「這還用問嗎？他說只要我們敢違命不從，限期一過，便要將你和我一齊縛在筆尖峰上，讓天雷劈打，受七天七夜煎熬之苦，然後處死。」

歐陽玉琴柳眉倒豎，冷哼兩聲，道：「好大的口氣，我倒不信他有這種通天本事，這件事，你怎不早跟我商量？」

白雲天道：「不瞞妳說，我早有心來尋妳共商一個對策，只是那夜被那賊禿一口氣竟將內腑震傷，直到今日方好，一刻未停，便匆匆到妳這兒來，依我看，那老賊禿功力非妳我能敵，咱們必須事先想個妙策，方能出得心頭這口怨氣。」

歐陽玉琴沉思半晌，沒有說話。

但石屋中，卻使高戰聽得心中大喜，他伏在窗口聽得「絕義山」山主白雲天述說筆尖峰上老僧練功情形，便猜他必是自己奉命尋找的當年少林三老之首「靈雲大師」了。

他正愁蒼茫亂山之中，無法探尋靈雲大師修隱之所，卻不想在無情谷中，輕而易舉的就得到他的下落。

不過，當他環顧這間牢不可破的石室，不禁又皺起了眉頭，他如今正像籠中之鳥，隨時都有被擒捉的可能，假如無法脫身離開「無情谷」，就算知道了靈雲大師的下落又有什麼用處呢？

歐陽玉琴沉吟半晌，忽然說道：「我倒想到一條可行的妙計。」

白雲天忙問：「是何妙計，妳快說出來，大家商量。」

歐陽玉琴冷冷一笑道：「他不是要你自動解散絕義山中婦女嗎？今天夜晚，你便假做存心悔改，親自帶了你那山中數十名婦女，同往筆尖山，就說是要聽候發落，我卻扮作你們絕義山的人，隱在婦女群中，趁那賊禿不注意時，你用你的五毒金針，我用我的迷魂毒煙，打他一個措手不及，那賊禿武功再高，怎料得咱們會暗下毒手？」

白雲天鼓掌笑道：「好計，好計，真虧你想得出來……」

歐陽玉琴又道：「這還不算，我另命本谷手下，事先在筆尖峰下，四處堆置柴火油類，假如你我下手不逞，立刻抽身，放起火來，燒也得把那賊禿燒死在山頭上。」

高戰聽了暗罵道：「好奸詐的妖婦，除非高戰不能脫身，否則妳休想奸計得逞！」

忽聽白雲天道：「歐陽谷主，妳這計雖是絕妙，但有二點空隙，不知妳想到了沒有？」

歐陽玉琴問：「什麼空隙，你出來說說看！」

白雲天道：「第一，咱們這樣勞師動眾，傾全力以赴，我們絕義山是為了掩護，自然無甚空隙，但你們無情谷數十人要往峰下去佈置柴草油類引火之物，怎不被那賊禿發覺？」

歐陽玉琴笑道：「虧你自號萬妙山君，原來蠢得連豬也不如，筆尖峰總共才多大，只要準備硝磺、火藥、油類輕便引火東西，等咱們已經上了山，再將峰頭圍住，怎會被他發覺。」

白雲天笑道：「就算這一點能夠辦到，但火一起，妳我固然脫身下山，我那絕義山中數十美人，豈不都要葬送在火堆裡，替老賊禿殉了葬嗎？」

歐陽玉琴也笑起來，道：「那也不要緊，你就在咱們無情谷安身，你姑奶奶總少不了你一口飯吃就是。」

白雲天冷笑道：「妳這計策不但毀了那賊禿，連我絕義山也一併毀了，恕白某人難以同意。」

歐陽玉琴笑道：「你這人真死心眼，你姑奶奶能毀了你，也能成全你，眼前正有個嬌滴滴的妞兒，勝你那些俗脂庸粉不知多少倍，你如能聽我的話，放棄了絕義山，我就把這一個送給你如何？」

白雲天道：「果然，咱們一直談話，竟忘了看看貨色，你快帶我去望一望。」

歐陽玉琴盈盈點了點頭，當先領路，逕向石屋而來。

高戰看見，忽然心生一計，急忙將金英橫放門邊，自己假做昏迷，也倒臥在床前地上，閉目靜待。

一會兒，歐陽玉琴領著白雲天都到了窗孔佇足，二人從窗孔中張望進去，見屋中毒煙雖然已消失得差不多了，但高戰和金英都已昏迷過去，均各大喜。

白雲天細細看了金英一陣，不住地嘖唾沫，道：「果然，好個標緻的妞兒。」

歐陽玉琴心裡似有些不是滋味，冷笑道：「妞兒雖然標緻，但是咱們無情谷手中的人，你要是不願歸附順從，只恐還不能到手呢？」

白雲天哈哈笑道：「妳是說只要我能放棄絕義山，妳便將這妞兒相贈嗎？」

歐陽玉琴道：「正是，換句話說，你如不肯放棄自立門派，這妞兒便休想到手。」

白雲天想了想：「好，衝著谷主這份盛禮，白某人同意放棄絕義山，歸併無情谷，反正妳和我一個無情，一個絕義，也相差不多。」

歐陽玉琴大喜，道：「君子一言，快馬一鞭，你可不能騙人到手，事後又反悔。」

白雲天拍著胸脯道：「放一百二十個心，白某人旁的沒有，這信之一字，倒是終身不渝的。」

歐陽玉琴向身後手下吩咐道：「你們進去，把那兩人捉了。」

白雲天忙道：「且慢，這件事怎能假手他人，白某與谷主同往一遭，妳要男的，我要女的。」

歐陽玉琴格格笑著，果然帶著白雲天，繞離窗口，直向臥房門來。

高戰睜眼見窗外已無人影，忙一個「鯉魚打挺」從地上躍立起來，隨手扯下一條被面，匆匆將金英反縛在自己背上，提了一根木棍，權充兵器，小心地側身藏在石門後面。

過了片刻，石門外「咔」地傳來輕響！

緊跟著，石門緩緩推開，首先探進頭來的，是「絕義山」山主白雲天！

他探頭向地上一望，不見了金英，正微詫道：「咦！人呢……」

這話未完，門後「呼」地一聲閃出高戰，一言未發，當胸一掌，疾劈了過來。

白雲天急切間駭然一驚，本能地揮掌急迎，「蓬」地一聲巨響，直被震得倒退出屋外。

歐陽玉琴在他身後，也被震得立腳不住，大吃一驚，忙叫道：「快關上石門！」

但高戰那容她如願，身形一個快轉，早已搶出屋外，木棍飛起，摟頭向歐陽玉琴猛劈了下去。

他這一出石屋，宛如猛虎出柙，勇不可當，歐陽玉琴和白雲天雖都有一身武功，無奈措手不及之下，越發不是高戰的對手，兩人連滾帶爬，退出石屋。

高戰也不追趕，急急到甬道後先將巨鶴的鐵鏈解開，又尋到自己的鐵戟，緊緊將金英縛在巨鶴背上，低聲吩咐道：「大鶴，快隨我衝出去，你帶著金姑娘先飛出谷外等我，記住只能在天上盤旋，不得我嘯音通知，千萬別大意落地。」

吩咐妥當，揚著鐵戟，當先衝出石屋大門。

高戰一出石屋，近面密密層層已站了許多蓬頭怪人，歐陽玉琴左手執盾，右手執剪，領先堵住大門，白雲天手提長劍，瞪目站在歐陽玉琴身邊。

歐陽玉琴大聲喝道：「高戰，你不要以為躲過毒煙便能逃得活命，無情谷早布下天羅地網，諒你插翅也難飛得出谷去！」

高戰笑道：「我雖不會飛，但有會飛的在後面，妳瞧著吧！」

說著，鐵戟一揮，搶身出屋，分心一戟，向歐陽玉琴刺到。

歐陽玉琴自知不敵，金盾猛地一格，閃身疾退。

但她身形才動，白雲天長劍疾閃，從側面一劍挑來，高戰也想試試他功力如何？戟尖一個快旋，「叮」然一聲響，硬接一招。

兩人一合即分，高戰腳下未動，白雲天也僅只退後了一步。

高戰心忖道：「這傢伙內力倒不弱，須要防他一些。」

心念才動，振腕一抖，鐵戟彈起斗大一朵戟花，逕奔白雲天罩了過去。

白雲天也暗驚高戰渾厚的功力，不敢怠慢，揮劍相迎，眨眼間互換了六七招，高戰著著搶攻，將白雲天迫退到四五尺外，突然厲聲大喝，左掌一圈疾吐，猛向他當胸推出。

白雲天冷笑一聲，並不硬接，縱身側避，驀然間金光一晃，歐陽玉琴已揮剪迎了上來。

原來他二人早有計謀，你進我退，輪流出手，想將高戰纏住，再用毒煙下手，是以歐陽玉琴戰不數招，閃身又退，白雲天又挺劍而上。

高戰見他們車輪般糾纏，心裡暗暗警惕，左手拔出戟桿，「嚓」地一聲合在戟身上，迎風一圈，那鐵戟頓時長了一倍有餘。

高戰展開祖傳「無敵戟法」，夾著幾招「天竺杖法」絕招，但見那長戟化作一團烏溜溜的光芒，步步進迫，絲毫容不得人進招還手。

不到半刻，白雲天和歐陽玉琴連退，已退到空地之上。

高戰回頭大喝道：「大鶴，還不快走！」

喝聲中，一聲鶴唳，大鶴背著金英，從屋中疾射而出，長翅展動，掠過眾人頭頂，昂首向天衝去。

蓬頭怪人們齊聲大叫：「那鶴兒逃了。」

白雲天瞥見大鶴帶走了金英，心中大怒，左手忙向懷裡抓了一把「五毒金針」，一抖健腕，向巨鶴射去。

那巨鶴兩翼猛搧，將其中大半金針拍落，但白雲天的「五毒金針」細若牛毛，有十餘支竟穿過了巨鶴的鐵翼，向鶴腹下電般射到。

巨鶴背上羽翮堅硬如鐵，但腹下卻無法硬擋這些細而尖銳的毒針，虧得牠乃是通靈之物，雙爪一陣狂掃，總算又掃落了十來支，終於仍被三支毒針射中下腹。

白雲天恨得牙癢癢的，提劍捨了高戰，急向谷口追了過去。

歐陽玉琴喝道：「你到哪裡去？」

白雲天道：「谷主請暫時截住這姓高的，白某去追那妞兒回來。」

歐陽玉琴怒道：「你快先幫我擒住這小子，那妞兒不會武，諒她也逃不多遠。」

但白雲天全心只在金英身上，如何肯捨命跟高戰作那無益的拚鬥，對歐陽玉琴的喝聲只作沒聽見，竟自飛一般追向谷外而去。

高戰見機不可失，同時也擔心巨鶴受了毒針之傷，怕牠飛不多遠，被白雲天追上擄走了金英，於是奮力鼓動長戟，盪開歐陽玉琴的金盾和金剪，大步也追出谷口。

歐陽玉琴恨得一跺腳，向手下怪人們揮手道：「追！一個也不許放走，連白雲天也在內。」

怪人們鬨應一聲，紛紛追奔出谷，這群怪人武功雖然不通，腳程卻快捷無匹，那消片刻，已漸漸追近高戰。

高戰回顧一見，不由著了急，深深吸了一口氣，一連三個起落，掠出谷口，抬頭向天上張望，卻不見了巨鶴的蹤影，只有白雲天倒提長劍，匆匆向一片林中奔去。

高戰情知不妙，也狂奔追入林中，那知一入密林，竟連那白雲天的去向也看不見了。

他心急如焚，長戟排開草叢，急急向密林深處尋找，這時候，歐陽玉琴也率領怪人們追到林外。

她見高戰等都進了密林，越發怒不可遏，沉聲向手下怪人們喝道：「放火，燒這林子！」

怪人們應聲取出許多硝磺，紛紛灑在林邊，果然放起一把火，片刻間，大火已蔓延了整個樹林。

歐陽玉琴看著那熊熊大火，方才滿意地陰陰一笑，道：「我看你們現在都逃到哪裡去？」又指揮手下，繞林四處都放起火來。

高戰急急在林中左衝右突，尋了一會，未見巨鶴與金英的影子，這時烈火已狂燒起來，他一急之下，縱身上了樹梢，極力展開輕身之術，踏樹而行，一面大聲高叫道：「大鶴，大鶴……英妹……」

忽地，遠處大火邊緣一株大樹上，似有白影一閃。

高戰急忙縱身過去，果然望見大鶴正駝著金英棲息在一根橫枝兒上，巨鶴神情萎頓，雖然連連張嘴，竟叫不出一點聲音來，雙爪抱著樹幹，好像搖搖欲墜的樣子。

看這情形，牠一定是受了重傷，正拚著最後一點餘力，護著金英，不敢落地。

高戰飛身上了大樹，匆匆將金英解下來縛在自己背上，同時兩手貫力抱住巨鶴，猛提一口真氣，躍下了大樹。

烈火騰騰，已經快要燒到樹邊，高戰略一巡視，見北方沒有火，當下邁步就向北奔去。

誰知才奔走不到十餘丈，驀地一條人影從樹叢中一閃而出，橫身攔在前面，沉聲喝道：「姓高的，想往哪裡走？」

高戰一驚停步，見那人橫劍而立，正是「絕義山」山主白雲天。

他知這淫賊必不肯放過自己，忙將巨鶴放在地上，擎出短戟，喝道：「大火轉眼便要合圍，你擋住高某糾纏，等一會連自己也不能脫身了。」

白雲天兩隻色眼不離金英，冷冷笑道：「你如畏死，快將這妞兒交與本山主，否則休想出這樹林子，大不了一起燒死，誰也別想脫身。」

高戰忽然心中一動，忖道：「眼下巨鶴受他毒針打傷，正沒解藥，說不得只好手段辣一些，將他身上的解藥搶過來再走。」

當下一橫心，不再多說，鐵戟猛的一提，暴點向白雲天的咽喉。

白雲天橫劍一格，斜退兩步，怒道：「好個不知死活的小輩；當真是活得嫌膩了。」揮劍也撲了上來。

高戰這時殺機已動，手上自然毫不容情，一出手便是淩厲無匹的「虬枝劍法」，一連三招快攻白雲天登時被迫退了三四步，高戰突然一聲大喝，「先天氣功」早已凝注左臂，腳下微微一滑，上身斜傾，一式「丟蟒脫髦」，掌沿按向白雲天右胸「天池」穴上。

相距尚有尺許，一股灼人熱力，已壓迫到白雲天胸腑。

白雲天心頭大駭，身軀順勢向右一旋，手中劍驀地橫掃了過來，他也不愧隱修多年，這一招攻敵自救，均都使得恰到好處，若是換了別人，勢非撤招收掌不可。

但高戰這時早存了速戰速決之心，冷冷一笑，左掌竟原勢不變，輒身忽然一豎，「插柳成蔭」，「砰」地一聲，震開了劍尖。

「先天氣功」無堅不摧，何況高戰又在盛怒情急之下出手，掌過處，只聽白雲天一聲悶哼，登登連退五步，「噗」地跌坐在地上。

高戰原是忠厚之人，見他吃了一掌，跌坐倒地，臉上泛出紫金之色，一縷鮮紅的血液，從嘴角上緩緩滲流下來，足見傷得極重，心裡又有些不忍起來，收掌說道：「我不是有心要你性命，只要你肯把解毒的藥拿出來，醫好靈鶴的毒傷，我答應帶你一齊逃出這被火圍困的林子好嗎？」

白雲天勉強的想支撐著站起身來，但才站了一半，心中一陣劇痛，反而「哇」地噴出一大口鮮血。

他自知這時候高戰如要殺他，不過舉手之勞而已，何況他就算不願親手殺死他，只要將他棄在林中，自己也難逃被活活燒死的厄運。

烈火已經慢慢蔓延過來，一陣陣濃煙，漸漸在四周凝成一片煙牆，焦木之味，衝鼻欲昏。

白雲天心念轉動，終於從懷裡取出一個小瓶，喘息著說道：「我把解藥給了你，要是你不肯帶我走，那時又當如何？」

高戰道：「你這個人怎麼這樣疑心病重，丈夫一言，駟馬難追，何況我若不肯帶你走，大可逕自奪了解藥去，讓你生死聽命，不必跟你多費口舌。」

白雲天道：「但你也別小看了白某，你如出手強奪，難道我不能毀了藥瓶，讓你這大鶴跟白某同歸於盡嗎？」

高戰道：「好吧！我不願跟你多扯，現在大火就要燒過來了，快把解藥拿來，醫好了大鶴，牠才能馱咱們離開險地。」

白雲天將藥瓶遞給高戰，但兀自含恨說道：「咱們就算合作這一次，但錯過今天，白某仍不甘心你帶走了這妞兒。」

高戰無心跟他辯論，拔開瓶塞，倒出一些粉末，替巨鶴起出毒針，敷上了藥。

過了片刻，巨鶴已能自己站立了，高戰仍將藥瓶還給白雲天，說道：「大鶴毒傷初好，一次恐怕無法攜帶三人飛行，你略候上一會，我先送她出了林子，再來接你……」

白雲天一聽，頓時怒道：「不行，你答應我一同離開，這時又想藉詞棄我在這兒不成？好歹咱們要同走，不走就大家全留在這裡。」說著，又從懷裡掏出一把「五毒金針」，作勢戒備，那樣子只要高戰跨鶴想走，他就要再度出手。

高戰見他不肯相信自己，一時又無法帶了他和金英一同乘鶴脫身，沉吟片刻，大火已愈來愈近，燃燒到近身四、五丈以內。

他見時間已經無法再拖延，於是毅然道：「這樣吧，爲了讓你安心，我叫巨鶴先送你出林子去，待送你去後，再來接我們……」

但這話還未說完，那靈鶴忽地長鳴一聲，好像極端不願的樣子。

高戰忙柔聲勸牠道：「大鶴，快不要這樣，他雖是咱們對頭，但方才用藥救你的毒傷，何況我已經答應了他，言出不可無信……」

他一面說著，一面將白雲天扶起，讓他伏在鶴背上，輕輕一拍巨鶴，白影電射衝天而起。

這時候，烈火已經燒到近處，高戰抱起金英，急急退後十餘丈遠，昂頭叫道：「大鶴，你快去快來！」

白雲天伏在鶴背上，耳傍但聽虎虎風聲，人隨巨鶴騰空升起，偷偷睜開一隻眼睛向下望望，見那樹林四處都已經陷在大火之中，不少焦木槁灰隨風飛揚，偌大一片茂林，竟變成了一隻火爐似的。

巨鶴展翅掠過林空，遠遠將火場丟在後面，白雲天遊目四顧，白雲清風，拂身而過，他這一輩子何曾享受過這種境界，心裡暗忖道：「想不到這鶴兒竟這等有用，假如我能將牠制服，今後用來乘騎，一日千里，大可不必再困守在這亂山之中了。」

他雖然身上傷勢未癒，但貪婪之心，卻未稍減，趁那巨鶴正挺頸飛翔之際，暗暗吸了一口氣，暫時壓抑住內腑傷勢，左手一探，便扣住了巨鶴的頸脖子，沉聲道：「鶴兒，你降了我吧，若是不降，我今天——」

那知話未說完，忽覺巨鶴身子一側一翻，在空中急劇地打了個滾！

白雲天未曾防備，登時坐不穩鶴背，被牠掀落下來，幸好他死命握著鶴頸未放，身子懸在空中，又牽動傷勢，痛呼不已。

巨鶴恨透他用毒針打傷過牠，鐵爪探出，抓住白雲天的手臂，用力一扯！

白雲天大叫一聲，五指齊鬆，從數十丈高的空中，翻翻滾滾，直落下去，他雖有一身武功，怎奈內腑受傷，無法調提真氣，眼看這一下跌落地面，勢非跌個粉身碎骨不可。

再說高戰候在林中，眼睜睜望著大火愈燒愈近，不片刻，又燒到他立身之處，而巨鶴仍然未見返來。

不得已，他只好又向後移退，兩隻眼睛不瞬不息地在空中掃視，但除了滿目熊熊的大火，

再也見不到什麼。

退了數次，忽然背後一陣灼燒！

高戰駭然反身，見身後丈許外已是大火，原來竟已退到了大火邊緣，環視左右，均無了退路。

這一驚，當真是非同小可，他急忙又將金英反負在背上，引吭發出一聲淒厲的長嘯。嘯聲在熊熊大火中顯得是那麼低弱，高戰想到在華山被火困在茅屋中的心情，那時雖然也在險地，但身邊沒有金英，卻顯得遠比此時鎮靜。

現在多了一個金英，竟使他有些驚惶失措起來，這不知道是什麼原因，難道這個女孩子的生命，會比自己的性命還要來得重要麼？

這種奇妙的感觸，若在平時，斷然不會這般敏銳，如今身在險地，便體味到感情上的變化了。

他不住地四處張望，滿心焦急，一面聲聲長嘯想召靈鶴來協助，可是，隔了許久，卻使他大失所望。

一見情勢已經危急萬分，高戰只得脫下衣衫，將金英頭臉一起蒙住，縛在背上，取出鐵戟「嚓」地合上戟桿，奮力舞動，挑飛那些向身邊倒塌下來的紅紅焦木。

「蓬」地一聲，一棵燃燒著的大樹被長戟挑倒過去，火花四射，更引燃了地上野草。

一陣風過，那熊熊大火，登時又迫近了數尺。

高戰立身之處已經被大火緊緊圍住，距離腳邊不足五尺，便是烈火的邊緣。

他眼見脫身無望，不禁長嘆一聲，道：「英妹，英妹，高大哥害了妳，連累到你也送掉一條性命……」

正當這千鈞一髮之際，忽聽一聲鶴唳，來自空中。

高戰仰頭看時，果見有一團白影，在火場上不停的盤旋著，不用猜，準是那通靈巨鶴了。

他心裡又喜又驚，因為看這情形，巨鶴準是迷失了高戰的所在，但見下面一片火海，似乎無處可以落地。」

高戰又長嘯幾聲，但終是無法使巨鶴看見自己置身處——火！已經快要燃到身上。

高戰橫了心，喃喃祝禱道：「老天，我和英妹如果命不該絕，這次我冒險縱起，希望大鶴能發現我們的位置，及時接住我們，假如我們命該死在這裡，就讓牠視而不見，那時我們墜落下來，就只有燒死這一條路了。」

說罷，深深吸口真氣，兩手握著戟尖，將桿身一點地面，低喝一聲：「起！」

他可說用了平生之力，騰身而起，少說也有五丈以上！

果然——

那巨鶴聽到嘯音在低下頭下望，忽然看見從火叢中躍起一個黑影，巨鶴當真通靈，雙翅一收，箭一般向下飛落下來。

高戰眼看力盡，將長戟交在左手，空出右手試了試背後的金英，覺得她依然無恙伏在背上，沉沉昏睡，氣息均勻。

他暗嘆道：「英妹，讓我們死在一塊兒吧，可惜的是，臨死了，妳還不知道咱們是怎樣死了的呢……」

思念中，身形已開始向下墜落。

驀地裡，一條快速絕倫的白影，從側疾掠而到。

「呱」地長鳴！

高戰一震，「咦！這不是大鶴？」

他猛地睜開眼來，果見大鶴從側斜飛過來，高戰心裡一喜，好像從大海中忽然發現綠島，慌忙一探手，恰巧抓住巨鶴的長爪！

那通靈巨鶴帶著高戰和金英，振翅直升九霄，牠終於在這危機一瞬之際，脫離了熊熊烈火。

不久之後，他們歇落在一個尖峰之上，高戰劫後餘生，身心都顯得疲憊，放下金英，便盤膝坐在地上調息。

從金英被「無情谷」怪人擄去開始，這些日來，高戰粒米未進，但因情緒一直均在緊張狀態，倒也忘了飢餓，這時千劫之後，調息完畢，頓覺飢火中燒，難以壓抑，他看看金英被毒煙迷昏仍未醒轉，便獨自循著嶺側，想尋一處清水，取些泉水，一來救醒金英，二來解解渴意。

行了數步，驀然間，似乎聽到一陣低沉的「呼呼」聲音。

那聲音有些似狂風怒捲，又有些像飛瀑激流，高戰心中一動，拔腳向那異聲傳來的方向疾奔過去。

他愈走到近處，那怪異的聲音便愈覺沉重，高戰忽然記起一件事來，一驚之下，急忙停步。

但說來也怪，他這裡剛停下步子，那怪聲也陡地消歛，兩者幾乎就在同一剎那，生像那怪聲便是高戰的腳步聲一般。

高戰立在當地，緩緩抬起兩眼，猛地裡，他覺得自己的眼光正與兩道陰冷的目光觸碰在一起。那兩道目光是從一株大樹上射下來的，冷冷的好似兩支冰棍，彷彿從高戰兩眼，一直冷到心底。

他生平不知畏怯，但一觸到那兩道目光，卻不自禁向後退了一步。

樹上響起一陣冷冷的語聲：「小娃兒，走過來！」

高戰不由自主地向前走了兩步，對面樹上一陣悉率聲響，枝葉分處，露出一張枯槁無比的

面孔來。

這面孔宛若一具乾枯的屍首，層層皺紋中，閃露著兩道攝人的冰冷目光，眉髮萎頓焦枯，直如敗草，假如不動的話，真叫人看不出是人的臉部，還當只是樹上的枯葉。

高戰曾在山海關外見到黃木、翠木二人，後來又曾見到過翠木老人變成了黃木老人，黃木老人變成了枯木老人，那兩張枯槁的面孔已經夠使人吃驚了，但如與這張枯萎的面孔比較起來，又似年輕了許多。

他心裡已有八成猜到了他是誰，然而，卻有一種難以名狀的畏怯之意，使他不期然的卻步不敢再向前進。

那怪異的面孔牽動了一下，不知是笑是怒?接著，又冷冷的說道：「你再走過來一些。」

高戰舉了舉腳，便覺不敢再移動步子，於是說道：「晚輩途經此間，無意間衝撞了前輩，自覺……」

那冷冷的聲音突然打斷了他的話，搶著道：「我叫你再走近一步。」

高戰無奈，只好怯生生地向前踏了半步——

那知他腳才落地，那怪異的面孔驀然鼓氣「呼」地一口，直向他迎頭吹了一口氣。

高戰暗叫不好，本能的一抬左臂，奮力推出一掌，腳下倒踩迷蹤，一連向後倒退了四五步。

他的「先天氣功」已能收發由心，但掌力才和那口氣一觸之下，頓時反震之力直迫胸口，雖然退得快，胸口也是一陣氣悶，險些喘不過氣來。

這一來，高戰越發證實了自己的想像，慌忙抱拳當胸，高聲說道：「晚輩情非得已，決不敢存心和前輩抗衡。」

對面樹上傳來一陣哈哈大笑，枝葉一陣抖動，現出一個身著破襤的老年和尚。

老和尚身不見動，已從樹上飄身落下地來，嘿嘿笑道：「來得正好，來得正好，你可說是我野和尚多年見到的第二位高人，不用怕，咱們正好談談哩。」

高戰急道：「晚輩自知才疏識淺，萬不敢當高人二字……」

老和尚笑道：「不必客氣，野和尚許多年來，少見外人，前些時遇見一個姓張的，能用『蜻蜓踏波』內家身法，硬接了野和尚一口混元真氣，但他看起來年輕，實際已有百歲高齡，這也罷了，不想今天你也是個身懷絕學的小伙子，你實對我說，今年幾歲了？」

高戰知他所說的姓張的，必是指的「無極島主」無恨生，忙拱手答道：「晚輩今年已經二十歲了。」

那老和尚登時面現驚容，訝道：「果真麼？你叫什麼名字？」

「晚輩高戰。」

老和尚沉吟著道：「高戰？這名字倒未聽說過，你是哪一門派的人？」

高戰答道：「晚輩先師乃關外天池派，姓風，上柏下楊。」

老和尚又沉吟起來：「唔！風柏楊？這名字怎的也未聽說過，我再問你，方才你所用先天氣功，分明是昔年全真教的功夫，難道你也是從天池派學來的？」

高戰點點頭，道：「正是傳自師門。」

老和尚道：「這就怪了，這就怪了，野和尚倒有些不信，我還要問你，以你的武功，現今可算得天下無敵了嗎？」

高戰見他問得古怪，一時不好答覆。

那老和尚忽然臉色一沉，厲聲道：「我問你的，難道你沒有聽見？」

高戰只得含笑答道：「晚輩這點藝業，武林中不足滄海一粟，怎敢冀望那天下無敵四個字呢？」

老和尚一聽這話，怒容更盛，叱道：「你騙我！你當我是瞎子不是？」

高戰道：「晚輩全是實言，萬不敢欺瞞老前輩。」

老和尚又喝道：「好吧，你一定要這樣說，那麼你把當今天下勝得過你的人，一個一個向野和尚說來聽聽。」

高戰素性誠實，果然答道：「當今世上，青年一輩的英雄，如像梅香神劍辛捷叔叔，吳凌風吳叔叔，這兩位便遠比晚輩技藝高強，武功品性，勝晚輩百倍不止。」

老和尚霎霎眼，道：「奇怪，我怎的都未聽說過？唔！是了，或者他們出道的時候，我早已……」

說到這裡，忽然一頓，接著又道：「你且再把老一輩的說出來聽聽。」

高戰心裡想道：「你數十年遁跡深山，與塵世隔絕，我便再多背誦幾位，大約你也不會知道。」

但他微微笑了笑，仍恭敬地答道：「再老一輩，譬如海外三仙，恆河三佛，普陀無為上人，關外天煞星君宇文彤，勾漏二怪枯木、黃木，東嶽書生雲冰若老爺子，毒君金一鵬……這些高人個個都有一身出類拔萃的絕世武功，晚輩這點微薄藝業，怎敢與其相比？」

老和尚閉目沉吟，半晌才道：「真是太奇怪了，這些人，我怎的一個也不認識呢？難道我認識的人，他們……他們都死光了……」

他那枯乾的臉上充滿了迷惘之情，凝神向高戰看了半天，忽然神情激動的說道：「我想問你一個人，不知你有沒有聽人說起過？」

高戰道：「老前輩請問，只要晚輩知道，一定詳細奉告。」

老和尚道：「這人多年不至中原，你也許不會知道的，唉！若論起武功，他方算得是天下第一高人，我曾在許多年以前，親見過他一次……」

高戰乃是爽直之人，聽了這話，忍不住衝口叫道：「老前輩，你是說那邪王仇……」

老和尚神色驀地一震，眼中精光暴射，一晃身欺了上來，沉聲道：「你認識他？你認識他？」

高戰知道失言，連忙疾退數步，但他又不慣說謊，一時間怔在那兒無法回答。

老和尚顯然激動萬分，又厲聲喝道：「快說，你認得仇虎嗎？」

高戰只得吶吶答道：「那仇虎曾在最近蒞臨中原，晚輩在大戢島上親眼看見過他一次。」

老和尚叱問道：「他到中原來幹什麼？大戢島是什麼所在？」

高戰道：「他到中原來，據說是尋找一個衣缽傳人，晚輩不久以前在大戢島曾見他和海外三仙較功比武，所以……」

老和尚又喝道：「海外三仙是誰？他們比武，誰勝誰敗？」

高戰道：「海外三仙便是大戢島主平凡上人，無極島主無恨生，和小戢島主慧大師。」

老和尚渾身一震，驚道：「啊，平凡上人？是他麼？他勝了仇虎沒有呢？」

高戰誠懇地答道：「比試結果，大戢島主和無極島主都自認技差一籌，不能勝得仇虎！」

那老和尚長嘆一聲，神情顯然喪萬分，垂著頭，口裡喃喃說道：「唉！多年遺恨，又添新仇，想他苦練多年，仍舊敗在仇虎手中……」

高戰從他言語神情中，已看出這位遁世高僧雖然多年不履紅塵，但爭強之心卻未稍減，想了想，便笑道：「老前輩以爲這事可恨，但平凡上人和無極島主卻都灑然置之，並未把勝負之

事放在心上呢！」

老和尚怒目道：「他怎會不放在心上？咱們隱姓埋名，遁世藏蹤，幾十年爲的是什麼？」

高戰朗聲說道：「武術百派，源於一家，咱們練武的人，爲的是強身健國，鋤惡揚善，最終目的，不過仍是替國家做一番偉大的事業，豈能斤斤計較於賭技鬥狠，爭強稱勝呢？彼此觀摩學習那是有益的事，假如太把勝敗得失之念放在心上，就變成量窄氣小的小人了，所以平凡上人敗而不餒，並不耿耿於懷，這種雍容大度的氣魄，晚輩正衷心佩服哩！」

他只顧愈說愈興奮，卻未注意面前這老和尚的臉色漸漸難看，待他一口氣把心裡的話講畢，那老和尚才冷冷地問道：「你講完了沒有？」

高戰尚未發覺異狀，兀自朗然笑道：「晚輩言盡於止，還望老前輩多多指教。」

老和尚鼻孔裡哼了一聲，道：「你懂得這麼多，連前輩也要教訓，我還配教訓你嗎？」

高戰這才暗吃一驚，忙道：「啊！晚輩一時狂妄，不慎失言……」

「閉口！」那老和尚厲叱一聲，冷冷說道：「你年紀輕輕，口氣倒般不小，我倒有心試試你憑什麼這等大言不慚，當面頂撞前輩。」

說著話，身形陡地一矮，大袖輕輕一抖，從袖中露出兩隻只剩下皮包骨頭的手掌，擰腕一圈，喝道：「你接我三招，看看你到底有多少本事，竟敢教訓前輩來。」

高戰急得向後連退，搖手道：「老前輩請別誤會，晚輩縱有天膽，也不敢跟前輩動手。」

和尚冷冷笑道：「爲何如此前倨後恭呢？」

話落時，左掌一收，右掌翻處，竟是一掌當胸推出。

高戰萬想不到這位少林前輩高僧心地會這麼窄小，自己錯出一句，便不能釋然，但他既然是受平凡上人之託，千里尋他蹤跡，怎敢跟他動手起來。

可是，那老和尚卻手上不留餘地，掌心才現，陡地一錯腕，登時一股無形強猛的勁力向高戰迎面迫過來。

高戰不肯接招，僅將師門「先天氣功」運布在身前，腳下疾換，向後飄身便退。

但他卻不料這老和尚功力竟大異常人，才退下尺許，老和尚左掌忽然閃電般向懷裡一收，高戰頓覺有一種極大的牽引之力，使他後退的身子驀然停止，生像是有根繩子，將他縛在和尚手上。

高戰駭然大驚，就在這刹那之間，老和尚的左掌，已按到肩頭。

這種奇妙難測的手法，使他簡直沒有想到該如何始能化解，只有揮招硬接，別無他途，但這一方法，又是他不願做的。

他把心一橫，索性閉上眼睛，拚著肩頭上挨他一掌不再閃避。

那老和尚的手掌堪堪已經拍到肩上，見他閉目不動，反倒一怔，霍然收回手掌，沉聲喝問道：「你怎麼不肯接招？」

高戰道：「晚輩說過，天大的膽也不敢跟老前輩動手。」

和尙道：「你是看不起我野和尙，不屑於跟我動手是不是？」

高戰道：「晚輩萬萬不敢。」

那和尙仰天笑道：「既然是這樣，我定要你接下三招，你如不肯接招，我就硬打你三掌。」

笑聲中，果然手起掌落，「蓬」然一聲，拍在高戰肩頭上。

高戰不意他會突然下手，倉促間連氣也沒來得及運，這一掌，竟打了個結結實實，痛得他齜牙咧嘴，哼出聲來。

但他仍不願在和尙面前，露出怯懦之態，強自運氣護住內腑，依舊含笑道：「老前輩教訓得是，但晚輩寧可承受老前輩三掌，也萬不敢跟老前輩動手。」

和尙怒目一瞪，臉上又現出憤懣之色，冷笑道：「好呀，你是仗著先天氣功護身，竟敢不把野和尙的掌力放在眼中？我就叫你如願以償吧。」

說著，左腳向前跨近一步，右掌二度抬起，猛然又是一掌，拍向高戰胸口。

高戰哼了一聲，被那一掌之力打得倒退六七步，雖仗著「先天氣功」護身，但和尙這一掌竟似震破了他的護身罡氣，震得他內腑一陣劇烈翻騰，熱血上衝，險些噴出口來。

但他堅毅地一伸頸子，「咕」地一聲響，又把鮮血嚥了回去，垂首而立，卻再也說出不話

來。

老和尚兩眼凝神注視高戰，心裡卻暗自駭異不已，驚忖道：「此子年紀這般輕，竟已將師門『先天氣功』練到這等地步；我苦修多年，難道又是白費功夫了麼？」

他肩頭微晃，掠身又到了高戰之前，三次舉掌，大聲叱道：「你若是再不出手，我這一掌，足可將你小命毀掉，難道你真的不怕死嗎？」

高戰只搖頭，並未開口。

因爲他此時正覺內腑在劇烈的翻動，只怕一開口洩了真氣，傷勢將無法壓制。

老和尚忽然長嘆一聲，垂下掌來，道：「你可算是我野和尚平生僅遇的倔強之人，這一掌就暫且寄下吧。」

他換了一副和藹的神態，招手又道：「來，你且坐下，咱們要好好談一談。」

這老和尚說怒就怒，說好就好，喜怒無常，高戰如墜五里霧中，但他卻又不便違悖，只得跟著他席地坐下。

那老僧和高戰對面而坐，默然片刻，從懷裡取出一粒紅色丸藥，遞給高戰道：「你把這個吃下去吧，對你傷勢，會有些好處。」

高戰接過丸藥，見那藥丸約有核桃般大小，通體血紅，散發著一股濃郁的香氣，不禁奇問道：「前輩這藥丸，很似少林三寶之一『大檀丹』，不知晚輩可曾認錯？」

老和尚笑道：「你眼力倒很不錯，正是那東西。」

高戰心中一動，便道：「晚輩有一句話，不知該不該說？」

老和尚簡直和先前變了一個人，笑道道：「有什麼話等一會再說不遲，你硬挨了兩掌，傷勢也許不輕，先吃下這藥丸吧。」

高戰忙將「大檀丹」吞下肚去，頓覺有股熱流，從胸口發出，霎時透達四肢，略一運功調息，傷勢竟霍然而癒，高戰便要起身拜謝。

老和尚一把按住他道：「別來這一套，傷是我打出來的，由我替你治好，咱們互不相欠，值不得謝什麼。方才你不是有話要說嗎？那麼你現在就說吧！」

高戰道：「晚輩忽然想到一個人，那人竟與老前輩有甚多相似之處，想說出來，又怕老前輩不悅。」

和尚笑道：「你說你的，別管我高不高興，這些年，我獨處深山，性情有些變得不由自己管制，你不要放在心上就是。」

高戰見他和藹異常，膽子壯了不少，於是說道：「聽人說，七八十年以前，少林寺三老突然一齊離寺失蹤，從此再沒有見過他們在江湖上現身，後來漸漸有人發現現在的大戢島主平凡上人，便是當年少林三老之一的靈空大師，又後來，靈鏡大師也被人發現隱居在南海普陀山，這兩位前輩高人不但仍在人間，而且還常常替武林主持正義，鋤強扶弱，一如從前在少林時一

般，這件事，武林中人讚不絕口，尊他們爲當今的泰山北斗……」

他一面說著，一面暗暗注意對面這老和尚的表情，但一直說到這裡，那和尚卻似乎絕不關心，臉上一片漠然，就像在聽一個與自己毫不相干的故事。

高戰心裡有些不解，接著又道：「少林三老都是德高望重的老前輩，而少林寺又一向是中原武林領袖，於是很多人猜想，既然三老中的二老都已經有了下落，那麼，當年爲首的靈雲大師，一定也在世上，但卻怎的不知道他老人家的避世隱居之處呢……」

老和尚忽然接口道：「或許他早就死了，也不一定。」

高戰一愣，也笑道：「依晚輩愚見，他老人家若果已仙逝，那倒罷了，若是尚在人間，似這樣幽居遁世，晚輩卻有些爲他老人家不以爲然。」

和尚淡淡笑道：「你一定又要搬弄方才的大道理了，對嗎？」

高戰道：「晚輩總覺一個人如果學了一身武功，卻將之棄置在荒山野嶺中，置有用之身於無用之地，這的確是件可惜的事。」

和尚笑道：「你且暫別談這些，剛才你不是說這事與我有很多相關之處，難道你以爲那少林三老之一的靈雲大師，就是我野和尚麼？」

高戰倒想不到他自己一語點破了謎團，怔了一下含笑道：「不敢相瞞老前輩，晚輩正是如此猜想。」

老和尚笑道：「你從什麼地方看我跟他很多相似呢？」

高戰道：「單只老前輩適才相贈的大檀丹，正是少林至珍之物，假如老前輩不是靈雲大師，從何得來大檀丹？」

那老和尚聽了，忽然仰天哈哈大笑起來，道：「大檀丹雖是少林至寶，但也不是絕無可能流入他人手中，你憑此論定，未免有些武斷。」

高戰又道：「還有一點，也使晚輩揣測老前輩正是靈雲大師。」

和尚笑道：「是嗎？那你再說說看。」

高戰道：「昔年少林三老因為不慎失手敗於南荒高人仇虎，一時羞憤，才脫離少林，剛才晚輩提到大戢島平凡上人與仇虎較技比武時，老前輩便極露關切，頻頻垂詢勝負，這難道還不能證明晚輩的猜想麼？」

那和尚聽了，半晌無語，許久才廢然嘆道：「癡兒，癡兒，你定要苦苦逼我重入塵寰，究竟有什麼好處？」

這句話，無異已經承認他果然便是靈雲大師，高戰欣喜若狂，忙不迭站立起來，便要膜拜。

靈雲大師探手將他拉住，笑道：「我遁世多年，早忘禮數，原只說終生將不再見外人，誰知菩薩卻不肯叫我如願，前些時無恨生和我巧遇，我立即遷來此地，不想又被你撞上。」

高戰道：「晚輩實非無意與老前輩相遇，乃是奉了大戢島主平凡上人之囑，又承普陀無爲上人慨借靈鶴，係專程來尋訪老前輩的呢！」

靈雲大師無可奈何的搖搖頭，道：「他們定要尋我，爲了什麼？」

高戰便把平凡上人思念之情，以及無爲上人付托之意，一一向靈雲大師詳細說明。

靈雲大師嘆道：「他們雖然一番盛情，但奈我心如槁灰，實不願再入塵寰，你回去對他們說，佛心皆同，將來自有相見的一天，不必再苦苦尋我了。」

高戰忙道：「晚輩受人之托，好不容易見到大師，好歹須煩你老人家往南海一行，否則就叫晚輩無臉回見平凡上人了。」

靈雲大師笑道：「你倒很會纏人，我就算去一趟，又有什麼益處？」

高戰道：「少林門下，因三位大師一句箴言，七十年來故步自封，從無弟子再到江湖行走，如今天下正亂，清人虎視關外，大師就算不爲一己之情，也請替武林設想，親頒解令，讓少林武技，也能替國家多出一分力量。」

靈雲大師沉吟片刻，正容道：「當年我們離寺之時，曾設重誓，如不能勝得那仇虎，決不再返少林，我意早決，你不必再多嘮叨。」

高戰再不便說什麼，只得把一肚子話暫時悶在心裡。

二人相對良久，靈雲大師忽然喃喃自語道：「除非咱們遠去南荒，合力再與仇虎較一較勝

負，應了誓言，那時方有重返少林的可能。」

高戰心裡雖不以爲然，但他知道像「少林三老」這種成名多年的人，平生把聲譽實看得遠比性命重要，當年仇虎獨闖少林寺，一人獨敗三老，這件恨事，欲叫他慨然釋懷，那是極少可能的。

他忽地心中一動，忖道：「我何不先答應替他去約會平凡上人和無爲上人，再邀了辛叔叔他們同往南荒走一趟，設法化解了這段仇恨，同時又可讓辛叔叔父子重會一面，豈不是兩全其美嗎？」

想到這裡，連忙道：「老前輩如有意要赴南荒一行，晚輩當立即趕回普陀，代爲傳訊無爲上人，請他們即到川境沙龍坪梅香神劍辛叔叔家等待，同去南荒走一遭。」

靈雲大師臉色頓霽，笑道：「能這樣方不負咱們當年重誓，但辛某與我素不相識，冒然前往恐有不便。」

高戰忙道：「這一點大師不必掛懷，辛叔叔年紀雖輕，一向慷慨好義，又與平凡上人久識，從他那兒到南荒，路途也近了許多。」

靈雲大師點點頭道：「好吧，那麼就定五月端午，大夥俱在沙龍坪見面就是。」

高戰不意一言說動了這位遁世多年的老和尚，心裡也欣喜無比，匆匆向靈雲大師拜辭，尋了泉水，將金英救醒，一刻也未多耽擱，急急離了呂梁山。

第三天，高戰和金英已經趕回普陀，便把尋靈雲大師的經過，向無為上人詳述一遍。無為上人聽了又驚又喜，道：「師兄果然尚在人間，那麼你快把這好消息送到大戢島去吧，老衲準定在端午以前，趕往川境沙龍坪相會。」

高戰又叫金英謝了無為上人解救之恩，上人仍要他們以靈鶴代步，略未稍停，又趕到大戢島。

但他們到了大戢島，平凡上人卻不在島上，高戰只當他必在無極島盤桓，一刻未停馬上又趕往無極島。這無極島卻遠比平凡上人的大戢島風光瑰麗，高戰拜見了張菁的母親「九天玄女」繆七娘。

繆七娘道：「你們來得太不湊巧，昨日上人還在，忽得小戢島慧大師傳訊，說什麼有兩個高人，上次在小戢島和慧大師比武落敗而去，約定近日裡又要再來向海外三仙討教，上人一聽了這消息，當時便拖著你張爺爺一同到小戢島去。」

高戰思忖一會，便對金英道：「英妹，妳在這兒等我，讓我一人趕到小戢島去一趟，好麼？」

金英還未開口，繆七娘早笑著將她拉到懷裡，道：「這有什麼不好？乖孩子，妳就在島上陪我兩日，他們那爭強鬥狠的地方，女孩子家最好別去。」

金英只好笑著答應了，叮囑高戰道：「你快去快來，尋著島主和平凡上人，也請他們早些回來，能讓人家一步，就讓讓人家多好。」

高戰一面跨上鶴背，他心裡雖然也和金英想法相同，不喜爭強鬥勝，但他卻又不住暗中想著：「那兩個高人是誰？憑兩個人敢向海外三仙挑戰，必然也是不凡的人，但他們會是誰啊？」

巨鶴掠過淘淘海面，不時發出一聲清澈的鳴聲，不消半日，小戢島那些光禿禿的石筍已經在望。

高戰也是初次到小戢島來，同時在心裡，又不期想起在島上習武的林玉來。

想到林玉，他又不禁聯想到慧大師那冷漠嚴肅的口吻——

慧大師曾經警告過他，說小戢島不是男人去的地方，要他不許擅自到島上去尋林玉。

高戰在想，我這樣冒昧的趕了去，不知會不會引起她的不快，久聞慧大師是海外三仙中性格最孤僻的人，任何人不得她允許，擅入島上一步，都會使她大大的不悅，連平凡上人也是一樣，從前辛捷初到小戢島，便受過她的叱責，現在我一人趕去，又不知會惹起她多不快呢！

但此時高戰已無法顧忌這許多，輕拍鶴頸，那巨鶴鳴一聲，雙翅一收，向島上射落而下，輕逸地停止在一根石筍尖上。

高戰一躍下了鶴背，尚未站穩，就聽見海灘上揚起一陣響亮的大笑，分明正是平凡上人。

他身形一長，掠過兩根石筍，遠遠望見海邊泊著兩艘帆船，沙灘上分立著五個人，左邊一列三人，自然是「海外三仙」，當他一看右邊的兩人，卻不由驚呼出聲：「呀！竟會是他們……」

四六　絕代高人

高戰乘鶴趕到小戢島，遙遙望見沙灘分立著五個人，左邊一列三人，自然是「海外三仙」，而右邊兩位，卻赫然正是枯木和黃木兩個怪人。

他不由暗吃一驚，駭然輕呼：「呀！竟會是他們？」

這時候，黃木老人正和慧大師相對而立，彼此四掌遙抵，臉上神情凝望，顯然是在全力拚試賭賽，無恨生和平凡上人都緊張地注視著場中，而枯木老人卻似胸有成竹，昂然側立，面上一副冷漠。

從這些情形看起來，難道慧大師竟然拚不過黃木老怪，已經落在下風了麼？

高戰心中焦急，騰身飛掠過兩根石筍，正想搶奔過去，驀然——

石筍下傳來一聲輕呼：「高大哥！」

一條纖小人影從地上一閃而至，飄然落在前面一根石筍尖端。

海風飄動她的衣角，秀髮拂面，神態嬌憨可人，那不是林玉還有誰？

高戰微感一怔，停身注視林玉半晌，似覺有許許多多的話梗塞在心頭，一時竟不知該從何說起才好。

他與林玉分別並無多久，但此時一見之下，卻覺得彼此都已經成熟了很多，當初林玉初來小戢島，還是那麼稚氣和纖弱，怎麼數月之間，已變得這麼英姿颯颯，婷婷玉立了呢？自然，他沒有想到，從上次來過小戢島，這段日子裡，他自己也是歷經凶險，萬里去來，心理上無形中也老練成熟了許多。

林玉雙眸含愁，癡癡凝視了高戰一會兒，幾次嘴角牽動，欲言又止，最後卻羞愧似的垂下目光，低低喃喃說道：「高大哥，這些日子你好嗎？」

高戰焦急地望望沙灘上一眼，急急答道：「承妳關心，還不錯……」

林玉笑笑，又道：「你回沙龍坪去沒有呢？」

高戰搖頭道：「尚未得回去，玉妹難道有什麼事？」

林玉道：「也沒有什麼事，只不過我一人在這兒，心裡常常想念辛叔叔辛嬸嬸，還有汶姊，不知他們都好不好？」

高戰笑道：「辛叔叔已經趕回沙龍坪，想來不會有什麼事的，倒是如今海外三仙和勾漏二怪正在拚命，咱們快些過去，助他們一臂之力才是！」

林玉又回頭望了沙灘上一眼，點點頭道：「是的，但勾漏二怪武功真是奇怪高深，那黃

木老怪已經和師父拚了一天一夜，憑師父那麼精湛的修爲，竟像不能擊敗他，咱們去，能有用麼？」

高戰道：「不妨，咱們且過去瞧瞧！」

話落時，向林玉微一點頭，縱身拔起，又掠過了三支石筍，回頭見林玉卻沒有跟來，僅只獨立在石筍尖上，似在癡癡地默想著什麼？

高戰此時已無暇推測她心中之事，振臂又是一個飛縱，從石筍上掠落在沙灘上。

沙灘上突然爆起一聲吆喝，枯木老人的聲音叫道：「堂堂海外三仙，原來不過是以多爲勝的小人！」

高戰一驚之下舉目望去，只見慧大師額上已隱現汗珠，顯然在拚鬥之上敵不住黃木，無恨生正要上前相助，被枯木出聲喝破，氣得冷哼一聲，道：「笑話，對付你們這種跳樑小丑，何用三仙聯手，單只張某一人，就未把閣下放在眼中。」

枯木冷笑道：「我們兄弟乃是仰慕三仙盛名，特來在功力上見高下，並不想跟誰鬥那一番口舌之勝。」

無恨生道：「那敢情不錯，閣下既來了，何不出手賜教，卻作壁上觀呢？張某倒願奉陪閣下較量一番。」

這話才出，高戰立刻接口說道：「殺雞焉用牛刀，晚輩不才，願代三位老人家鬥鬥勾漏高

人。」

枯木聞聲回頭，一見是高戰，登時臉上微微變色，低聲向黃木喝道：「師弟，高戰那小子又趕來了。」

黃木這時正和慧大師相拚在緊張關頭，陡聽這句話，心裡一動，頓覺慧大師內力如泉湧一般直逼過來！

他猛地吸了一口真氣，腳下斜退半步，嘿地吐氣開聲，雙掌盡力一推，趁機撤手倒退了三步。

慧大師眼看不能支持，忽覺黃木心神微分，連忙全力推出一掌，本也是以進爲退的意思，兩人一合即分，黃木倒退三步，慧大師也連退三四步，肩頭晃了兩晃，虧得她仗恃數十年苦修，總算沒有出醜，大家不約而同舉目望去，卻見高戰已昂然立在場邊，大聲說道：「晚輩奉普陀無爲上人之命，邀約平凡上人和兩位老前輩同往沙龍坪。」

平凡上人聽了一驚，急問：「高戰，你已經找到他了？」

高戰點點頭，道：「正是——」

黃木插口道：「勝負未分，各位難道又要藉詞食言，要想抽身？」

慧大師冷哼道：「你不要以小人之心，度君子之腹，今日不分高下，你們也休想離開小戢島。」

平凡上人恨不得拉住高戰問問仔細，怎奈慧大師又是秉性好強的人，她既然話已出口，假如就此罷休，「海外三仙」的名聲豈不喪盡了麼？心念一動，便向高戰招招手，把他叫到一邊，悄聲說道：「高戰，你自信能打得過這兩個怪物不能？」

高戰被他問得糊塗，茫然答道：「大師放心，晚輩曾跟他們在關外動過手，自信雖未必勝得他們，卻也不至落敗。」

平凡上人搖頭道：「那不行，我是問你能不能在數招之內，將他們兩個一齊打敗？」

高戰爲難地道：「這個……晚輩只怕尙難辦到。」

平凡上人道：「可是咱們另有要緊事，非立刻解決了他們兩個厭物不可，如果不能打敗他們，纏下去，何時才能了結？」

高戰道：「論功力晚輩自信還不懼，但他們都練就枯木神功了，任何掌力都傷不了他們，要想數招之內取勝，實是萬難。」

平凡上人略一沉思，道：「我倒有些不信，據我看，他們那枯木功還沒有練到十足火候，其中破綻仍然是有的。」

高戰道：「黃木老怪也許如此，那枯木老怪確已將枯木神功練到第三層，天下已無人能傷他了……」

平凡上人道：「我有個法兒，大可去試它一試，你敢嗎？」

高戰豪氣干雲地道：「晚輩決不畏怯。」

「好！」平凡上人翹起大拇指，又附在他耳邊低聲說道：「依我看，他們功夫雖然都很不錯了，但目光卻隱現黃斑，這分明是體內藏著毒素的象徵……」

高戰突然記起一件事來，不等他說完，便搶著道：「對！他們當初得到枯木秘笈之時，毒君金一鵬已在書本上暗下了劇毒，必是這個原因，才會從他們眼中透顯出來，但是毒君現在不在，咱們怎知道使那毒性發作的方法呢？」

平凡上人笑道：「這個不難，我從一本書上，剛巧發現有個辦法，能將人體內的毒素引得發作起來，現在我就把這個方法告訴你，由你去跟他們比一比。」

接著，便附在高戰耳邊「如此如此」訴說了一遍。

高戰聽了大驚，問道：「這辦法靈嗎？您老人家從什麼地方看見的？」

平凡上人臉上一陣紅，笑道：「不瞞你說，這是從那本『風火凝氣功』裡見到的，但是，這可不是我存心偷學，你想，我要把它從梵文譯爲漢文，又怎能一個字不記下來呢。」

高戰也不禁笑道：「既然恆河三佛記載在書上，大約是不會錯的，晚輩就去試試。」

說著，大步走到黃木和枯木前面，笑著說道：「你們自以爲枯木功夫天下無敵，但依我看來，也算不得什麼，現在我一個人跟你們兩人硬拚五掌，假如你們能勝得了我，海外三仙也不想再跟你們動手了，一定承認你們武功天下無敵就是，但如果你們反敗在我手中，你們從此不

許再出江湖，也不可再到這兒來無理取鬧。」

枯木、黃木互望一眼，他們雖知高戰年輕功深，但若說以一敵二，未見得是他們的敵手，何況言明五掌，高戰就算再強，也斷乎不能將他二人一起擊敗的，黃木冷笑道：「你這方法雖然不錯，但你的話怎能代表海外三仙？須得他們也當面承應才行。」

平凡上人忙高聲道：「請放心，他是我們委託出面的，就算是我們三人的代表。」

枯木、黃木又看看無恨生和慧大師，無恨生心知平凡上人必有妙策，不由也微微頷首，表示同意，慧大師心裡雖然不願，但想到他們兩個都答應了，自己不便堅持，何況高戰先前曾力接仇虎一掌，功力上來說，並不在自己之下，遂也低頭無言。

枯木老怪倒有些不安起來，挺身上前道：「既這麼說，咱們也犯不上以二敵一，就由翁某來和高少俠較量幾招。」

高戰笑道：「你們一齊來，只怕未必是我對手，假如你一個人，更是準敗無疑，這一仗雖不一定關係生死，卻對你們名聲大有影響，你不要太過冒險才好。」

枯木大怒，道：「胡說，你如勝我一人，咱們兄弟從此不再在江湖上行走，與二人同時出手何異？」

高戰心裡暗喜，故作思忖一番，笑道：「這樣也好，但我們拚比時，不能像平常一般方式動手，必得換個方法，才能分出高下。」

枯木叱道：「那麼你趕快劃出道來，翁某定當奉陪。」

高戰又是一喜，便道：「方法很簡單，咱們兩人不用腳落地，各人頭朝下，腳向上，僅用兩手支持身體，互相對繞三匝，然後出手，這樣可以省得使用千斤墜的方法取巧獲勝，大家都用一隻手撐地，一隻手對敵，豈不公平，但不知你敢不敢呢？」

枯木聽了這番話，不由暗吃一驚，分明他這方法中必有陰謀，但自己既已硬話出口怎好示弱，便道：「只要你能辦到，老夫絕無畏懼之理。」

高戰道：「這樣最好，咱們立刻就開始。」

話才說完，懸空一個筋斗，果然用雙手倒撐著地面，把個身子倒了起來。

枯木雖然懷著鬼胎，究竟顧及身分，只好也學他模樣，倒立在沙灘上。

黃木老怪見了，心裡大感奇怪，但卻無法阻止，只好暗蓄功力，在側注視掠陣。

高戰叫道：「現在開始繞三匝，請你特別注意了。」

枯木應了一聲，將一口真氣閉住，照著高戰的姿態，雙手交換，向左移動，一面卻目光灼灼注視著高戰，怕他會突起發難，趁己不備。

要知大凡一個人平時均習慣直立，一旦倒轉過來，自是處處不很習慣，此時枯木既要防備高戰弄甚玄虛，又要閉氣行功，眼中人物，都是反倒過來的，自然而然心裡便有些發慌，一個圈子繞下來，已覺得吃力異常，那口真氣竟有些浮動，似要把持不住的樣子。

高戰雖也有同樣感覺，但他胸有成竹，並不過份緊張戒備，也不行功閉氣，只將百骸盡量放鬆，使雙手習慣交換移動，熟練動作。

第二匝繞完，枯木頓覺胸腹中有一股熱流，似乎控制不住，躍躍欲動，要向腦門墜落，心裡更驚。

待繞過第三匝，枯木老怪正全力壓抑胸腹之間那股難以名狀的熱流，突聽高戰大聲喝道：

「好啦，現在可以出手了，看掌吧！」

話聲落時，左掌一收一揚，果然猛推過來。

枯木老怪仗著「枯木功」掌力難傷，並不出手，雙掌一沉，定住身子，準備硬接這一掌。

那知手和腳不同，高戰一掌之功，重逾千斤，掌風挾著沙粒，撲面捲來，枯木雙手那能習慣進退趨讓，一時被那一掌打得向後疾移了半丈多遠，險些倒翻地上。

總算他多年苦修，功力實在非小可，雙掌用力一伸，一齊插進沙中，堪堪將身子倒退之勢定住，但體內那股熱流卻再也把持不住，突然像黃河堤崩一樣，直衝到頸喉之間——

枯木老怪急忙又吸了一口氣，拚命將那股熱流阻擋在喉間，然而，高戰喝聲起處，第二掌又挾著一蓬細沙，飛捲過來。

他又急又怒，奮力抽回右臂，吐氣開聲，竟也揮出一掌。

兩掌相觸，高戰也被震動後移了三四尺，但枯木老怪一怒還手，真力略散，喉間那股熱

流，竟透過頸部，直入腦門。

頓時，腦中一陣雷也似的轟鳴，眼中金星亂閃，枯木老人又急又怕，忖道：「我向來練功對敵，從沒有這種感覺，那股討厭的熱流，難道是什麼致命的弱點？」

他心念及此，更後悔不該答應和高戰倒立對敵，然而，當他剛有一絲悔意，高戰又已揮出了第三掌。

木老人欲要力拚，但真力才收，竟覺無法匯聚，眼中一陣花，未等高戰掌力捲到，突然大叫一聲，「哇」地噴出一口鮮血，兩手俱軟，昏倒在沙灘上。

黃木老人大吃一驚，慌忙一蹲身子，振臂劈出一掌，將高戰的掌力震退，探手一把，抱起了枯木。

高戰人是倒立著，怎禁得起黃木那雄渾的力道，直被震得連翻了兩翻，方才躍立起來，但當他凝目望去，卻見枯木老人七竅出血，僵臥不動，竟已昏死在黃木懷中。

無恨生和慧大師愕然相顧，驚疑萬分，平凡上人連自己也料不到會如此後果，合什低聲唸道：「阿彌陀佛，善哉！善哉！」

黃木急迫地替枯木推拿，一面低聲惶恐地叫道：「師兄！你怎麼了？快醒一醒！」

平凡上人搖頭嘆道：「你不用白費力氣了，他體內劇毒已發，並不是一時氣厥所生，要救他，只有快些去尋那解毒的東西要緊。」

黃木雙眼盡赤，抬起頭來，怨毒地望了高戰和平凡上人一眼，恨恨說道：「你們好毒辣的手段？竟用這可鄙的方法，引發他體內毒性，咱們這筆血仇，今生今世難了！」

平凡上人合掌道：「罪過！罪過！二位難道忘了七妙神君梅山民一條性命嗎？萬事自有天意，你若是知機的，趁他血毒未及攻心，趕快點了他心絡重穴，散去他的武功，雖有餘毒，卻不至喪了性命。」

黃木暗地一震，伸手握住師兄肩窩「泉極」穴，果然有一陣灼熱的感覺，心知平凡上人的話絕非虛言恫嚇，這時候枯木的生死，只在自己一念之間，假如不及時散去他的武功，餘毒攻心，枯木便只有死路一條。

但是，師兄一身超凡武功得來不易，他又怎忍心在舉手投足之間，將他變成了廢人呢？

高戰緩緩走過來，輕聲說道：「上人的話不錯，爲了救他性命，你應該趕快點他心絡要穴，他雖然失去武功，卻不致因爲強運行功力，而丟掉了性命。」

黃木怒聲吼道：「住口！假如我師兄死了，你們也別想活著……」

此時，枯木老人忽然緩緩睜開眼來，黯然四望一眼，廢然嘆息，向黃木點點頭，又用手無力的指指自己心窩，狀甚淒慘。

黃木哀聲道：「師兄，師兄，你難道……」

枯木張了張嘴，用盡力氣拼出一句話來：「師弟，上人的……話……不……不錯……」

黃木舉起手來，作勢幾次，但終於下不了手，忍不住眼中落淚，哀聲長嘆。

枯木突然渾身抖動，臉上那焦黃的顏色忽然漸漸變成血紅色，眼神也漸漸散失。

高戰急道：「黃木老前輩，還不快些動手？」

黃木狠狠一挫牙，駢指疾落，猛點了枯木心絡五處大穴。

枯木老人大叫一聲，張口噴出一大口鮮血，眼一閉，臉色忽然變得蠟黃乾澀，直如病夫，沉沉睡去。

黃木將他抱起，向海外三仙躬身一禮，緩緩道：「敝兄弟技不如人，甘認失敗，多承上人點示迷津，得全敝師兄性命，此恩此德，且容他日再作圖報。」

說完，轉身三處起落，縱登船上，立即揚帆飛馳而去。

海外三仙都怔怔望著二怪遠去的背影，各人感既不已，高戰噓了一口氣，喃喃道：「爭強鬥勝，不過如此下場，梅公公在九泉之下，也該瞑目安息了。」

那語聲幽幽深遠，一半是自己感慨，一半又似替辛捷說的。

無根生忽問平凡上人：「你從哪裡想到這個缺德方法，竟將老怪弄得這般下場？」

平凡上人答道：「這也是天意，假如不是恆河三佛的風火凝氣功中，有一段迫使血脈反行的方法，我也想不到制他的方法，他體內蘊著劇毒，平時仗著內功壓抑毒素，一旦使他血脈倒行，自然會失去控制能力，激發體內毒性了。」

三仙不約而同感嘆一陣，尤其慧大師心中雪亮，如果不是高戰冒險擊敗枯木，今日小戢島上，還不知勝負誰屬呢！

她滿腔雄心又冷了許多，環顧這光禿禿的小戢島，海潮澎湃，捲著流沙，不禁憶起前人的詞句來！

「……浪淘盡，千古風流人物！」

小屋，梅林，山道，蒼松。

沙龍坪上，那棟「七妙神君」梅山民手建的小屋裡，圍坐著許多人，或許這屋子自從建造至今，從來沒有如此熱鬧過，何況，這些客人和主人，又是當今武林中的頂尖高人，英雄中的翹楚。

正廳中排著兩桌酒席，張菁和林汶在廚中忙碌著，捧盤送酒的，是林玉和金英。

左邊一桌，是主人──「梅香神劍」辛捷，高戰，慧大師，「九天玄女」繆七娘，「無極島主」無恨生；右邊一桌，則是平凡上人陪著無為上人，和另外一個瘦削乾癟的老僧，以及三個相貌奇異的番僧。

那瘦削老者自然便是當年少林三老之首，深山苦修的靈雲大師，而出人意料的，乃是那三名番僧，竟是赫赫有名的「恆河三佛」。

原來那「恆河三佛」自與高戰和平凡上人敘交，尋思重履中原，恰逢金魯厄劫走金英遠遁中原，金伯勝佛得悉侄女被劫，一怒之下，邀同三佛趕到中原，入川之後，與辛捷相遇，不想竟得以與中原高人們齊聚一堂，金英之事已了，少不得也要同往南荒鬥鬥那威名遠震的「邪王」仇虎。

這小小的茅屋中，盡是天下頂尖高手，可說聚海內外武林高人於一堂，當真是百年難逢的盛會。

辛捷懷著欣喜之色，頻頻向各位高人敬酒致意，張菁也高興得奔出奔進，雖然勞苦些，畢竟心裡是快樂的。

平凡上人和無爲上人更是欣慶莫名，少林三老分手將近百年，心裡實有許許多多話，不知該從何說起，但靈雲大師卻冷漠的垂目而坐，既不飲食也甚少開口說話，倒像是一尊泥塑的神像一般。

平凡上人斜眼向無爲上人遞個眼色，端起酒杯，含笑說道：「大師兄，這些年真是想煞了師兄弟們了，今日幸晤慈顏，大師兄能賞臉乾這一杯水酒麼？」

靈雲大師冷冷抬起目光來，僅只淡然搖首道：「奇恥未雪，何喜之有？酒自然要喝的，但得等敗了仇虎，洗雪了少林百年大恥之後再飲不遲。」

平凡上人碰了個橡皮釘子，訕訕地坐下，無爲上人忙站起身來，合什說道：「百年久疏拜

候，天幸大師兄慈顏依舊，足慰可喜，少林雖蒙奇辱，有大師兄在，這次南荒之行，少不得盡雪前恥，小弟敬大師兄一杯，願大師兄永得佛佑，南荒返來，還要再光大咱們少林一門……」

靈雲大師不待他說完，冷冷一笑，道：「看著罷了，勝負之事，誰能逆料。」

無爲上人也只好靦腆而坐，正感尷尬之際，忽見靈雲大師濃眉一揚，緩緩說道：「又有人到了，請主人去門外迎接吧！」

屋中之人，個個均是當今第一流高人，但此時眾人俱未察覺，陡聽了這句話，大家都暗吃一驚，不覺各自潛心窺聽，果然發現有一陣極輕微的腳步聲，由遠而近，似向小屋而來。

辛捷和高戰互望一眼，都忖道：「該來的都來已經來了，這人是誰？推測他輕身之術，竟是不俗……」

辛捷是主人，只得離席而起，剛走到門邊，突聽門外響起一聲暴喝：「姓辛的，拐騙良家婦女，你知道該什麼罪名嗎？還不滾出來見我！」

屋中眾人都吃一驚，辛捷搶步拉開屋門，見門外岸然立著一個滿頭銀髮的灰袍老人，薄唇鷹鼻，神情十分陰鷙。

辛捷並不識得這老人是誰，忙拱手道：「在下便是辛捷，不知何處開罪於老丈？」

那人怒目向辛捷打量一眼，顯見也認不得辛捷，但仍然盛怒未息，厲聲道：「你只把你那不成材的兒子交給老夫，萬事全休，否則，別怪老夫要對你不客氣了。」

辛捷聽了一怔，道：「小犬離家甚久，至今尙無音訊，但不知在何處得罪了老人家？」

那人身影一晃，忽的向前欺近了一大步，叱道：「笑話，你兒子拐騙婦女，竊盜寶物，你這做父親的難道會不知道？你要不趕快將他交出來，少不得要問你一個縱子爲惡的罪名。」

辛捷不由有些怒意，冷冷道：「閣下何人？怎會與小犬結下仇怨的，辛某倒要請教？」

這時眾人都已聽到他們爭執之語，無恨生高聲叫道：「捷兒，是什麼高人，敢這樣強橫，請他到屋裡來講話。」

辛捷側身讓路，那人竟然不懼，大踏步便進了小屋。

他先用一雙冷峻的眼神掃了眾人一眼，接著冷哼了兩聲，道：「想不到，想不到，老朽何幸，今日竟會在此面見各位絕頂高人？」

屋中眾人無一個認識這銀髮老人，無恨生因是辛捷岳父，也算得半個主人，含笑起身，道：「小弟無極島張戈弋，權代小婿辛捷奉敬一杯水酒，咱們有話坐下再談。」

一面說著，一面操起酒壺，暗運內力一逼，那壺中酒液「刷」地激射而出，宛如一條酒箭，逕向那人面門射來。

那人不慌不忙，道：「多承盛意，老夫就先乾一杯也使得。」

一張口，對準那酒箭輕輕吹了一口氣，酒液似被一種無形之力微微一阻，在空中略作停頓，化作一蓬酒雨，紛紛下落，但眼看將要落地之際，那人忽然深深吸了一口氣，相隔一尺以

外，竟被他將一蓬酒雨全都吸進口中。

無恨生駭然大驚，轉瞬間，一壺酒已被那人喝完，平凡上人見那人內力竟這樣驚人，忙也站了起來，端起一杯酒，迎向那人飛擲過去，叫道：「來來來，好事成雙，也請飲我和尚一杯。」

他存心要試試那人應變機智，酒杯連酒飛出，半途中突然抽手向懷裡一帶，只聽「波」的輕響，那酒杯和酒液忽地分開，酒杯仍舊飛回平凡上人手中，那一杯酒液，卻凝而不散，好像一粒冰丸，疾射那人右頰。

那人一轉頭，露出兩排白森森的牙齒，「咔」地一聲響，居然將酒丸咬住，吞入肚裡，臉上毫不變色。

他自從露出這一手功夫，高戰等人盡都駭然，正不知如何應付，那人忽從衣袖中抖出一件東西，順手端了一壺酒，陰聲說道：「來而不往非禮也，老朽不才，也借姓辛的美酒，回敬各位一杯。」

說著，掀開壺蓋，用手中那件東西向壺中滴了三滴汁液，「噗」地又將酒壺蓋了。

眾人見那東西，全都瞿然變色，原來那竟是一條碧綠色的蜈蚣。

那人冷然道：「在座都是當今高人，老朽不妨明言，我這綠色蜈蚣，乃是天下絕毒之物，酒中滲了毒汁，喝下肚去，立時裂肚穿腸，不知哪一位有膽敢喝下一杯？」

大家眼見他在酒中下毒，誰敢挺身出來喝下這種毒酒，不由彼此面面相覷，做聲不得。

那人環顧一眼，嘴角泛起一絲冷笑，說道：「看來所謂高人，亦不過如此而已。」

辛捷是此地主人，同時這銀髮老人又是因他而來，見無人敢應，正要拚著性命飲他一杯毒酒，但當他剛伸手去取酒壺，卻不防一隻手閃電般一招，早將那酒壺搶了過去，緩緩說道：「區區一壺毒酒，諒也算不得什麼，就讓老衲獨飲了吧！」

辛捷看時，竟是靈雲大師。

那靈雲大師提起酒壺，毫不遲疑地一仰脖子，登時飲了個乾淨，依然聲色不動坐著。

銀髮老人心裡暗驚不小，忙拱手道：「敢問尊駕法號上下？」

靈雲大師笑道：「老衲山野村夫，名稱早失，倒是施主身懷毒絕天下的碧鱗五毒，想必你便是那專養毒物的何宗森了。」

那人臉色大臉，疾退一步，厲聲道：「你怎知老朽名號？」

靈雲大師笑道：「久聞你渾身是毒，但老衲山居多年，也常與毒物爲伍，勉強能抑制一些毒性，不信你看看。」

他伸出左掌，用掌心按在酒壺口上，略一閉目行功，手上但見熱氣騰騰，剎那間收回手掌，那壺中仍滿滿盛著一壺毒酒，涓滴未少。

何宗森看得汗流浹背，先前倨傲之態，去得一乾二淨，冷笑道：「尊駕果是高人，請教法

號稱呼，老朽異日定當登門候教。」

靈雲大師笑道：「你一定要問，記住老衲便是昔年少林寺靈雲和尙，只管前來尋我！」

何宗森又是一驚，但並未再說什麼，轉身向門外走去。

無爲上人見大師兄竟然報出名號，並且提及少林二字，足見在他心中，已有重返少林的意思，不禁現出無比欣喜之色，回頭望望平凡上人，恰巧平凡上人也對他頷首而笑，兩人不禁會心一笑。

何宗森出門而去，眾人都暗暗鬆了一口氣，轉眼看靈雲大師，卻見他已經閉目趺坐，好像並沒有發生過什麼事情似的，安靜地默然無語。

於是，屋中又泛起笑聲，語聲，大家更多了一番話題，都竊竊私議著這位少林三老之首的高僧，究竟有多高的武功？深山百年，練成了些什麼絕世之學？

自然，這些揣測，暫時是無法得到結果的。

四七　英雄無名

南荒——

不毛之地上，遍佈著殺人的瘴氣毒霧，一叢山接著一叢山，絕頂緊挨著絕頂，鴉雀罕見，人蹤更緲。

這兒，在人們心中早已是死亡的代名詞，連當地土著都裹足不前，如今卻來了一群身懷絕技的武林高人。

慧大師是熟悉南荒地勢風俗的，因此平凡上人特地請她權充嚮導，少林二老，海外三仙，恆河三佛，加上辛捷、高戰，足有十人，他們早知途中艱險不亞於和仇虎的晤面，所以由「九天玄女」繆七娘領著張菁、林汶、林玉和金英，都在沙龍坪候信。這一行人，包括了中原和天竺武林領袖，但是，他們卻一樣不知此去南荒，是否能活著再回來。

儘管大家都是一身超凡入聖的武功，但沿途行行止止，已經走了七天，依然在亂山荒嶺中盤旋徘徊。

不過，他們的心情沉重，總算多少減低了一些對艱困旅程的煩惱。

日子一天天逝去，心情更加沉重，連平時詼諧風趣的平凡上人，也緊繃著臉，若有所思，他一面默默行路，一面不免盤算此去吉凶成敗，仇虎的武功，他是深深知道的，雖然說兩位師兄和自己百年苦修，武功當亦精進不少，但能否一舉洗雪前恥，他委實不能有多大把握。

如果勝了，固然一切難題迎刃而解，但假如當著天下高人面前，少林三老仍舊失手敗於仇虎，那後果必是可悲的了，他自己早將勝敗之念滌盡，但大師兄那剛烈的個性，卻不免會令人擔心。

他走著想著，愈想愈覺得可畏，看看同行諸人，似乎都感染了沉默的氣氛，誰也沒有開口，慧大師當先領路，不時駐足觀察路徑，也顯得深沉異常。

十人中，只有高戰精神奕奕，不住地四下張望，似乎心中了無憂慮。

平凡上人故意將腳步放慢一些，輕輕扯了高戰一下，兩人落在後面，高戰忍不住低聲問道：「上人有什麼吩咐嗎？」

平凡上人輕嘆一聲，悄聲說道：「依你看，咱們這次遠來南荒，會不會乘興而來，敗興而歸呢？」

高戰想了一會，笑道：「晚輩猜想，此行或者有一個出人意外的結果……」

平凡上人問道：「是嗎？你怎會有這個猜想？」

高戰道：「晚輩看來，那仇虎雖然功力精湛，如今卻收了辛叔叔的獨生愛子爲徒，上人你想，他既和辛叔叔有這層關係，難道還會跟從前一樣意氣用事，鬥勝爭強嗎？」

平凡上人聽了，半晌無語，許久許久，才搖搖頭輕聲說道：「依我說恰巧相反，練武之人，最重名聲，寧折不彎，今天若沒有你辛叔叔一起，或許他真會像在大戢島時手下留情半分，尤其因爲你辛叔叔同行，你想，他怎能在徒兒的父親面前認敗服輸，折了盛名呢？」

高戰心頭一震，忖道：「呀，這話果然不錯，要是他們各不相讓，認真起來，還不知鹿死誰手呢，然而，二虎相爭，必有一傷，我總得想個辦法，怎生消弭了這場無益的拚鬥才好？」

他方在默然苦思，忽然聽見慧大師緊張的聲音叫道：「各位請看，那邊山頭上一棟茅屋，便是仇虎的隱居之所了。」

眾人俱各一驚，不約而同都停了步，各自運目望去，果見對面一座山峰頂上，萬綠叢中，閃出一角枯黃色的屋頂，此時輕煙裊裊，當真是有人居住的。

他們之中，有人見過仇虎，有人僅聞其名，但大家都知道那仇虎乃是當今天下第一位奇人，縱然沒有親自見過他的絕妙武功，但連中原最負盛名的「少林三老」都曾在他手中落敗，也不難推測到他的功力有多深厚了。

「恆河三佛」全未和仇虎見過面，他們對「海外三仙」的武功卻早已欽佩無已，金伯勝佛偷眼看見平凡上人，見他神情凝重，臉上看不到絲毫笑容，心裡大感詫異，毅然開口道：「敝

師兄弟遠自天竺前來，正有意向這位南荒第一高人領教，由我們三人搶先一步，不知各位可肯同意？」

無恨生接口向無爲上人和靈雲大師笑道：「大家何必對那姓仇的過於重視，我想他也不過苦修多年，內力較爲深厚些而已，小弟不敏，倒有意先挑挑他的頭陣。」

靈雲大師既不回答，也無表情，雙眼凝望著對山瞬也不瞬。

無爲上人忙道：「各位盛情感人，但咱們此來，主要爲少林百年奇辱，必得等這件事解決之後，各位有興，那時再出面方好，而且，那仇虎亦非邪道中人，倒是大家一同前去，依禮拜會，方算恰當……」

話尚未完，靈雲大師忽然哈哈笑道：「你們不必再爭誰先誰後啦，人家已經早知道我們行蹤了。」

「恆河三佛」和無恨生一齊回頭望去，卻未見有任何異動或人影，辛捷和高戰也都遊目四顧，亦未見有什麼動靜，不禁相顧愕然。

靈雲大師笑道：「各位怎未注意輕煙呢？」

大家抬目望那茅屋頂上，果然發現那一股看似炊煙的黑色煙柱，竟在空中凝而不散，可不是整整齊齊凝成「失迎」兩個字。

「恆河三佛」面上變色，無恨生審視良久，冷笑說道：「雕蟲小技，也來賣弄。」

回頭向辛捷道：「捷兒，你去尋些枯枝，生一堆火起來。」

辛捷初不知他生火幹什麼？但細一思索，便也會過意來，急忙在四周找來一堆枯樹長草，用火石引著。

無根生深深吸了一口氣，緩緩向邊那火堆行去。

平凡上人笑著攔住他，道：「老弟，此事最耗內力，何苦與他作這無益之爭。」

無根生笑道：「這正是以下駟對上駟的妙法，小弟願試一試。」

平凡上人無法，苦笑道搖搖頭，退過一邊。

無根生立刻收斂笑容，神色凝重的跨到火堆邊，緩緩舉起兩袖，向那火堆突地揮抽搧出兩股強勁的袖風。

火堆一閃而滅，頓時濃煙冒起。

無根生兩腿一曲，上身紋風也不動，盤膝坐在火堆旁邊，兩隻手平張一圈，挽了個「太極乍開」之勢。

原來他已將平生功力都貫注在兩掌之上，掌心遙對虛合，卻有一股內力互相遞流，激起一圈看不見的漩渦。

那虛空流動的暗勁，將初冒起的濃煙一逼，約莫過了片刻之久，也濃凝成了一根烏黑煙柱，筆直從無根生虛合的兩掌之間，傳透而上。

煙柱騰升丈餘高，無根生微微一震，也未見他手掌和身體有什麼移動，而半空中的濃煙，卻自動彎曲扭擺，頃刻，現出兩個字——「久仰」。

高戰看得暗暗咋舌，忖道：「這些世外高人，果然不是浪得虛名之輩，似這等以力逼煙，空中劃字的賭賽辦法，別說是看見，便聽也未聽人說起過，我自以為苦練本門先天氣功稍有成就，但如以氣凝煙或許還有可能，若要想像無極島主這樣運氣馭煙，在空中劃字，只怕還沒有這份經驗和功力呢……」

方在思忖，驀然間，對面山頭上那股濃煙突地筆直沖霄而起，直升到五丈以外，煙柱一陣飛舞，又現在四個字，是：「曷興乎來」？

金伯勝佛看了眉頭微皺，低聲向兩個師兄用梵語說道：「那人凝字升降，隨心所欲，這種駭人之學，只怕比咱們的風火凝氣功還要難上百倍，島主也許……」

這句話還沒說完，只見無根生兩手猛的一合，僅留下數寸大一點圓形空隙，那煙柱被他全力一催，也陡然升高到五丈左右。

無根生額角上已經隱現汗珠，顯然內力已經有些不繼了，但他毫不猶豫，奮力催動那半空中的黑煙，劃出：「自當討……」

他原意是要劃出「自當討教」四個字，可是那煙柱既然升到五丈高，要運氣馭轉，自然遠為費力，無根生已施出了平生勁道，只劃到第三個字，頭上已汗如雨下，那個「教」字才劃成

兩三筆，已經煙淡字亂，眼見不能完成了。

金伯勝佛代他暗急，有心要加注自己的內力助他一臂，又怕他顧忌身分，怪自己冒昧折辱了他的名聲，因此有些難決。

辛捷見岳父力盡，顧不得許多，猛然跨前一步，舉起右掌，抵住無恨生的後背。

無恨生身子微一震動，兩眼一閉，默然未作反對，但是，高戰卻看見他眼角上噙著兩顆晶瑩的淚珠。

合辛捷、無極島主兩人之力，煙柱幸而未散，勉強把「教」字也劃成了。

那知就在這時候，對面空中那根煙柱忽然擺了三次，將「曷興乎來」四個字掃去，重新凝劃成了六個字，竟是：「島主果然高明」。

無恨生一見，大聲一叫「哇」地張口噴出一口鮮血，仰身昏倒，那黃煙被山風一拂，蕩了幾蕩，眼看將要散去。

辛捷大急，但又不敢收回右掌，怕無恨生一口真氣繼接不上，內腑傷勢難免加劇，但是，若任由那空中的字跡散去，不單損了無極島主和海外三仙的名頭，更覺愧對靈雲大師……

當他正無法兩全之際，驀地人影一閃，飛掠而至，兩隻手掌一合，恰巧接替了無恨生的空擋，空中將要散去的字跡，忽然更加清晰起來。

辛捷只當是少林三老親自出手，那知回頭一看，那人竟是高戰。

高戰這種突如其來的舉動，以及身法的機警快捷，不但辛捷，連恆河三佛和少林三老、慧大師均都吃了一驚，可是出乎他們意料之外的，高戰閉目趺坐，依照方才無恨生的樣子，竟將那些煙柱凝結得穩如泰山，看起來，竟不在無恨生之下。

原來高戰本不敢冒然嘗試接替無恨生，但方才一見無恨生吐血昏去，辛捷茫然無措，竟突然下意識的生出一種衝動來，想也沒有想，便飛身搶了過來。

這時候他雖然也用內力將字跡穩住，可是卻無法以意馭氣，使煙柱另外換凝其他字句，僅只一心一意催力行功，不讓已有的字句消失。

平凡上人嘴唇動了幾動，用「傳音入密」之法，在高戰耳邊說道：「你大著膽子試試看，用意志去指揮內力勁流的轉動，便不難隨心所欲了。」

高戰睜開眼來，向平凡上人點點頭，暗地催動左掌力道，右掌卻緩緩扭動，心裡想道：「我先試試，能不能讓這些字在天上轉一個方向……」

他搶來接替無恨生的時候，根本沒有考慮到自己是否力能勝任，現在已經接過手來，只得勉為其難，專心貫注，以圖一試。

試了兩次，那煙柱卻沒有轉動。

平凡上人忙又用傳音之法對他說道：「手掌不要移動，你只管以氣馭煙，使內力由少商穴出，中衝穴入，氣柱必然向右，如從右手中指二間穴出，左手少衝穴入，煙柱便會向左移轉

了。」

高戰依著這個方法一試，果然便將空中的字跡移動，心裡一喜，忖道：「原來這事並不困難呀！」

他一鼓作氣，竟將空中字跡換成了「高戰拜候」四個大字。

其實，他自己尚不知道，此時他的內功修爲，已遠在其師風柏楊之上，千年參王乃世上珍品，「先天氣功」更是當年全真教稱雄天下的絕學，若非他得天獨厚，打通練功最難的九層難關，將「先天氣功」練到了十二成，他又怎能在大戢島上硬接仇虎一掌，在呂梁山承受靈雲大師一吹之力。

這時，對山空中的煙柱也重新換了一行字，寫的是：「少俠別來無恙」六個字。

高戰心中一喜，內力源源而出，轉眼間，又在空中寫道：「有擾清修，請原諒」。

他不知不覺，一口氣竟劃成了七個字，眾人見了，一齊變色動容，驚訝不止。

對方顯然也有些吃驚，隔了約有盞茶之久，空中字跡又換成：「荒山禮疏，少俠勿怪」八字。

高戰一陣激動，又寫道：「千里故人，百年舊恨」。

那邊又寫道：「久所深知，謹候教益。」

靈雲大師看了，冷冷一哼，緩緩道：「原來他也沒忘記，那就更好了。」

高戰略一思忖，行功斂神，奮起全力，寫道：「冤仇宜解，前輩三思。」

寫完這幾個字，他似覺內力將竭，心跳加劇，然而又不敢鬆懈，運足目力，想看看對面還有什麼言語反應？

可是，那邊空中黑煙竟在這時候突然消失，久久沒有再看見另外的字跡出現，空山寂寂，連一絲反應也沒有了。

枯枝熄盡，煙也淡了。

高戰無可奈何的散去功力，長嘆一聲，渾身骨骼都像鬆開了一般，他在調息精力之前，滿懷心事的望望靈雲大師，見他臉上一片木然，也好像沉迷在一片深思之中。

茫然不知經過了多久，靈雲大師默默無語的掏出兩粒「大檀丸」，一粒遞給無恨生，一粒給了高戰。

高戰得靈丹之助，迅速地調息完畢站起身來，無恨生也恰巧從昏迷中悠悠醒轉，環顧四周一眼，愧然嘆道：「小生無能，替大師墮了銳氣，實覺汗顏。」

靈雲大師淡淡笑道：「當年老衲師兄弟三人合力，尚且敗在仇某手中，島主獨力支撐許久，老衲已銘感無涯了。」

無恨生苦笑道：「那仇虎果然不愧稱雄南荒第一位高人，小生今日才知天外有天，人外有人，以往的好勝爭強，殊爲幼稚可笑……」

說到這裡，忽然覺得這句話有些不妥，連忙改口又道：「咱們且如前約，同往對山一趟吧！小生體力已復，不礙事了。」

但靈雲大師卻忽然搖手攔住他，道：「不必太急，方才你們各以內力較量，彼此虧耗均巨，咱們如立刻過去，姓仇的反認我等趁人之危，不如再等一會，讓他調息一番再說！」

話音才落，驀聞數丈外傳來一陣大笑，道：「大師佛心仁厚，仇某先行謝過了。」

眾人聞聲俱驚，紛紛轉身，果見一株大樹之下，立著一個高不足三尺的矮子，含笑緩步走來。

「恆河三佛」和辛捷都未見過仇虎，但這時不用介紹，他們已知前面這個矮子，便是當今世上絕世高人——「邪王」仇虎了。

辛捷只見仇虎不見愛子，心裡難免恐慌，於是也忘了戒備護身，竟搶前一步，急聲問道：「姓仇的，我的兒子呢？」仇虎望望他，笑道：「什麼時候你把兒子交給我了！」

高戰忙道：「這位便是我辛叔叔，你的徒弟辛平，便是他的……」

仇虎嘿嘿笑道：「我豈不知道是他的道理，在蛇山上，白婆婆險些要了你們的命，那時仇某就見到過二位了，放心吧，令郎這時正在練功，沒能跟來，少停自會使你們父子相會的。」

辛捷臉上一紅，未再開口。

仇虎又笑嘻嘻向靈雲大師等拱手為禮道：「故人遠來，未能早迎，恕罪！恕罪！」

靈雲大師究竟是多年有道高僧，雖是滿懷怨怒而來，此時相見，忙也合什笑道：「仇施主健朗如昔，殊堪告慰，貧僧等當年承蒙教誨，至今未敢稍忘。」

仇虎道：「大師取笑了，昔年舊事，仇某早已不在意中，如今年華老逝，更淡了爭名鬥勝之心，有時細想起來，也深覺當初孟浪……」

靈雲大師不待他說完，冷笑一聲，搶著道：「仇施主說得好輕鬆，你可知百年以來，少林閉關自守，時時不敢忘記這件奇恥大辱，少林數百年聲威，老衲看得比自己生命還重，可笑仇施主竟以年華老逝四個字，便消磨得乾乾淨淨了不成？」

他這番話火藥味極濃，大有邀鬥決戰之意，無爲上人心念一動，飄身而出，合掌說道：「家師兄的意思，自從百年之敗，曾設重誓，永禁少林門人行走江湖，是以較技之事雖微，少林成千弟子命運所關非輕，仇施主胸羅萬機，才究天人，想必總該還少林一個公道？」

仇虎默然片刻，忽然笑道：「這還有什麼公道可還，少不得咱們再比一次，這次卻叫我輸在三位手中，天下就無事了。」

無爲上人忙道：「阿彌陀佛，老衲等焉敢作如是妄想。」

仇虎矍然變色，道：「練武之人，重名輕命，你我俱是一般，三位大師如果是想履踐當年誓約，仇某人理無推避的道理。」

靈雲大師道：「那敢情再好不過了，老衲願先討教仇施主的絕世武學。」

他們沒有多久便已說翻，眼見便要動手，忽地，金伯勝佛一抖大袖，掠身上前，含笑向靈雲大師道：「敝師兄弟也是久仰仇兄，老菩薩願不願將這首先討教的良機讓賜敝兄弟呢！」

仇虎不等靈雲大師回答，已自個兒放聲大笑道：「這有什麼願不願呢，仇某就先與三位印證一番，也好請大師指教。」

「恆河三佛」並肩緩步走到山邊一塊數丈方圓的空地前，陡地一齊旋身，背向著千丈懸崖，蓄勢而等。平凡上人見了，暗暗搖頭，向身側的高戰低聲說道：「三佛功力僅與我等相若，但這樣背臨絕地，前對強敵，只怕不好。」

高戰道：「也許他們是存了置之死地而後生的主意，要與仇虎硬拚硬接？」

平凡上人道：「不！他們必定另有打算。」

才說到這裡，仇虎已經快步移到三佛前面，有意無意間，腳踏在乾宮主位上，實則已將「恆河三佛」進路全部截斷。

平凡上人心頭一震，高聲叫道：「仇施主，咱們印證武功，請予點到爲止。」

仇虎側頭微笑道：「上人只管放心，仇某還不是那種小人。」

原來「恆河三佛」因爲知道仇虎當年獨敗「少林三老」時，最厲害的武功是「移花接木」手法，所以途中私行商議，才定出這條妙計，一來便於合力禦敵，二來不讓仇虎有機會借力打力，取巧佔便宜。

仇虎是何等人物，「恆河三佛」的心意他豈有看不出來的道理，是以一上來便搶佔主位，準備硬挑，不料這心意竟被平凡上人一眼識破，反倒有些訕訕地了。

「恆河三佛」六臂並舉，同時出手，道：「仇兄請。」

仇虎心念一陣轉動，暗忖：「此番所來的均是天下一等高手，我功力再深，也覺孤掌難鳴，若不速戰速決，等一會何來餘力對付『少林三老』」。

主意打定，不覺凶念微動，大袖一抖，笑道：「三位遠來是客，仇某怎敢居先？」

金伯勝佛向兩位師兄弟暗遞了一個眼色，道：「既這麼說，咱們就放肆了。」

「了」字方落，三佛心意互通，各自翻腕出手，幾乎在同一個時候，三道勁風，業已當胸推了出來。

他們本身功力均已不弱，又在風火洞中潛修許久，這時三人聯合出手，三股掌力，匯成一股強流，威勢端的非同小可。

仇虎毫不怠慢，左掌疾探，迎著那股強猛的掌力，突然翻腕向側一撥。

「恆河三佛」都覺自己的力道，似被一種極富彈性的吸力所引，不知不覺，向側一傾，那股掌力「呼」地一聲響，直撞到三丈外一棵大樹樹幹上，只聽「蓬」然一聲，一人合抱不過來的大樹，竟叫「恆河三佛」一掌擊成了粉末，隨著山風，漫空四散。

在場眾人全都駭然一震，既驚「恆河三佛」內力的雄渾，更嘆仇虎撥力的巧妙，那麼沉重

的一掌飛擊過來，他腳下半步未移，居然分毫未傷。

高戰心驚暗想道：「這真是百世難見的絕學，如果練就這種神妙功力，任他敵手如何高強，也足可防身自保了。」

他一面驚詫，一面便聚精會神注視這百年難逢的拚鬥，非但消失了恐懼之意，更暗地沾沾自喜起來。

「恆河三佛」一掌無功，立刻改變方法，三人各伸左手，彼此按搭在第二人的肩頭上，突然一齊跨步，欺進五尺。

這種方法，乃三佛在風火洞中參悟出來的「借體合力」之法，舉止一致，互傳內力，等於三個人變成一個人，功力也無形中加上了三倍。

非但如此，「恆河三佛」更施展獨門心得「風火凝氣功」，伯羅各答飛出一掌劈向左方，盤燈孚爾立即出掌攻右，金伯勝佛居中，卻不出手，只是兩臂平伸，分別搭在伯羅各答和盤燈孚爾肩上，將己力導引至師兄和師弟體內。

這一招，名叫「雙龍盤珠」，攻出的掌力，不是直接硬衝，卻作左右迴旋之勢，令人倉促之間，不知該如何應付才好。

饒是仇虎武功再高，面對天竺怪異之學，也不禁心裡有些著慌。他敏捷的一探雙臂，尚未出手，已感覺到伯羅各答這一方面力量比較雄渾，盤燈孚爾這一面略爲顯得稍弱。

這感覺和分別雖然僅只那麼微乎其微，但卻逃不出仇虎的準確判斷，但見他雙手分開，兩臂突伸，陡地掌心虛空繞了一個小圈，緊跟著左右手猛然合抱……

場中響起震天動地一聲巨響，勁風迴盪之中，一個人已蹬蹬蹬一連退了三四步……

「恆河三佛」明知仇虎乃平生第一強敵，第二掌便施展全力，施出「盤珠抱柱」絕世之學，仇虎雖然識破兩股掌力之中，隱著強弱之分，迅速地導引對方勁力，使其互相激撞，但自己抽身避讓之際，卻被那劇烈的迴旋之力，震得一連退後三四步，方才拿樁站穩。

但是——

對面的「恆河三佛」卻叫自己的掌力交互撞擊，反震迴盪，各自輕哼一聲，內腑已心血翻湧，受了內傷。

可惜他們空有駭世功力，用之不當，一連兩次強攻，不但沒有傷到仇虎，反使自己被自己的力量震傷，那雖然只是極輕微的傷勢，三佛已知不可能擊敗仇虎了。

伯羅各答和盤燈孚爾黯然退開，金伯勝佛合掌說道：「仇兄絕世高人，我等不自量力，徒取其辱，從此別過，願他日再能就教於仇兄。」

說罷，轉身又向靈雲大師和平凡上人、無爲上人、慧大師、無恨生等人躬作一揖，又向辛捷和高戰點點頭，一揮手，轉身如飛一般消失在山下叢林之中。

三佛一走，無恨生已經首先落敗，平凡上人和慧大師都深悉仇虎功力確在自己之上，從前

在大戢島上已經作過驗證，只有靈雲大師和無為上人，尚未與仇虎較量過。

無為上人心如止水，早已不把當年恨事再放在心上，剩下靈雲大師，卻最是剛烈激動，一聲不響，大步走了過去。

仇虎自「恆河三佛」去後，神情一直木然呆怔，此時見靈雲大師親自出來，這才一震，疾退兩步，道：「大師決心要親自指教嗎？」

靈雲大師微笑道：「你我之事，非自今日而始，適才目睹施主神功奏效，足見這些年來，彼此都沒有將功夫擱下，自然是你我二人作個了斷才對。」

仇虎道：「在下理當奉陪，就請大師劃出道來。」

靈雲大師淡淡笑道：「仇施主業已連拚四五人，老衲不願落人口實，願坐待施主調息之後，再作比試。」

說著，自己先盤膝席地而坐，閉目不再言語。

仇虎微微一笑，也在對面席地坐下，垂目趺坐，行起功來。

兩人直距不過五六尺遠，彼此呼吸均可聽到，但卻安祥泰然，毫未戒備，一些也不像即將拚命的百年仇家。

平凡上人和無為上人也在靈雲大師身後趺坐而待，無恨生與小戢島主慧大師亦遠遠坐下，山頂上靜靜坐著六位絕世高人，誰也沒有動一動。

只有辛捷和高戰輩份太低，僅離開三丈外靜立而待，辛捷心中全是愛子的影子，高戰卻思潮起伏，無法平靜。

他一會想到這場護名之爭，不知誰勝誰負？一會兒又想到師父風柏楊的謝世，運途的坎坷，林汶和金英的情愫，老父臨終的遺言……

這一刹那，他好像已將平生的經歷一一回憶了一遍，再看看眼前這些武林異人，不覺替他們有些惋惜之意，心想：「一個人苦苦練成絕世武功，難道就是爲了彼此爭強賭勝嗎？他們各擅所長，實際說來，誰也不比誰高出多少，但是，爲什麼偏偏要分出個勝敗強弱來？勝了如何？敗了又如何？」

這些複雜的思想，在他腦海中掀騰不已，好幾次躍躍欲出，很想極力化解開這場無益的拚鬥，但自己輩小言微，又怕不能說動這些固執的老前輩們。

忽然——

他似覺遠處林邊，好像有一個人影一閃而逝！

高戰猛的驚覺，正揚目而望，辛捷已低聲問道：「戰兒，你看見那個人影了嗎？」

高戰點頭道：「不錯，我好像看見有人向這邊偷望了一眼，又縮回草叢裡去了。」

辛捷道：「我看那人影似乎不止一個人，咱們不要驚動他們，過去查一查。」

才說著，果然遠處草叢微微一動，探出一個光禿禿的頭來。

高戰輕訝道：「咦，是個和尚。」

話聲落處，身形一閃，悄沒聲息地貼地飛掠而上。

辛捷回頭見仇虎等人都似沒有查覺，忙也跟蹤躍起，撲了過去。

兩三個起落，便已撲近草叢，忽然，草尖一蕩，一條黃色人影，「刷」地飛掠而出。

辛捷和高戰俱都吃了一驚，不約而同停步，一見那人竟是個身著黃色袈裟的僧人。那僧飄身落在一株樹下，迅速地旋過身來，低聲叫道：「捷弟，是我！」

辛捷凝目一看，不禁驚喜交集，叫道：「原來是吳大哥，你怎會也到了這兒？」

敢情那僧人竟是吳凌風。

高戰也大感欣喜，笑著拱手施禮，道：「戰兒眼拙，方才卻沒有看出是吳大叔。」

吳凌風微笑道：「豈止我一人，你們看看那邊是誰？」

辛捷等扭頭看去，見另一株樹下，也正含笑立著一人，竟是「武林之秀」孫倚重。

辛捷一見他們二人都趕來了，頓時豪念大熾，笑道：「你們來得正好，靈雲大師馬上要和仇虎動手，咱們……」

吳凌風笑容忽斂，道：「我們正是為了這事而來，只是在他們未分勝敗之前，不便現身罷了，唉！那仇虎果真武功驚人，不知道祖師爺能不能一舉將他擊敗。」這時吳凌風已是少林僧人，故稱靈雲大師為「師祖」。

辛捷道：「大哥，你還記得咱們三人和天魔金歆，聯手合鬥波羅五奇的事了嗎？」

吳凌風感慨地道：「自然記得，但波羅五奇跟仇虎相比，何啻天壤之別，連他們的師父恆河三佛，也一併敗在了仇虎手中。」

辛捷又道：「但我們也曾聯劍跟南荒三魔動過手，並未弱於他們。」

吳凌風搖頭道：「南荒三魔也難和仇虎相比，你們沒有跟他正面較量過，還不知道他那無形神拳的威力，我曾經全力接過他一招，連開山三式破玉拳也難以跟他抗衡。」

孫倚重插口道：「但我們也不能袖手旁觀，師祖能勝固然好，萬一失手在仇虎手中，少林聲名，豈不是永難再振，倒不如由咱們晚輩出手，縱敗了也算不得什麼。」

辛捷欣然道：「對！吳大哥，咱們再聯手一次，拚拚這天下第一奇人。」

孫倚重道：「可惜天魔金歆不在，要不然……」

辛捷道：「那有什麼關係，戰兒足可抵兩個金歆，走！咱們去！」

高戰見辛捷豪念如此，不覺也躍躍欲試，吳凌風深深望了高戰一眼，笑道：「依我看，戰兒倒可獨自出面，未必見得就會敗在仇虎手中。」

高戰聽了這話，忙道：「吳大叔不要開玩笑，戰兒的武功，怎能跟他們老前輩相比？」

吳凌風正色道：「你不要小看了自己，方才我親自看你以內力跟仇虎隔山比拚，並不弱於他什麼，只管放大膽子去找他較量，即使敗了，你是晚輩，仇虎能將你怎樣？但能不敗，仇虎

必然無臉再跟師祖動手，豈不正是個兩全妙策。」

孫倚重想想，果然很對，也一力慫恿，道：「正是這個道理，那麼何不快去？」

高戰苦笑道：「各位叔叔，只怕我這點微末之技，上去也只徒取羞辱，反折了銳氣。」

吳凌風道：「不妨，你要知道若能一舉成功，不啻爲少林化解百年大辱，難道叔叔還會害你？」

辛捷也道：「戰兒，你就勉力一試吧，據我看，你雖未必一定能勝，但防身自保，無恙而退，那是毫無疑問的，只是別硬拚硬架，圓滑一些便不怕了。」

吳凌風又道：「此舉不但關係少林聲名，也將影響天下武林命運，戰兒，你難道還不願去試一試嗎？」

高戰默然半刻，方始笑道：「既然叔叔們都這樣說，我就去試試看。」

這時候，仇虎調息完畢，緩緩起身，靈雲大師也從地上一躍而起，其餘平凡上人、無爲上人、無恨生、慧大師均紛紛起身。

辛捷拍拍高戰的肩頭，道：「戰兒，武林命運，全在你肩上了。」

高戰突然覺得一陣心怯，回頭望望，卻見吳凌風和孫倚重都含笑向自己點頭示意，跟著又躲進草叢中去了。

他無奈轉身奔到靈雲大師跟前，躬身施禮道：「大師，晚輩想斗膽先向仇老前輩討教幾招

絕學。」

靈雲大師眉頭一皺，說道：「你自信能接得住仇施主的無形神功？」

高戰道：「晚輩願盡力一試，若不能濟事，那時大師再親自出手。」

靈雲大師猶豫難決，他雖然明知高戰功力極深，但總擔心他臨敵經驗不足，假如出手無功，反被仇虎譏笑自己使用「車輪戰法」，意圖耗損他的內力。

平凡上人忽然笑道：「大師兄，你就讓他去試試吧，這孩子一向老成，想必無礙。」

無為上人頷首笑道：「不錯，大師兄大可放心讓他去領教仇施主幾招，也好叫他多一分閱歷。」

靈雲大師便向仇虎道：「仇施主意下如何？還是由你我先行了斷？還是不吝賜教這孩子幾招？」

仇虎笑道：「高少俠既然有興，仇某自該奉陪，但不是仇某說句自大的話，仇某癡長幾歲，不便跟高少俠動手過招，縱然要比，也得另想他法。」

平凡上人聽了這話，心中一動，忙道：「老衲倒有個主意，不知恰當不恰當？」

仇虎道：「上人只管直說，仇某無不聽命。」

平凡上人笑道：「我想仇兄絕世高人，敝師兄也忝為少林尊長，你們如果彼此出手印證，終是牽涉太多，何不就由高戰居中，跟你們兩人各對三掌，假如他能接得住家師兄三掌，卻敗

於仇兄，也就是說家師兄技不如仇兄，足見仇兄已略勝一籌，這樣豈不比你們直接印證要平和得多嗎？」

仇虎想了想，笑道：「果然是個絕妙方法，只是，高少俠內力實已不在仇某之下，要是三掌之後，咱們都無法勝得了高少俠，這卻不好結論。」

平凡上人道：「這也容易，要是高戰能夠同時接下二位三掌，便證明他的確已算得當今頂級高手了，那時可由他秉公說一句，到底你們二位之中，誰的掌力略勝一些，據此便可作爲勝負定論。」

仇虎暗想道：「好禿頭！你這辦法豈不是明明佔我便宜麼？高戰是你們同來的人，只要他一句偏心話，仇某就無話可說了。」

但是，他大話已經說出口，一時不便反對，便笑道：「仇某倒能信任得過高少俠，不知大師之意如何？」

靈雲大師何嘗不想到這一點，但他還沒開口，平凡上人早又搶著道：「家師兄自然更無話說，老衲也素知高戰生性忠厚本份，向不偏頗，這件事大可信得過他。」

靈雲大師只好笑道：「但他只得一個人，究竟與誰先印證，也得個公平的辦法才好。」

無爲上人突然插口道：「他既與我們同來，爲公平起見，自然先以全力接師兄三掌，再與仇兄印證。」

高戰卻不禁爲難起來。

他原意是要找仇虎較量，不想平凡上人一番話，卻使他同時也要跟靈雲大師對掌硬拚三招，試想仇虎和靈雲大師都是何等人物，自己縱或能接下三掌，內力必已大受損耗，哪兒還有餘力，可以跟第二位再拚？

當然，如果他能在和靈雲大師對招之時，不出全力，虛應故事，自信尚不難再接仇虎三掌，但是，這種分明作弊的行徑，高戰豈願實行？

事到如今，他已無法可想，只好行功準備。

那靈雲大師曾和高戰有過動手的經驗，知他年紀雖輕，武功造詣，決不在自己之下，忙認真的退後一步，斂神而待。

高戰不知該不該出手，無奈用眼睛望望平凡上人。

平凡上人笑道：「你是晚輩，從無長輩打晚輩的道理，只管大膽攻出三掌，他們自會招架。」

高戰點點頭道：「那麼晚輩放肆了。」

話一說完，果然振腕一掌，向靈雲大師當胸推去。

靈雲大師大袖猛拂，發出一股強勁，絲毫不讓，硬接了一掌。

兩人掌力虛空一觸，發出「蓬」地一聲胞響，居然各自晃了兩晃，誰也沒有勝了誰。

仇虎駭然暗驚，私忖道：「這小傢伙果真不凡，看他這一掌，普通武林中人，也沒有幾人禁受得起了。」

念頭未已，陡聽高戰輕呼一聲，單掌再揚，向靈雲大師迎面又是一掌劈去。

靈雲大師揮掌硬接，掌力過處，高戰向後退了一步，手臂上隱隱有些痠麻，反觀靈雲大師，卻仍立在原地未動。

吳凌風和孫倚重遠遠望見，都暗地鬆了一口氣，忖道：「這樣足見高戰已比師祖輸了一籌，只要他能爭口氣，和仇虎拉成平手，也算是仇虎輸了。」

那知才想到這裡，猛地裡，又聽見震天價一聲爆響，高戰又全力拍出一掌。

兩人定睛看時，卻大感駭然，原來這一次高戰已施出全力，硬接之下，竟將靈雲大師也震退了一步之遙。

靈雲大師臉色一陣黯然，苦笑道：「高少俠功力驚人，老衲佩服得很。」

高戰靦腆一笑，道：「大師謬獎，晚輩無禮放肆，大師休怪。」

說著，躬身一禮，轉身走到仇虎面前。

仇虎笑道：「高少俠請先調息一會，待精力復原之後，再比不遲。」

高戰揮了揮手臂，誠實地笑道：「承靈雲大師暗讓，晚輩倒不覺得太疲累，想來只對三掌，大約是不妨的。」

仇虎道：「那麼，你就用雙掌出手，老夫單掌相迎！」

高戰笑道：「不必，這事有關二位名譽，老前輩還是別客氣的好。」

說罷，緩緩提起右臂，在空中虛虛劃了一個圈子，突然「呼」地一掌，猛揮過來。

仇虎也不敢小覷，雙腿一坐，左袖疾抖，「蓬」然一聲，兩人都覺心頭震撼，不約而同，一齊退了半步。

仇虎駭然，急忙提氣而待，早將「無形神功」，提足到十成以上。

高戰卻覺得體內真氣，竟然充沛異常，內力源源而生，不但不覺吃力，反覺得熱血奔騰，難以壓抑，忽地大喝一聲，奮力又揮出一掌。

二次掌力相交，出人意料的竟不聞一些聲響，空中暗勁橫流，風力激盪，竟將仇虎和高戰一齊震退了三四步，方才各自拿樁站好。

在場衆人全都是絕頂高人，一見這情形，個個臉上變色，因爲掌力達於極限時，方能相觸無聲，卻最易傷人內腑，這種功夫，有個名稱叫做「否極泰來」，正是物極必反的道理，仇虎數百年苦修有此功力本不足奇，但高戰才多大年紀，不想他竟身負此種驚世駭俗的內家至高功力，這卻叫人不解，連平凡上人和辛捷，素來知道高戰最深，也均難想像他會擁有這等武功。

但是，他們自然不知高戰師門「先天氣功」，當年全真教仗以威懾武林，幾達百餘年之久，後來全真沒落，這種武功失傳，方有少林、武當等派興起，算起來，先天氣功正是武學之

源，何況高戰童身修練，幼時又得「千年參王」之助，將「先天氣功」最高境界衝破，功力已達昔年「全真七子」的程度，只是他並不自知，必須多次歷練，方能一次比一次發揮出威力而已。

眾人看得目瞪口呆，甚至靈雲大師也暗稱僥倖，心想：「方才高戰如果全力使出這種功夫，老衲能否應付了三掌，只怕還難說得很呢！」

仇虎連退三步，氣納丹田，自然也是駭詫不已，高戰雖然也被震退，但卻絲毫不覺氣餒，體內精力反倒旺盛無匹，向仇虎笑道：「還有一掌，老前輩可以不必藏力了。」

仇虎道：「正是，少俠請先動手吧！」

高戰說聲：「好！」登登向前跨了兩步，左掌一收，右掌疾出，遙擊過來。

仇虎奮起全力，猛地反拍一掌，兩股勁流一錯，但聽得空中「波」地一聲輕響，高戰和仇虎二人竟遙遙舉掌相抵，許久未能把掌勢收回來，而彼此額上，卻已隱隱現出汗珠。

眾人目不轉睛的看著他們，直過了足有半盞熱茶光景，仇虎的汗珠已經滴落到衣襟上，高戰也汗如雨下……

平凡上人驚道：「不好，這樣下去，也許會兩敗俱傷。」

驀地——

兩人忽然同時發出一聲大喝，一齊撤掌，高戰踉蹌後退了三四步，仇虎卻一連退了五步，

拿樁站穩，肩頭兀自連晃了幾晃。

辛捷大大鬆了一口氣，掠身上前，急聲問：「戰兒，你覺得怎麼樣？」

高戰搖搖頭，臉上卻閃出一絲無可奈何的苦笑，喘息道：「還好，不礙事的……」

辛捷回顧平凡上人，問道：「上人，他們已各拚了三掌，不知到底誰勝誰敗了？」

平凡上人聳聳肩，道：「看起來，誰也未能將高戰擊敗，那麼，由他從公品評，究竟誰強誰弱吧？」

辛捷急忙又問高戰：「你公平的說一句，靈雲大師和仇前輩，誰的功力要深一些？」

高戰喘了幾聲，似在沉思不決。

這時候，所有的人全都焦急地等候他的回答，因為他這一句話，便是以決定少林今後去從命運，也間接地影響武林興衰榮辱。

尤其是吳凌風和孫倚重藏身在草叢中，更全神貫注等著高戰的回答，假如他說是靈雲大師勝了，則「少林三老」同返嵩山，將是少林派百年來何等渴望的一件大事啊！

高戰嘴唇牽動了幾下，方才低聲說道：「看起來，仇前輩和大師功力只在伯仲之間，相差極少的……」

辛捷追問一句：「到底誰差了一些，是誰比誰略強一些呢？」

他自然渴望高戰的回答，是靈雲大師略勝半籌，那知高戰忍了又忍，終於爽然說道：「若

依晚輩看來，仇老前輩實在比較要略強一線，但幾乎已不能分辨……」

這話一出，「少林三老」和辛捷、無根生、慧大師等都廢然輕嘆一聲，垂下頭去，吳凌風和孫倚重更是悵然若失，一言不發，悄然轉身隱入亂林中去了。

高戰見他們這般模樣，急忙道：「我說的可是公平的話啊。」

平凡上人拍拍他的肩胛，嘆道：「好一個實心眼的孩子，你沒有說錯，那是最公平的話……」

尾聲

又是雪落梅放的時節，沙龍坪一片赤紅，如海梅花，爭妍怒放，一座小而精巧的亭子裡，面對面坐著兩個少女，二人年齡相仿，也都一般雅靜纖嬌，其中一個安靜地低頭做著針繡，另一個卻顯得比較活潑，正捧著一本書，朗朗念道：

「妾髮初覆額，折花門前劇。郎騎竹馬來，遶床弄青梅。
同居長干里，兩小無嫌猜。十四爲君婦，羞顏未嘗開。
低頭向暗壁，千喚不一回。十五始展眉，願同塵與灰。
常存抱柱信，豈上望夫台。十六君遠行，瞿塘灩澦堆。
五月不可觸，猿聲天上哀。門前遲行跡，一一生綠苔。

苔深不可掃，落葉秋風早。八月蝴蝶黃，雙飛西園草。

感此傷妾心，坐愁紅顏老。早晚下三巴，預將書報家。

相迎不道遠，直至長風沙。」

唸聲中充滿了柔意和感情，對面那少女一時聽得癡了，意忘了手中的針線，呆呆地陶醉在詩句之中，翹首雲天，似有說不出的悵惘。

唸詩的忽然深深嘆了一口氣，「拍」地合上書本，笑道：「汶姊姊，妳在想什麼呀？」

那少女一驚而覺，也忍不住笑道：「英妹，妳念得真好聽，那是什麼詩？」

「是李白的長干行，唉！汶姊姊，我想問妳一句話，高大哥究竟要什麼時候才能回來呢？」

「這個……我也不知道，他既說要去從軍衛國，想必一時半刻是不會回來的。」

「唉！那要叫我等多久呢？我真恨不得也去從軍才好。」

這個少女僅只微微一笑，低頭仍繡著花，忽然一針刺在手指上，痛得「啊」地輕呼出聲來。

遠處又飛奔來一個髫髮少女，一身疾服，背上插著一柄劍，老遠就大聲叫道：「汶姐，英姐，辛嬸嬸叫妳們回來吃飯啦！」

林汶笑罵道：「玉妹真淘氣，大呼小叫的，把人嚇了一跳，連手指也扎破了。」

唸書的少女忙道：「真的？快用紅布包起來，在咱們天竺，繡花刺破了手指，一定要用紅布包起來，不久便有大喜的喜訊了哩！」

林汶輕啐道：「胡說，妳才有喜訊了，必是妳想高大哥想瘋啦，成天忘不了喜字。」

那一個不依，兩人便笑戲著鬧成了一團，連吃飯也忘了……

小道上，急急奔來三匹快馬，一會兒便轉過了山坡，直向小屋奔來。

梅花隨雪花，一片片落在雪地上。

笑鬧的女郎聽見馬蹄聲，一齊止住了笑聲，扭頭望去，林汶忽然大聲叫起來。

「可不是有喜訊了，妳瞧，那不是仇公公和辛平弟弟回來了？」

「他們許久沒有回家來了吧？」

「唔！大約總有三四年了。」

「妳瞧，還有一個小姑娘是誰啊？」

「妳不知道麼，她就是向辛平兄弟下蠱的何琪妹妹，這次跟他們一起回來，必是已經找到解蠱的藥，替辛平兄弟解了蠱毒了。」

「走！咱們快去迎他們去！」

三人手牽著手，急急奔下亭子，向來路上迎了上去。

雪在飄，一片片，像風兒吹舞著柳絮，潔白的雪地上，留著三行清晰的足印，是那麼纖

小，那麼整齊……

一陣雪過，足印沒有了，只是雪上似乎仍留著淡淡的餘香。

正是：人生到處知何似，應以飛鴻踏雪泥。

泥上偶爾留指爪，鴻飛那復計東西。

《長干行》全書完

國家圖書館出版品預行編目資料

長干行／上官鼎作. -- 初版. --臺北市：
風雲時代, 2009.09
冊； 公分

ISBN: 978-986-146-576-0（第1冊：平裝）. --
ISBN: 978-986-146-577-7（第2冊：平裝）. --
ISBN: 978-986-146-578-4（第3冊：平裝）. --
ISBN: 978-986-146-579-1（第4冊：平裝）. --

857.9 98009960

風雲武俠經典 ⑪

書名 長干行（四）曠古絕今

作者 上官鼎
封面原圖 明人入蹕圖（原圖爲國立故宮博物館典藏）
封面影像處理 蕭麗恩

發行人 陳曉林
出版所 風雲時代出版股份有限公司
地址 105 台北市民生東路五段 178 號 7 樓之 3
風雲書網 http://www.eastbooks.com.tw
官方部落格 http://eastbooks.pixnet.net/blog
E-mail h7560949@ms15.hinet.net
服務專線 (02)27560949
傳真 (02)27653799
郵撥帳號 12043291

執行主編 劉宇青
封面設計 風雲編輯小組

法律顧問 永然法律事務所 李永然律師
北辰著作權事務所 蕭雄淋律師

出版日期 2009年10月
訂價 240 元

總經銷 成信文化事業股份有限公司
地址 台北縣新店市中正路四維巷二弄2號4樓
電話 (02)22192080

ISBN 978-986-146-579-1

行政院新聞局局版台業字第 3595 號
營利事業統一編號 22759935
版權所有・翻印必究
©2009 by Storm & Stress Publishing Co.
Printed in Taiwan
＊如有缺頁或裝訂錯誤，請退回本社更換

W9-CPV-605